古典詩歌研究彙刊

第二十輯

龔鵬程 主編

第 **13** 冊

明、清詩話對《古詩十九首》的接受研究（上）

葉宛樺 著

國家圖書館出版品預行編目資料

明、清詩話對《古詩十九首》的接受研究（上）／葉宛樺 著
— 初版 — 新北市：花木蘭文化出版社，2016〔民 105〕
目 2+162 面；17×24 公分
（古典詩歌研究彙刊 第二十輯；第 13 冊）
ISBN 978-986-404-834-2（精裝）
1. 明代詩 2. 清代詩 3. 詩評
820.91   105015106

ISBN-978-986-404-834-2

9 789864 048342

古典詩歌研究彙刊
第二十輯　第十三冊   ISBN：978-986-404-834-2

明、清詩話對《古詩十九首》的接受研究（上）

作　　者　葉宛樺
主　　編　龔鵬程
總 編 輯　杜潔祥
副總編輯　楊嘉樂
編　　輯　許郁翎、王筑　美術編輯　陳逸婷
出　　版　花木蘭文化出版社
社　　長　高小娟
聯絡地址　235 新北市中和區中安街七二號十三樓
　　　　　電話：02-2923-1455／傳眞：02-2923-1452
網　　址　http://www.huamulan.tw 信箱 hml810518@gmail.com
印　　刷　普羅文化出版廣告事業
初　　版　2016 年 9 月
全書字數　256443 字
定　　價　第二十輯共 18 冊（精裝）新台幣 28,800 元

明、清詩話對《古詩十九首》的接受研究（上）

葉宛樺　著

作者簡介

葉宛樺，1985 年生，臺灣彰化縣人。先後畢業於國立高雄師範大學國文學系、國文學系碩士班，現任教於彰化縣立和群國民中學。致力詩歌研究，試圖綰合文學批評、詩論、美學等，以評述詩歌意涵及闡釋「屈平辭賦懸日月，楚王臺榭空山丘」之不朽價值。著有碩士論文《明、清詩話對《古詩十九首》的接受研究》，曾發表單篇論文〈從「興觀群怨」探析古詩十九首〉。

提　　要

　　《古詩十九首》，代表了五言詩的成熟階段，歷來皆予以極高的評價。然而，《古詩十九首》，自《文選》收錄以降，實有許多懸而未決之議題。綜觀歷代對《古詩十九首》之討論，以明、清二代最為興盛，因此，本文從明、清二代對《古詩十九首》之評述著眼，探究《古詩十九首》在明、清各家心中之形象與地位，並探討明、清各家如何討論《古詩十九首》諸多懸而未決之議題，而其觀點對《古詩十九首》本身，或明、清當時產生何種意義與影響，抑或可提供現今研究者啟示。

　　經由本文研究後，歸納發現有四：第一、雖然明、清二代在論述風格上具有差異，但其評述《古詩十九首》皆以「真」為主軸來探討各重點，且時代愈後，其「真」之內涵、意義逐漸開拓，愈能接受其「真」。第二、對作品內涵的探究，漸漸地趨向從審美角度詮釋，而且時代愈後，愈重視審美主體（讀者）與客體（作者、作品）兼顧的二重層次探討方式。第三、由於明、清各家以「真」為主軸，並日漸以審美主、客體兼備的方式探究詩歌，故愈能深入理解《古詩十九首》「真」之審美心理內涵。因此，明、清二代對歷來及當代諸多意見分歧的現象，提出「不必拘定一說」，而此觀點亦可視為自《文選》以降，《古詩十九首》眾說紛紜的總結。第四、明、清二代在《古詩十九首》悲觀、厭世、享樂等思想上，復見其「不自決絕之念」的骨氣，為《古詩十九首》之內容思想做了修正與補充。由此可知，明、清二代對《古詩十九首》之接受與重視，其諸多評述不僅為歷來、當代注入了新的見解，亦對今日學者、讀者提供了新的思路。

謝　誌

　　在研究過程中，不斷地充實自己，雖然忙碌，心裡卻是喜悅。很高興經過一年半的研究，碩士論文終於完成。除了自己的堅持與努力，更感謝許多人的指引與相伴。

　　首先，感謝我的指導教授——蘇珊玉老師。在研究過程中，老師總是悉心地叮嚀、引導我方向，從蒐集資料、撰寫論文、修改論文、確定題目、論文格式等等，每當我有疑惑時，老師總是耐心地指導，並且給予我鼓勵與肯定。在研究過程中曾一度分身乏術於學業、工作、考試，在那段時間，很感謝老師的體諒，並予以我建議。感謝老師在百忙之中予以指導，並耐心地看我一再修改的論文，使我在撰寫上能有所進步，對所研究的資料能大膽地去驗證，順利地完成論文。

　　其次，感謝我的論文口試委員——龔顯宗老師、蔡玲婉老師，二位老師在百忙之中審閱我的論文，用心且詳盡地提點我在撰寫時未注意到的細節，其寶貴的意見，使我在修改時得以裨補闕漏，讓論文更臻於完善。同時，在龔顯宗老師身上，學習到治學的態度，對老師做學問精益求精的熱忱十分感動，而龔老師提供的參考書目，亦使我得以在論文研究上再做進一步的進修；在蔡玲婉老師身上，則學習到細心與嚴謹的態度，蔡老師提出的許多觀點，使我獲益良多。

　　再者，還要感謝碩士班期間，曾經予以我指導的師長、給以我意

見的學長姊、同學們，同時亦感謝博士班陳雅萍學姊、資成都學長在論文發表會上給予我的建議，使我在撰寫上得以精進。

此外，特別感謝我的家人。在我求學的過程中，父母親總是悉心地栽培與鼓勵，使我能無後顧之憂、能在學問上不斷地充實自己。感謝家人給我許多支持與關懷，在我面臨徬徨與壓力時，耐心地聽我傾訴，並提供我建議，指引我方向。家人的鼓舞與陪伴，使我在忙碌之中備感溫暖。

衷心感謝研究所期間許多人的指導與相伴，謹以此論文獻予我摯愛的家人以及重要的你們，以表我的感激之情，並一同分享這份喜悅。

葉宛樺　謹識

2013 年 1 月於彰化

目

次

第一章　緒　論

　　歷來對《古詩十九首》之研究豐富，而本文從明、清評述之角度探討，以期能經由梳理、比較明、清論述《古詩十九首》之觀點，知悉明、清對《古詩十九首》之接受與異同，並期望能進一步了解明、清之評述對《古詩十九首》的意義。

第一節　研究動機與目的

　　《古詩十九首》，代表了五言詩的成熟階段﹝註1﹞，上承《詩經》，

﹝註1﹞葉慶炳指出：「東漢前期班固之世，五言詩始告成立。至於完全成熟，則有待於東漢後期。」接著說道：「代表東漢後期五言詩成熟階段之最高藝術成就者，無疑爲古詩十九首。」並引《文心雕龍》、《詩品》之評價爲佐證，認爲：「十九首產生時代，古人均主兩漢。……近世文學史家則多數主張爲東漢作品，蓋就十九首之內容思想觀之，多出於政治紊亂、民生痛苦之社會；就十九首之形式技巧觀之，則全爲五言詩成熟階段之作品。」詳見葉慶炳：《中國文學史》，（臺北：臺灣學生書局，1997 年），上冊，頁 97～98。葉慶炳將《古詩十九首》定位在東漢後期，認爲《十九首》爲五言成熟之作，然若撇開時代背景不談，僅就《十九首》之內容思想、形式技巧觀之，亦可見《十九首》成熟之處，如：主張《十九首》爲兩漢之作的劉勰評其爲「五言之冠冕」。由此可知，歷來雖對《十九首》作者、寫作時代意見分歧，但對《十九首》之文學地位仍有一致的評價——五言成熟之作。

下開魏晉詩歌，爲建安文學之先聲，實居承先啓後的地位。而《古詩十九首》的出現，有別於漢賦堆砌、筆調誇張之弊端，其語言風格承《詩經》、《楚辭》、漢樂府……等而來，樸質而不粗鄙，藉物抒懷，感染力強，如：劉勰在《文心雕龍》評爲：「觀其結體散文，直而不野，婉轉附物，怊悵切情，實五言之冠冕也。」〔註2〕鍾嶸《詩品》列爲上品之首：「文溫以麗，意悲而遠，驚心動魄，可謂幾乎一字千金。」〔註3〕可見歷來對《古詩十九首》之推崇。

　　然而，《古詩十九首》，自《文選》收錄以降，實有許多懸而未決之議題，如：作者、版本、情辭詮釋……等，歷代討論皆各執一辭，正如張清鐘所言：

> 古詩十九首因未題詩名，未列作者，又不能確知爲何時之作品，故歷來解詩者，往往各「以意逆志」予以解說，致各家說法不一，且相去頗大。〔註4〕

而歷代對《古詩十九首》之討論，又以明、清二代最爲興盛，其時出現大量的詩話、評選等等，多對《古詩十九首》加以品評，甚至亦出現單行本專釋《十九首》之內容〔註5〕，直至今日，學者在研究《古詩十九首》時，亦多引述明、清之評價來作爲佐證，可見明、清二代對《古詩十九首》之評述，具有一定的價值。然而，誠如李祥偉所言：

〔註2〕〔南朝梁〕劉勰、〔清〕黃叔琳注、〔清〕李詳補注、〔民國〕楊明照校注拾遺：《增訂文心雕龍校注》，（北京：中華書局，2005年），上冊，卷二〈明詩第六〉，頁65。

〔註3〕〔南朝梁〕鍾嶸著、〔民國〕汪中選注：《詩品注》，（臺北：正中書局，1969年），卷上〈古詩〉，頁51。

〔註4〕張清鐘：《古詩十九首彙說賞析與研究》，（臺北：臺灣商務印書館股份有限公司，1994年），頁155。

〔註5〕清代時已出現單行本專釋《古詩十九首》的內容，如：張庚《古詩十九首解》、姜任脩《古詩十九首繹》、朱筠《古詩十九首說》、饒學斌《月午樓古詩十九首詳解》、劉光蕡《古詩十九首注》等等，皆對《十九首》的詩意逐一闡釋，近人隋樹森所編著的《古詩十九首集釋》卷三〈彙解〉多據這些單行本加以收錄。相關內容和說明詳見本章第三節「文獻回顧與研究現況」。

「歷代的研究者糾纏於解開『作者與寫作年代』之謎，……而相對忽視文本研究與古典詩歌的理論研究。」〔註6〕是故，對明、清各家之評述僅限於引證，未對其做詳究。

筆者有鑑於此，從明、清二代各家對《古詩十九首》之評述著眼，探究《古詩十九首》在明、清各家心中之形象與地位，並從明、清各家之豐富評述中，探究其如何討論《古詩十九首》諸多懸而未決之議題，而其觀點又將對《古詩十九首》本身，或明、清當時產生何種意義，亦可否對現今研究《古詩十九首》提供啓示，此正是本文欲探究的目的。

第二節　研究範圍、方法、限制

欲探究明、清對《古詩十九首》的接受，首先必須對明、清二代評述之來源與範圍、《古詩十九首》之版本等做界定。有鑑於歷史上，明、清二代之詩話最為豐富，而且明、清各家對詩歌之品評亦主要以此方式來著述，是故，本文探究明、清對《古詩十九首》之評述，以明、清詩話為主——明代詩話以周維德集校之《全明詩話》〔註7〕六冊為本，清代詩話以丁福保編之《清詩話》〔註8〕為本。今日對明代詩話之整理，可見周維德《全明詩話》與吳文治《明詩話全編》〔註9〕二種，周維德《全明詩話》以書目為綱做整理，收錄了大量明代獨立成書的詩話〔註10〕，秉持「明代詩話以理論為主，兼

〔註 6〕李祥偉：〈《古詩十九首》研究述論〉，(《廣州大學學報（社會科學版）》，第 5 卷第 6 期，2006 年 6 月)，頁 68。

〔註 7〕周維德集校：《全明詩話》，(濟南：齊魯書社，2005 年)，全六冊。

〔註 8〕丁福保編：《清詩話》，(臺北：明倫出版社，1976 年)。

〔註 9〕吳文治主編：《明詩話全編》，(南京：鳳凰出版社，2006 年)，全十冊。

〔註10〕據周維德統計：「明詩話，《四庫全書‧詩文評》著錄三十七種，《明史‧藝文志》著錄三十八種，《中國叢書總錄》著錄五十七種，以上三種書目，除去同書名者外，共九十八種，《全明詩話》收錄九十一種。」見周維德集校：《全明詩話‧前言》，收錄於周維德集校：《全明詩話》，第一冊，頁 15。

及論事」的原則蒐羅詩話，因此舉凡「論事而專述舉業者」、「詩話屬類書性質者」，以及「詩話後附錄詩集或作品者」皆不收錄〔註11〕，足以呈顯當代詩話之特色〔註12〕，而吳文治《明詩話全編》則以人為綱做整理，「除收錄其原已單獨成書的詩話，並廣為蒐輯其散見於詩文集、隨筆、史書和類書等諸書中的論詩之語（包括論詩詩、詩歌評點等）」〔註13〕，雖編錄七百多家，但其所收編的論詩之語為輯錄，再加上其輯錄之內容甚少直接提及《古詩十九首》，是故筆者未採用此版本，而採周維德《全明詩話》，以獨立成書的明詩話為主要研究對象。至於清詩話版本，因囿於今日文獻之不足——清代詩話全編尚未問世，再加上何文煥《歷代詩話》〔註14〕、丁福保《歷代詩話續編》〔註15〕皆僅收錄至明代為止，至於郭紹虞《清詩話續編》〔註16〕、杜松柏《清詩話訪佚初編》〔註17〕，亦未見對清代詩話做全面整理、收錄。在此囿限中，選用足以呈顯清代詩話特色之文獻就更顯得必要，因此筆者選用丁福保《清詩話》，此書「能在所選的詩話中反映清代的學術風氣」，而且「所選的是清人詩話中的代表作

〔註11〕詳見周維德集校：《全明詩話・凡例》，收錄於周維德集校：《全明詩話》，第一冊，頁1。

〔註12〕周維德歸納明代詩話的時代特色，「主要表現在時代性、針對性、理論化、係（按：「係」應作「系」）統化、專門化五個方面」。詳見周維德集校：《全明詩話・前言》，收錄於周維德集校：《全明詩話》，第一冊，頁12～16。

〔註13〕吳文治主編：《明詩話全編・凡例》，收錄於吳文治主編：《明詩話全編》，第一冊，頁1。其書對已有單獨成書之詩話者，則全文收錄其詩話，並增蒐幾則論詩之語，對未有單獨成書之詩話者，則蒐羅其幾則論詩之語。

〔註14〕〔清〕何文煥輯：《歷代詩話》，（臺北：漢京文化事業有限公司，1983年），全二冊。

〔註15〕丁福保輯：《歷代詩話續編》，（臺北：木鐸出版社，1983年），分上、中、下三冊。

〔註16〕郭紹虞編選、富壽蓀校點：《清詩話續編》，（臺北：木鐸出版社，1983年），分上、中、下三冊，共收錄清詩話三十四種。

〔註17〕杜松柏主編：《清詩話訪佚初編》，（臺北：新文豐出版公司，1987年），全十冊，共收錄清詩話二十二種。

品」，品種多樣，雖未齊備，但仍具有一定價值。〔註18〕是故，筆者蒐羅明、清評述以周維德《全明詩話》、丁福保《清詩話》爲主要底本，凡提及《古詩十九首》者皆收錄，並依次詳列爲表格，分別收編於附錄一、二。此外，明、清之評述尚見於評選、詩選……等，筆者視論述需要，亦揀選明初以至清末之相關的評選、詩選、單行本等著述，來補充詩話之不足。至於《古詩十九首》之版本，鑑於南朝梁蕭統《文選》爲最早收錄《古詩十九首》之版本，又加上明、清二代對《古詩十九首》之探討，前者（明）奉《文選》爲圭臬，後者（清）雖質疑《文選》，然卻未提出更適宜之版本，故本文仍以《文選》所收錄之版本、順序爲依歸，而《文選》版本目前以清代胡克家考證較爲嚴謹和出色，後世傳本多以此爲底本〔註19〕，是故，

〔註18〕郭紹虞認爲：「丁福保所彙輯的幾種詩話，從現代標準看，不能說一無缺點，但作爲參考資料，還是有一定價值的。」並指出丁福保《清詩話》之優缺點：「他既以『清詩話』爲名，至少應注意兩點：一、能在所選的詩話中反映清代的學術風氣；二、所選的是清人詩話中的代表作品。這兩方面，丁氏也未嘗不注意到，但總覺不夠。」進而推究其缺點造成之因：「可能由於他急於成書，未及多方蒐羅；也可能由於他只求品種之多，於是有些繁重的著作也就只能放棄了。」見郭紹虞：《清詩話・前言》，收錄於丁福保編：《清詩話》，頁3。然而嚴偉卻認爲：「丁君是編，黜隨園、甌北諸家不錄；時賢所作，概從屏棄。……道、咸間，洪洞王軒氏著《聲調四譜》，比附精詳，足補趙秋谷氏之所未備。山陽潘德輿氏有《養一齋詩話》、《李杜詩話》，持論甚正，蓋矯正隨園之作。二書繁重不具載，非丁君削之也。」見嚴偉：〈清詩話序〉，收錄於丁福保編：《清詩話》。由此可見，丁福保《清詩話》所收錄詩話四十三種，是據清代各家諸詩話加以揀選、收錄而成，雖不能臻於完善，但對清代詩話之整理仍具有一定的價值。

〔註19〕臺北華正書局選用胡刻宋本《文選》，並重新校訂出版，在此書出版說明中表述選用緣由：「……現存完整的刊本有南宋淳熙八年（公元一一八一年）尤袤刊本，明汲古閣刊本等都是根據這個本子翻刻的。清乾嘉年間校勘學大興，對《文選》進行校刊（按：「刊」應作「勘」）的不乏其人，胡克家就是其中一個。他用了多年時間，經八易稿，把尤刻本校勘重刻，並著《考異》十卷，於嘉慶十四年（公元一八○九年）完成。後來出版的各種本子大多以胡刻本爲依據。我們把尤刻本和胡刻本相校，證明胡刻本較好，胡克家改正了尤刻本明顯

筆者擇取「新校胡刻宋本」〔註20〕爲研究範圍,將《十九首》全文收編於附錄三。

因此,本文研究方法可分爲二方面來說明:其一爲蒐羅材料部分,主要採取文本考察法、歸納法,以蒐羅明、清二代之詩話、評選、詩選、單行本等與《古詩十九首》有關之評述,經由分類、歸納後,輔以表列法,將凡提及《古詩十九首》之詩話歸納收錄;其二爲在各章節撰寫上,將蒐羅整理後之材料,運用文本分析法說明之,再以歸納、統計法顯示出明、清二代之主要看法,並採比較法來呈現當代各家意見之異同、明清二代論述方式與觀點之變化等橫向與縱向之比較。藉由回歸文本之考察、表列、分析、統計、比較、歸納等方法,以期從明、清詩歌批評中,知悉明、清對《古詩十九首》之接受與異同,了解其評述之意義與價值。

本文探討明、清二代對《古詩十九首》之接受,以詩話爲主,輔以評選、詩選、單行本等與《古詩十九首》相關之詩歌批評、釋義。關於明、清二代對《古詩十九首》的釋義,誠如方祖燊所言:「常喜歡用漢儒說詩的『美刺之義』,所以十九首多被解作『臣不得於君』的話。」〔註21〕是故,筆者秉持「以詩解詩」〔註22〕的規準,對明、清各家的釋義內容去蕪存菁,以期能對《十九首》做出適切的說明。

的錯誤多達七百餘處(《考異》中指出的尚未計算在內),雖然胡刻本也增加了一些錯誤,但大多是由於原本字迹模糊或殘缺造成的,而且這類錯誤只有六十餘處。可見胡克家的校訂工作做得比較嚴肅認眞……。」見《文選‧出版說明》,收錄於〔南朝梁〕蕭統編、〔唐〕李善注:《文選》,(臺北:華正書局有限公司,新校胡刻宋本,2000年),頁3。

〔註20〕〔南朝梁〕蕭統編、〔唐〕李善注:《文選》,(臺北:華正書局有限公司,新校胡刻宋本,2000年)。

〔註21〕方祖燊:《漢詩研究》,(臺北:正中書局,1969年),頁32。

〔註22〕方祖燊鑒於明、清論詩往往有「美刺之義」、現代學者「雖沒有美刺之說,但卻加上個人主觀的時代性,於是十九首就被看成含有濃厚的厭世的色彩,享樂主義的謳歌,帶有悲觀消極的氣象」,於是認爲「單就『詩』來解釋『詩』,可能比較能忠於原作之意罷!」詳見方祖燊:《漢詩研究》,頁32。

至於明、清二代所擬作的《古詩十九首》，如王夫之《擬古詩十九首》
等等，擬作雖可反映其人對《十九首》之接受，但不若詩歌批評直接
呈現《十九首》在其人心中之形象與地位，故本文暫不討論明、清之
《十九首》擬作。因此，本文所論之「接受」即就明、清二代著有詩
歌批評之作者的接受而言，透過其詩話、評選、詩選、單行本等等以
探究各家對《古詩十九首》之評價與觀點，了解《古詩十九首》在明、
清文藝評論者的心中形象與地位。此外，《古詩十九首》作者及寫作
時代，歷來眾說紛紜，或主張為兩漢之作，如劉勰、李善，或主張產
生於西漢，如朱權，或認為是東漢之詩，如梁啓超、葉慶炳，甚至亦
有建安曹魏之說法，如木齋，進而有《十九首》作者是上層文士或下
層失意文人之討論，今日雖多半同意《古詩十九首》是東漢下層文人
所作，但仍有學者提出質疑，究其因正是無法獲得直接、確實之證據，
故任何一說皆不能視為定論，因此本文暫不探討《古詩十九首》作者
及寫作時代，若必要觸及此一問題時，則以明、清二代多數主張的「東
漢」說法來做解釋，以期不背離明、清評述之觀點。

第三節　文獻回顧與研究現況

　　《古詩十九首》，自漢代以降，不乏仿擬之作，《文選》、《玉臺
新詠》……等亦先後收錄，可見《古詩十九首》為後人重視。而對
於《古詩十九首》的評論，至南朝梁劉勰《文心雕龍》、鍾嶸《詩品》
方有精闢的論述，自此以降，對《古詩十九首》的評價紛紛出現，
尤其是明、清二代詩話、評選等著作甚豐，對《十九首》的評述亦
如雨後春筍般湧現，甚至出現單行本專釋《十九首》內容，如：張
庚《古詩十九首解》、姜任脩《古詩十九首繹》、朱筠《古詩十九首
說》、饒學斌《月午樓古詩十九首詳解》、劉光蕡《古詩十九首注》
等等，對《十九首》詩意逐一闡釋，甚為詳細，然而此時期的釋義
「常喜歡用漢儒說詩的『美刺之義』，所以十九首多被解作『臣不得

於君』的話」〔註23〕，各家所闡釋之十九首或多或少存此現象，是美中不足處。

　　而民國以來，對《古詩十九首》的研究豐富，其探討方向，正如劉明怡所說：

> 綜觀過去一個世紀有關《古詩十九首》的研究，似乎可以作這樣的概括：前八十年注重於作品年代、本事、字意、內容等方面的研究考釋。近二十年又有新的變化，很多學者注重從社會、歷史、文化等方面對《古詩十九首》進行全方位的探討，進而又從哲學理論的高度對《古詩十九首》的內容及其思想意義加以深入的闡釋，取得了一些值得注意的成果。〔註24〕

然而，就目前文獻資料中，以明代或清代接受的視角來研究《古詩十九首》者，僅見大陸學者的單篇論文，然皆以明或清代單一論者的接受角度做考釋。從明、清二代各家這一角度去做全面探討者，目前尚未見及。

　　有鑑於此，本節對《古詩十九首》的文獻回顧、現況，首先列舉研究《古詩十九首》的重要專著；其次，蒐羅有關《古詩十九首》的期刊論文，以了解學者的研究方向，進而探討以明代或清代接受視角研究《古詩十九首》的大陸期刊論文；最後，概述學位論文，以說明研究現況。

一、專著

　　探討《古詩十九首》之專著，以朱自清著《古詩十九首釋》〔註25〕、隋樹森編著《古詩十九首集釋》〔註26〕、馬茂元著《古詩十九首探索》

〔註23〕方祖燊：《漢詩研究》，頁32。

〔註24〕劉明怡：〈近二十年《古詩十九首》研究概觀〉，（《文史知識》，第10期，2002年），頁127。

〔註25〕朱自清：《古詩十九首釋》，（臺北：五南圖書出版股份有限公司，2011年）。

〔註26〕隋樹森編著：《古詩十九首集釋》，（香港：中華書局，1989年）。

〔註27〕、張清鐘著《古詩十九首彙說賞析與研究》〔註28〕等為主要，以下簡扼說明其內容體例。

　　朱自清《古詩十九首釋》，以審美的眼光對《古詩十九首》重新闡釋，然全書僅釋到第九首〈庭中有奇樹〉便停止，是為美中不足處。朱自清在闡釋詩歌時，分為注釋、說明兩部分，注釋以李善註為主，其後為說明。然而，其注釋的部分，僅第一首有，其後八首只有說明，相較後來隋樹森、馬茂元、張清鐘等三書的箋注、評述整理，實為不足，至於說明的部分，則從審美角度重新闡釋《十九首》，並且以符合詩意為規準擇採歷代各家說法作為佐證，兼顧釋事與釋義，較為客觀，可補充馬茂元《古詩十九首探索》之不足。

　　隋樹森編著《古詩十九首集釋》，分四卷來探討《古詩十九首》：卷一〈考證〉為隋氏考證《十九首》作者、時代之問題，試圖推翻近代主張之東漢說法，認為《十九首》出於兩漢無名氏之手，其層層推論、歸納，梳理歷來意見，論述有見地；卷二〈箋注〉，將《十九首》列出，逐首、逐句羅列相關古籍、歷代各家的箋注，並於各首後附上幾則宋至清代的評價，提供各首相關資料，使人能概要掌握歷代各家之見解；卷三〈彙解〉，完整收錄劉履、吳淇、張庚、姜任脩、朱筠、張玉穀、方東樹、饒學斌、劉光蕡等九家闡釋，或據單行本，或採錄選本，或自他書輯錄而成，此卷佔全書大半篇幅，因詳盡地對這九家釋義做收錄，故能完整呈現這九家對《十九首》的看法，同時，亦反映出明、清二代在詮解《十九首》時，往往帶有「美刺之義」的現象；卷四〈評論〉蒐羅自南朝梁劉勰《文心雕龍》、鍾嶸《詩品》至清末王國維《人間詞話》等三十一家，選取其與《十九首》相關的重要評述，做簡要羅列，是故透過此卷，可快速知悉自南朝梁至清末各代對《十九首》之評述，然而其美中不足亦是簡要羅列，僅選取歷代重要

〔註27〕馬茂元：《古詩十九首探索》，（高雄：復文圖書出版社，1991年）。
〔註28〕張清鐘：《古詩十九首彙說賞析與研究》，（臺北：臺灣商務印書館股份有限公司，1994年）。

論者之重要評論，故未能使讀者全面獲知一論者之見解、一時代之看
法。但整體而言，此書整理了歷來對《古詩十九首》所探討的內容，
或完整收錄，或擇要列舉，對後學在研究或評賞《古詩十九首》時，
有很大的助益。

　　馬茂元《古詩十九首探索》，對《古詩十九首》的探討分為詩篇
探索、歷代集評兩部分。在《古詩十九首》詩篇探索的部分，馬茂元
將十九首詩分為遊子之詩和思婦之作二類，重新編排十九首之順序，
再逐首注釋與說明。而歷代集評的部分，亦蒐羅自南朝梁劉勰《文心
雕龍》、鍾嶸《詩品》至清末王國維《人間詞話》等評論，多達五十
九家。由是可知，此書特點有三：第一、馬茂元以詩篇內容做分類，
打破《文選》順序來說解，但在歸類詩篇為遊子或思婦之作時，理由
稍顯不足。第二、馬茂元在歷代箋注、評價之中，復加入自己的理解
去詮釋、說明《古詩十九首》，在面對歷代意見分歧或牽強附會之說，
則予以分析和批評，是故讀者透過其說明，能對歷代箋注、評價做綜
合與引申，不過值得注意的是，馬茂元的說明有時過於直截了當，如
在解釋劉勰《文心雕龍》評《十九首》「直而不野」時，將「直」釋
為「言情之不隔」，將「不野」釋為「情感容量的深厚」〔註29〕，因
此必須加以商榷、判斷。第三、歷代集評的部分，可以發現與隋樹森
《古詩十九首集釋》卷四〈評論〉所收錄者相去不遠，在隋氏的整理
基礎上，又增加收錄歷代的相關之見，然而仍未全面，亦未能從中獲
知一論者之見解、一時代之看法，實為可惜之處。

　　張清鐘《古詩十九首彙說賞析與研究》，全書分六章：第一章〈古
詩十九首彙說與賞析〉，將每首詩分為詩旨、注釋、作法、評介、賞
析等五項，分別彙集歷代各家說法（多採自隋樹森編著《古詩十九
首集釋》），並加入自己的見解寫就，由此可見這一章結合了前二書
之優點，然而不同的是張清鐘在說解每一首詩時，將歷代各家說法

〔註29〕詳見馬茂元：《古詩十九首探索》，頁 115。

以詩旨、注釋、作法、評介、賞析等性質分門別類，使讀者較能清
楚掌握各家評述之意義，同時亦能透過這些分類說明知悉該詩之形
式與意涵。再者，張清鐘有鑑於歷來對《古詩十九首》源流與產生
背景、年代與作者、內容思想等等存在著分歧的現象，於是依次撰
寫第二章〈古詩十九首之源流與背景〉、第三章〈古詩十九首之年代
與作者〉、第四章〈古詩十九首之內容與思想〉、第五章〈古詩十九
首體式與風格〉，做全面、綜合地探討與辯說。最後，第六章〈古詩
十九首之評價〉，統合前述，以自己的觀點評價《十九首》。從第二
至六章，可見張清鐘梳理了歷代各家之評述，並以自己的語言重新
詮釋，進而在此基礎上，肯定《古詩十九首》上承《國風》，如：不
具作者、詩題，擅用疊字等等，其綜說與整理，正為歷代各家的評
述做了補充說明。

二、期刊論文

　　對《古詩十九首》的研究，單篇的期刊論文數量甚豐，茲分臺灣
期刊論文與大陸期刊論文二部分蒐羅：

（一）臺灣期刊論文

　　據「臺灣期刊論文索引系統」蒐羅以「古詩十九首」為篇名和關
鍵詞的單篇論文，共有 82 篇。〔註30〕其探討《古詩十九首》之面向，
整理、表列如下：

〔註30〕國家圖書館期刊文獻資訊網「臺灣期刊論文索引系統」：http://
readopac.ncl.edu.tw/nclJournal，（西元 2012 年 10 月 23 日搜尋）。

面向	細目	作者	期刊論文 （同項目依出版年月先後排序）
文學史	作者、時代	葉嘉瑩	〈談古詩十九首之時代問題〉〔註31〕
		林端常	〈古詩十九首之作者及時代〉〔註32〕
	詩學探討	王成荃	〈古詩十九首與古樂府〉〔註33〕
		楊翠	〈漢樂府詩與古詩十九首所反映的時代精神〉〔註34〕
		吳天任	〈漢詩的發展與古詩十九首〉〔註35〕
		蔡宗齊	〈《詩經》與《古詩十九首》：從比興的演變來看它們的內在聯係〉〔註36〕
		陳玉倩	〈論古詩十九首與漢代樂府詩的關係〉〔註37〕
		林彩淑	〈漢代樂府詩與古詩十九首之關係析論〉〔註38〕
		王玥琳	〈詩騷合流與文人短章抒情典範的確立——《古詩十九首》研究〉〔註39〕

〔註31〕葉嘉瑩：〈談古詩十九首之時代問題〉，（《現代學苑》，第 2 卷第 4 期，1965 年 7 月），頁 9～12。

〔註32〕林端常：〈古詩十九首之作者及時代〉，（《中華詩學》，第 3 卷第 3 期，1970 年 8 月），頁 21～33。

〔註33〕王成荃：〈古詩十九首與古樂府〉，（《中國詩季刊》，第 2 卷第 4 期，1971 年 12 月），頁（3）1～（3）13。王成荃：〈古詩十九首與古樂府〉，（《文學思潮》，第 5 期，1979 年 10 月），頁 135～146。

〔註34〕楊翠：〈漢樂府詩與古詩十九首所反映的時代精神〉，（《史苑》，第 38 期，1984 年 1 月），頁 18～33。

〔註35〕吳天任：〈漢詩的發展與古詩十九首〉，（《中國詩季刊》，第 15 卷第 2 期，1984 年 6 月），頁 9～41。吳天任：〈漢詩的發展與古詩十九首〉，（《夏聲月刊》，第 246 期，1985 年 5 月），頁 7～20。

〔註36〕蔡宗齊：〈《詩經》與《古詩十九首》：從比興的演變來看它們的內在聯係〉，（《中外文學》，第 17 卷第 11 期，1989 年 4 月），頁 116～141。

〔註37〕陳玉倩：〈論古詩十九首與漢代樂府詩的關係〉，（《輔大中研所學刊》，第 5 期，1995 年 9 月），頁 143～160。

〔註38〕林彩淑：〈漢代樂府詩與古詩十九首之關係析論〉，（《中國文化大學中文學報》，第 4 期，1998 年 3 月），頁 163～183。

〔註39〕王玥琳：〈詩騷合流與文人短章抒情典範的確立——《古詩十九首》研究〉，（《新亞論叢》，第 8 期，2006 年 10 月），頁 266～272。

面向	細目	作者	期刊論文 （同項目依出版年月先後排序）
		蕭馳	〈「書寫聲音」中的群與我、情與感——〈古詩十九首〉詩學質性與詩史地位的再檢討〉〔註40〕、〈再論中國詩歌自口頭公共表達向書寫個人體驗的轉變〉〔註41〕
		施靜宜	〈古詩十九首之開創性意涵探析〉〔註42〕
	擬作探討	何寄澎 許銘全	〈模擬與經典之形成、詮釋——以陸機〈擬古詩〉為對象之探討〉〔註43〕
		朱曉海	〈論陸機〈擬古詩〉十二首〉〔註44〕
		鄭滋斌	〈論陳子龍、柳如是擬〈古詩十九首〉〉〔註45〕
		吳蕙君	〈陸機〈擬古詩〉與古詩十九首之比較〉〔註46〕
		祁立峰	〈戲擬、互文、重寫文學史：論陸機〈擬古十二首〉的歷代評價與書寫策略〉〔註47〕

〔註40〕蕭馳：〈「書寫聲音」中的群與我、情與感——〈古詩十九首〉詩學質性與詩史地位的再檢討〉，《中國文哲研究集刊》，第30期，2007年3月），頁45～85。

〔註41〕蕭馳：〈再論中國詩歌自口頭公共表達向書寫個人體驗的轉變〉，《淡江中文學報》，第17期，2007年12月），頁23～48。

〔註42〕施靜宜：〈古詩十九首之開創性意涵探析〉，《高應科大人文社會科學學報》，第8卷第1期，2011年7月），頁45～66。

〔註43〕何寄澎、許銘全：〈模擬與經典之形成、詮釋——以陸機〈擬古詩〉為對象之探討〉，《成大中文學報》，第11期，2003年11月），頁1～3、5～36。

〔註44〕朱曉海：〈論陸機〈擬古詩〉十二首〉，《臺大中文學報》，第19期，2003年12月），頁91～130。

〔註45〕鄭滋斌：〈論陳子龍、柳如是擬〈古詩十九首〉〉，《東方文化》，第40卷第1、2期，2005年12月），頁39～77。

〔註46〕吳蕙君：〈陸機〈擬古詩〉與古詩十九首之比較〉，《世新中文研究集刊》，第2期，2006年6月），頁237～256。

〔註47〕祁立峰：〈戲擬、互文、重寫文學史：論陸機〈擬古十二首〉的歷代評價與書寫策略〉，《思辨集》，第11期，2008年3月），頁63～84。

面向	細目	作者	期刊論文 （同項目依出版年月先後排序）
內容闡釋	整體及系列	康培初	〈古詩十九首新釋〉〔註48〕
		葉嘉瑩	〈一組易懂而難解的好詩〉〔註49〕
		方祖燊	〈古詩十九首的分析與欣賞〉〔註50〕
		董金裕	〈古詩十九首總論〉〔註51〕
		林明德	〈古詩十九首賞析（下）〉〔註52〕
		趙修禮	〈古詩十九首析論〉〔註53〕
		鍾吉雄	〈古詩十九首析賞〉〔註54〕

〔註48〕康培初：〈古詩十九首新釋〉，《中國語文》，第 22 卷第 3 期，1968 年 3 月），頁 71～74。康培初：〈古詩十九首新釋〉，《中國語文》，第 22 卷第 4 期，1968 年 4 月），頁 46～54。康培初：〈古詩十九首新釋〉，《中國語文》，第 22 卷第 5 期，1968 年 5 月），頁 44～49。康培初：〈古詩十九首新釋〉，《中國語文》，第 22 卷第 6 期，1968 年 6 月），頁 39～45。康培初：〈古詩十九首新釋〉，《中國語文》，第 23 卷第 2 期，1968 年 8 月），頁 56～68。康培初：〈古詩十九首新釋〉，《中國語文》，第 23 卷第 3 期，1968 年 9 月），頁 40～46。康培初：〈古詩十九首新釋〉，《中國語文》，第 23 卷第 4 期，1968 年 10 月），頁 48～53。

〔註49〕葉嘉瑩：〈一組易懂而難解的好詩〉，《文學季刊》，第 2 卷第 7、8 期，1968 年 11 月），頁 17～24。

〔註50〕方祖燊：〈古詩十九首的分析與欣賞〉，《幼獅月刊》，第 44 卷第 3 期，1976 年 9 月），頁 42～48。

〔註51〕董金裕：〈古詩十九首總論〉，《明道文藝》，第 71 期，1982 年 2 月），頁 77～79。此篇性質為《明道文藝・古詩十九首專輯》之序言，其專輯特約洪宏亮、顏崑陽、陳啓佑、林明德等人分析探討，而「臺灣期刊論文索引系統」對前三者之期刊論文皆未著錄，詳見洪宏亮：〈「行行重行行」等四首賞析〉，《明道文藝》，第 71 期，1982 年 2 月），頁 80～87。顏崑陽：〈「去者日以疏」等五首賞析〉，《明道文藝》，第 71 期，1982 年 2 月），頁 88～97。陳啓佑：〈古詩十九首賞析（中）〉，《明道文藝》，第 72 期，1982 年 3 月），頁 43～53。

〔註52〕林明德：〈古詩十九首賞析（下）〉，《明道文藝》，第 75 期，1982 年 6 月），頁 109～120。

〔註53〕趙修禮：〈古詩十九首析論〉，《新埔學報》，第 9 期，1984 年 4 月），頁 51～146。

〔註54〕鍾吉雄：〈古詩十九首析賞〉，《中國語文》，第 58 卷第 5 期，1986 年 5 月），頁 61～70。

面向	細目	作者	期刊論文 （同項目依出版年月先後排序）
		王令樾	〈古詩十九首管窺（上）〉、〈古詩十九首管窺（下）〉〔註55〕
		陳瑋倩	〈清和平遠，言情不盡的古詩十九首〉〔註56〕
		楊鴻銘	〈古詩十九首（一）——行行重行行析評〉、〈古詩十九首（二）——青青河畔草析評〉、〈古詩十九首（三）——青青陵上柏析評〉、〈古詩十九首（四）——今日良宴會析評〉、〈古詩十九首（五）——西北有高樓析評〉、〈古詩十九首（六）——涉江采芙蓉析評〉、〈古詩十九首（七）——明月皎夜光析評〉、〈古詩十九首（八）——冉冉孤生竹析評〉、〈古詩十九首（九）——庭中有奇樹析評〉、〈古詩十九首（十）——迢迢牽牛星析評〉、〈古詩十九首（十一）——迴車駕言邁析評〉、〈古詩十九首（十二）——東城高且長析評〉、〈古詩十九首（十三）——驅車上東門析評〉、〈古詩十九首（十四）——去者日以疏析評〉、〈古詩十九首（十五）——生年不滿百析評〉、〈古詩十九首（十六）——凜凜歲云暮析評〉、〈古詩十九首（十七）——孟冬寒氣至析評〉、〈古詩十九首（十八）——客從遠方來析評〉、〈古詩十九首（十九）——明月何皎皎析評〉〔註57〕

〔註55〕 王令樾：〈古詩十九首管窺（上）〉，（《輔仁學誌——文學院之部》，第 17 期，1988 年 6 月），頁 275～313。王令樾：〈古詩十九首管窺（下）〉，（《輔仁學誌——文學院之部》，第 18 期，1989 年 6 月），頁 165～201。

〔註56〕 陳瑋倩：〈清和平遠，言情不盡的古詩十九首〉，（《育達學報》，第 11 期，1997 年 12 月），頁 35～41。

〔註57〕 楊鴻銘：〈古詩十九首（一）——行行重行行析評〉，（《孔孟月刊》，第 39 卷第 12 期，2001 年 8 月），頁 47～49。楊鴻銘：〈古詩十九首（二）——青青河畔草析評〉，（《孔孟月刊》，第 40 卷第 1 期，2001 年 9 月），頁 47～49。楊鴻銘：〈古詩十九首（三）——青青陵上柏析評〉，（《孔孟月刊》，第 40 卷第 2 期，2001 年 10 月），頁 47～49。楊鴻銘：〈古詩十九首（四）——今日良宴會析評〉，（《孔孟月刊》，第 40 卷第 3 期，2001 年 11 月），頁 47～49。楊鴻銘：〈古詩十九首（五）——西

面向	細目	作者	期刊論文 （同項目依出版年月先後排序）
	單篇	徐傳勝 林蔚蘭	〈委婉含蓄餘味無盡──《古詩十九首·冉冉孤生竹》賞析〉〔註58〕
		葉嘉瑩 講、安 易整理	〈古詩十九首講錄（第二講）〉、〈古詩十九首講錄〈青青河畔草〉、〈今日良宴會〉（第三講）〉、〈古詩十九首講錄──〈西北有高樓〉（第四講）〉〔註59〕

北有高樓析評〉，（《孔孟月刊》，第 40 卷第 4 期，2001 年 12 月），頁
46～49。楊鴻銘：〈古詩十九首（六）──涉江采芙蓉析評〉，（《孔孟
月刊》，第 40 卷第 5 期，2002 年 1 月），頁 45～47。楊鴻銘：〈古詩十
九首（七）──明月皎夜光析評〉，（《孔孟月刊》，第 40 卷第 6 期，2002
年 2 月），頁 50～53。楊鴻銘：〈古詩十九首（八）──冉冉孤生竹析
評〉，（《孔孟月刊》，第 40 卷第 7 期，2002 年 3 月），頁 46～49。楊鴻
銘：〈古詩十九首（九）──庭中有奇樹析評〉，（《孔孟月刊》，第 40
卷第 8 期，2002 年 4 月），頁 47～49。楊鴻銘：〈古詩十九首（十）─
─迢迢牽牛星析評〉，（《孔孟月刊》，第 40 卷第 9 期，2002 年 5 月），
頁 47～49。楊鴻銘：〈古詩十九首（十一）──迴車駕言邁析評〉，（《孔
孟月刊》，第 40 卷第 10 期，2002 年 6 月），頁 47～49。楊鴻銘：〈古
詩十九首（十二）──東城高且長析評〉，（《孔孟月刊》，第 40 卷第
11 期，2002 年 7 月），頁 45～48。楊鴻銘：〈古詩十九首（十三）─
─驅車上東門析評〉，（《孔孟月刊》，第 40 卷第 12 期，2002 年 8 月），
頁 46～49。楊鴻銘：〈古詩十九首（十四）──去者日以疏析評〉，（《孔
孟月刊》，第 41 卷第 1 期，2002 年 9 月），頁 47～49。楊鴻銘：〈古詩
十九首（十五）──生年不滿百析評〉，（《孔孟月刊》，第 41 卷第 2 期，
2002 年 10 月），頁 47～49。楊鴻銘：〈古詩十九首（十六）──凜凜歲
云暮析評〉，（《孔孟月刊》，第 41 卷第 3 期，2002 年 11 月），頁 45～48。
楊鴻銘：〈古詩十九首（十七）──孟冬寒氣至析評〉，（《孔孟月刊》，
第 41 卷第 4 期，2002 年 12 月），頁 44～47。楊鴻銘：〈古詩十九首（十
八）──客從遠方來析評〉，（《孔孟月刊》，第 41 卷第 5 期，2003 年 1
月），頁 47～49。楊鴻銘：〈古詩十九首（十九）──明月何皎皎析評〉，
（《孔孟月刊》，第 41 卷第 6 期，2003 年 2 月），頁 47～49。

〔註58〕 徐傳勝、林蔚蘭：〈委婉含蓄餘味無盡──《古詩十九首·冉冉孤生竹》
賞析〉，（《國文天地》，第 8 卷第 5 期，1992 年 10 月），頁 64～68。

〔註59〕 葉嘉瑩講、安易整理：〈古詩十九首講錄（第二講）〉，（《國文天地》，
第 10 卷第 2 期，1994 年 7 月），頁 4～10。葉嘉瑩講、安易整理：〈古
詩十九首講錄〈青青河畔草〉、〈今日良宴會〉（第三講）〉，（《國文天地》，
第 10 卷第 3 期，1994 年 8 月），頁 37～43。葉嘉瑩講、安易整理：〈古

面向	細目	作者	期刊論文 （同項目依出版年月先後排序）
		夏松涼	〈《古詩十九首・迢迢牽牛星》賞析〉〔註60〕
主題探討	時間觀念	周樹華	〈古詩十九首的時間觀念〉〔註61〕
	感時悲哀	吉川幸次郎著、鄭清茂譯	〈推移的悲哀（上）——古詩十九首的主題〉、〈推移的悲哀（下）——古詩十九首的主題〉〔註62〕
	遊子羈愁	沈謙	〈羈旅愁懷的遊子飄泊之歌〉〔註63〕
	生死關懷	陳清俊	〈生與死的關懷——中國詩人對死亡的凝視〉〔註64〕
	人物性格	林香伶	〈從人物性格的二重組合談《古詩十九首》〉〔註65〕

詩十九首講錄——〈西北有高樓〉（第四講）〉，《國文天地》，第 10 卷第 4 期，1994 年 9 月），頁 28～36。此外，尚有第一講與第五講，「臺灣期刊論文索引系統」對此二篇未著錄，詳見葉嘉瑩講、安易整理：〈古詩十九首講錄（第一講）〉，（《國文天地》，第 10 卷第 1 期，1994 年 6 月），頁 48～58。葉嘉瑩講、安易整理：〈古詩十九首講錄——〈東城高且長〉（第五講）〉，（《國文天地》，第 10 卷第 5 期，1994 年 10 月），頁 7～13。此五篇期刊論文，後來又見收錄於葉嘉瑩：《葉嘉瑩說漢魏六朝詩》，（北京：中華書局，2010 年）。

〔註60〕夏松涼：〈《古詩十九首・迢迢牽牛星》賞析〉，（《中國語文》，第 77 卷第 1 期，1995 年 7 月），頁 39～41。

〔註61〕周樹華：〈古詩十九首的時間觀念〉，（《中山學術文化集刊》，第 19 期，1977 年 3 月），頁 79～105。

〔註62〕吉川幸次郎著、鄭清茂譯：〈推移的悲哀（上）——古詩十九首的主題〉，（《中外文學月刊》，第 6 卷第 4 期，1977 年 9 月），頁 24～54。吉川幸次郎著、鄭清茂譯：〈推移的悲哀（下）——古詩十九首的主題〉，（《中外文學月刊》，第 6 卷第 5 期，1977 年 10 月），頁 113～131。

〔註63〕沈謙：〈羈旅愁懷的遊子飄泊之歌〉，（《中國語文》，第 66 卷第 4 期，1990 年 4 月），頁 14～24。

〔註64〕陳清俊：〈生與死的關懷——中國詩人對死亡的凝視〉，（《中國學術年刊》，第 16 期，1995 年 3 月），頁 79～97。

〔註65〕林香伶：〈從人物性格的二重組合談《古詩十九首》〉，（《中國學術年刊》，第 20 期，1999 年 3 月），頁 335～354、607～608。

面向	細目	作者	期刊論文 （同項目依出版年月先後排序）
	造化	鄭愁予	〈《古詩十九首》的造化〉〔註66〕
	按內容分類主題	呂明修	〈「古詩十九首」之主題探討〉〔註67〕——依據內容思想分為「離愁別緒」、「感時傷逝」、「知音難覓」、「懷才不遇」等四類主題來探討。
	時間意識與心理治療	侯迺慧	〈《古詩十九首》時間悲劇主題的意識層遞與自我治療〉〔註68〕
	盼望等待	沈子杰	〈亙古的盼——古詩十九首中的等待主題試析〉〔註69〕
	女性形象	林綉亭	〈《古詩十九首》女性形象探析〉〔註70〕
寫作技巧	音韻	唐亦瑋	〈古詩十九首用韻考〉〔註71〕
		李綉玲	〈試探「古詩十九首」的音韻與詞彙風格〉〔註72〕
		胡淑貞 簡宗梧	〈試析古詩十九首之聲情〉〔註73〕

〔註66〕鄭愁予：〈《古詩十九首》的造化〉，（《明報月刊》，第35卷第7期，2000年7月），頁38。

〔註67〕呂明修：〈「古詩十九首」之主題探討〉，（《中華技術學院學報》，第22期，2001年3月），頁245～261。

〔註68〕侯迺慧：〈《古詩十九首》時間悲劇主題的意識層遞與自我治療〉，（《中國古典文學研究》，第8期，2002年12月），頁1～18。

〔註69〕沈子杰：〈亙古的盼——古詩十九首中的等待主題試析〉，（《孔孟月刊》，第45卷第5、6期，2007年2月），頁25～29。

〔註70〕林綉亭：〈《古詩十九首》女性形象探析〉，（《玄奘人文學報》，第卷第9期，2009年7月），頁115～138。

〔註71〕唐亦瑋：〈古詩十九首用韻考〉，（《淡江學報》，第4期，1965年11月），頁27～50。

〔註72〕李綉玲：〈試探「古詩十九首」的音韻與詞彙風格〉，（《中正大學中國文學研究所研究生論文集刊》，第3期，2001年5月），頁17～45。

〔註73〕胡淑貞、簡宗梧：〈試析古詩十九首之聲情〉，（《中臺學報》，第17卷第1期，2005年9月），頁171～190。

面向	細目	作者	期刊論文 （同項目依出版年月先後排序）
	藝術技巧	廖蔚卿	〈論古詩十九首的藝術技巧〉〔註74〕
	修辭	沈謙	〈從譬喻論古詩十九首的藝術技巧〉〔註75〕
		王瓊瑤	〈從重疊詞彙運用探討《古詩十九首》語言風格〉〔註76〕
	意象	黃瑞枝	〈析探古詩十九首意象特質〉〔註77〕
		陳志源	〈古詩十九首中的植物意象〉〔註78〕
		羅文華	〈古詩十九首的時間意象〉〔註79〕
	比興	魏靖峰	〈試析古詩十九首的比興〉〔註80〕
譯本	與原詩相較	方淑美	〈簡釋 Ezra Pound 的漢代詩歌譯本——以〈陌上桑〉、〈青青河畔草〉及〈迢迢牽牛星〉三首詩歌爲例（上）〉〔註81〕
美術	書畫鑑定	吳國豪	〈陳淳，米芾，黑白配——記一件被改款的〈古詩十九首〉卷〉〔註82〕

〔註74〕 廖蔚卿：〈論古詩十九首的藝術技巧〉，（《文學思潮》，第 5 期，1979年 10 月），頁 147～170。

〔註75〕 沈謙：〈從譬喻論古詩十九首的藝術技巧〉，（《古典文學》，上卷第 7期，1985 年 8 月），頁 189～208。

〔註76〕 王瓊瑤：〈從重疊詞彙運用探討《古詩十九首》語言風格〉，（《中國語文》，第 110 卷第 4 期，2012 年 4 月），頁 65～83。

〔註77〕 黃瑞枝：〈析探古詩十九首意象特質〉，（《屏東師院學報》，第 7 期，1994 年 6 月），頁 195～209。

〔註78〕 陳志源：〈古詩十九首中的植物意象〉，（《輔大中研所學刊》，第 7 期，1997 年 6 月），頁 216～226。

〔註79〕 羅文華：〈古詩十九首的時間意象〉，（《中國語文》，第 92 卷第 4 期，2003 年 4 月），頁 53～60。

〔註80〕 魏靖峰：〈試析古詩十九首的比興〉，（《中國語文》，第 84 卷 2 期，1999 年 2 月），頁 93～95。

〔註81〕 方淑美：〈簡釋 Ezra Pound 的漢代詩歌譯本——以〈陌上桑〉、〈青青河畔草〉及〈迢迢牽牛星〉三首詩歌爲例（上）〉，（《中國語文》，第103 卷第 2 期，2008 年 8 月），頁 70～80。

〔註82〕 吳國豪：〈陳淳，米芾，黑白配——記一件被改款的〈古詩十九首〉卷〉，（《典藏古美術》，第 234 期，2012 年 3 月），頁 154～161。

由上表分類可知，學者對《古詩十九首》的研究方向，或從文學史角度切入，探討其作者、時代、詩歌地位與意涵、擬作比較；或以內容爲主，旨在評析與闡釋；或探主題方式切入，分析《古詩十九首》該類主題之內涵與特色；或歸納、探究《古詩十九首》之寫作技巧；甚至近期亦出現探討英譯本與古籍之比較，以及鑑定《古詩十九首》書畫之筆法與墨法。對《古詩十九首》的研究面向豐富，若以時代縱向觀其研究趨勢，大抵爲早期較重視作者、時代之分析，近期愈重視擬作比較與內容、主題等探討。然而，從歷代接受的角度來探究《古詩十九首》者，如：探討明代或清代之評述等等，是目前尚未見及。

（二）大陸期刊論文

依「中國期刊全文數據庫」蒐羅從 1980 年至 2012 年以「古詩十九首」爲題名和關鍵詞的單篇論文，高達 359 篇。〔註83〕其研究方向，正如李祥偉所論：

> 隨著近 20 年西方接受美學、影響研究的興盛，研究者亦著手深入古代文學經典的影響研究。其一，20 世紀的研究主要集中在對《古詩十九首》與詩經、漢樂府、建安、南北朝詩歌關係的研究，在古代文論零星片語的基礎上，現代學者進行了更深入探討……。其二，近 10 年來的影響研究還集中在對陸機、王船山等擬詩的研究……。其三，對於各個時代的隱性影響開始關注，主要集中在對唐代詩人影響的個案研究……。其四，有些學者開始關注《古詩十九首》學術研究的經典，並開始作系統的理論探討……。〔註84〕

大抵亦是探索《古詩十九首》之作者、時代、詩學地位、擬作、內容題旨、藝術技巧等等。而不同於臺灣學者之處，在於此段文字中之其三、其四，近期學者開始系統性地綜述、梳理二十世紀以來與《古詩

〔註83〕中國期刊全文數據庫：http://cnki50.csis.com.tw.rpa.lib.nknu.edu.tw:81/kns50/Navigator.aspx?ID=CJFD，（西元 2012 年 10 月 23 日搜尋）。

〔註84〕李祥偉：〈《古詩十九首》研究述論〉，頁 66～67。

十九首》相關的研究，並檢討其研究成就及不足，如李祥偉此篇即是，此外尚有：劉明怡〈近二十年《古詩十九首》研究概觀〉〔註85〕、張幼良〈20世紀《古詩十九首》研究述評〉〔註86〕、石彥《古詩十九首》百年研究綜述〉〔註87〕、歐明俊〈《古詩十九首》百年研究之總檢討〉〔註88〕等，而從這些回顧與檢討研究中，亦獲悉：大陸學者木齋於2005年起陸續在期刊論文中考證、推論，提出《古詩十九首》爲建安曹魏等上層文人之作〔註89〕，再度引起大陸學界對《十九首》作者、時代的討論，甚至以「百年《古詩十九首》研究史的第一次大收穫」〔註90〕作爲標題來評述木齋的意見。此外，近期學者已開始對

〔註85〕劉明怡：〈近二十年《古詩十九首》研究概觀〉，（《文史知識》，第10期，2002年），頁119～127。

〔註86〕張幼良：〈20世紀《古詩十九首》研究述評〉，（《貴州文史叢刊》，第4期，2003年），頁1～5。

〔註87〕石彥：《《古詩十九首》百年研究綜述〉，（《語文學刊》，第11期，2008年），頁58～62。

〔註88〕歐明俊：〈《古詩十九首》百年研究之總檢討〉，（《社會科學研究》，第4期，2009年），頁18～24。

〔註89〕大陸學者木齋自2005年起陸續發表七篇論文，推論《古詩十九首》爲建安曹魏等上層文人所作，茲按發表先後羅列：木齋：〈初論古詩十九首產生在建安曹魏時代——從五言詩形成歷程角度的探尋〉，（《山西大學學報（哲學社會科學版）》，第28卷第2期，2005年3月），頁71～77。木齋：〈略論古詩十九首的產生時間和作者階層〉，（《山西大學學報（哲學社會科學版）》，第28卷第4期，2005年7月），頁28～32。木齋：〈《古詩十九首》「東漢」說質疑〉，（《中華文化論壇》，第2期，2006年），頁67～69。木齋：〈試論曹植與古詩十九首的女性題材寫作——兼論《青青河畔草》的作者和寫作背景〉，（《新疆大學學報（哲學·人文社會科學版）》，第34卷第4期，2006年7月），頁127～131。木齋：〈從語彙語句角度考量古詩十九首與建安詩歌〉，（《山西大學學報（哲學社會科學版）》，第32卷第1期，2009年1月），頁30～34。木齋：〈論《古詩十九首》與曹植的關係——兼論〈涉江采芙蓉〉爲曹植建安十七年作〉，（《社會科學研究》，第4期，2009年），頁24～34。木齋：〈《古詩十九首與建安詩歌研究》反思〉，（《社會科學研究》，第2期，2010年），頁54～66。

〔註90〕孫艷紅、焦寶：〈百年《古詩十九首》研究史的第一次大收穫〉，（《江西師範大學學報（哲學社會科學版）》，第5期，2009年），頁56～58。

《古詩十九首》在各個時代的接受現象做探討，其中對於明代接受的研究有三篇，對於清代接受的研究有四篇，茲分別說明如下：

1、論明代之接受

從明代對《古詩十九首》之評述來分析者，有三篇，分別以王世貞、胡應麟為探討對象，以下簡要說明之。

宋賢〈王世貞對《古詩十九首》的接受〉〔註91〕，主要從王世貞《藝苑巵言》，輔以《弇州山人四部稿》做探討，歸納王世貞對《古詩十九首》之接受，是既重申復古主張，亦注重詩歌法度，反對剽竊模擬，如評述《十九首》時，多以「字法」、「句法」、「章法」評之，並倡導「合而離、離而合」，此外，指出王世貞對詩歌之主體情感、藝術感染力等等皆予以重視。最後，提出王世貞之詩論批評，一則顯現了明人對詩歌要求重視法度之特點，二則可觀明代學古、擬古之風尚，對《十九首》等漢魏詩歌接受之熱潮。

趙燕〈胡應麟與《古詩十九首》〉〔註92〕，以胡應麟評《古詩十九首》「興象玲瓏，意致深婉」為主軸，探討此一評述與胡應麟詩論主張「體格聲調」（格調說）、「興象風神」（神韻說）有密切之關聯，並從而知悉胡應麟對復古派的調整──不僅注重「體格聲調」，亦以神韻之說對格調內涵做調整，強調直覺體悟、整體審美風格。最後，比較胡應麟與陸時雍、王夫之等人在神韻觀點之異同，凸顯胡應麟對古詩之評述是融合了其詩論主張而發。

宋賢〈胡應麟《詩藪》論《古詩十九首》及其批評史意義〉〔註93〕，首先歸納胡應麟對《古詩十九首》之評述有二項突出的貢獻：一為對《十九首》與魏詩之關聯與區別有精闢的見解，二為對

〔註91〕宋賢：〈王世貞對《古詩十九首》的接受〉，（《考試周刊》，第 19 期，2010 年），頁 23～24。

〔註92〕趙燕：〈胡應麟與《古詩十九首》〉，（《蘭州學刊》，第 4 期，2006 年），頁 53～55、52。

〔註93〕宋賢：〈胡應麟《詩藪》論《古詩十九首》及其批評史意義〉，（《傳承》，第 6 期，2011 年），頁 64～65、67。

歷代擬《十九首》之作有獨到的見地；其次，歸納胡應麟對《十九首》評述之意義：認爲胡應麟承襲復古派「體以代變」、「格以代降」之觀點，故將《十九首》樹爲典範，然而胡應麟雖強調「體格聲調」，但又主張詩之「興象風神」，企圖將詩之外在體裁法式與詩人之內在感情做調和，由此肯定胡應麟對文學本質意義與藝術特徵之開拓。

2、論清代之接受

從清代對《古詩十九首》之評述來分析者，有四篇，分別探討王夫之、陳祚明、方東樹等，以下簡扼說明之。

曾也魯〈王船山與《古詩十九首》〉〔註94〕，探討王船山推崇《古詩十九首》之原因，從王船山詩論原則與風格，歸結出四點：「溫柔敦厚的詩教原則」、「含蓄委婉的藝術風格」、「特殊的詩歌美學觀」（倡「文質之中」——內容與形式和諧結合）、「偏愛抒情詩，排斥敘事詩，蔑視民間歌謠」等，認爲此四點詩論原則與風格是造成王船山將《十九首》樹爲典範的緣由，並進一步評價王船山詩論觀點之優劣：前三點是王船山之獨特與創見處，而第四點反映其詩論之狹隘與片面性。

周念先〈解讀王船山《擬古詩十九首》〉〔註95〕，將王船山擬作與《古詩十九首》相較，認爲王船山擬作體現了其對《十九首》之評述，並進而分述二者之異同——相同之處爲：二者在相對應之詩篇，雖然詩旨有別，但其題材、安排層次、句數、押韻等皆相同或相似，並歸納王船山擬作承襲《十九首》之處有三：第一、「內容單一，篇幅短小」，第二、「多用比興手法，內涵豐富」，第三、「語言淺易，詞意深婉」。至於相異處，則認爲王船山擬作具有高於《十九首》之創意有三：第一、「沒有表現消極、庸俗、頹廢的思想」，第二、「多寓

〔註94〕曾也魯：〈王船山與《古詩十九首》〉，（《衡陽師範學院學報（社會科學）》，第21卷第1期，2000年2月），頁113～115。

〔註95〕周念先：〈解讀王船山《擬古詩十九首》〉，（《衡陽師範學院學報（社會科學）》，第24卷第5期，2003年10月），頁64～68。

有『故國之感』，表現出船山堅定的漢民族氣節」，第三、「多回憶與不同友人的交誼，感情純真深摯」。

陳斌〈論清初陳祚明對《古詩十九首》抒情藝術的發微〉〔註96〕，主要從陳祚明《稽留山人集》與《采菽堂古詩選》來論述其對《古詩十九首》抒情藝術之特見，歸納有二：一為指出《十九首》「言人同有之情」，二為發掘、闡述《十九首》「經營慘淡」的抒情方式，如：「用意曲盡」、「用意善藏」、「不出正意」等含蓄、反言的獨特抒情方式。同時，亦酌引宋、元以至王國維等人之見解，以比較、凸顯出陳祚明詩學批評之特色。

高政銳〈方東樹《昭昧詹言》論《古詩十九首》簡評〉〔註97〕，統計方東樹《昭昧詹言》中所評《古詩十九首》之數量及內涵，認為方東樹對《十九首》的研究貢獻在於細讀文本、消化前人評價後，對《十九首》在文學意義、作者、傳承等方面皆予以確切的評述，並歸納指出方東樹之「高妙」說為其論《十九首》之主旨。此外，亦指出方東樹師承桐城派，因而造成其在分析作品時，有泥古僵化、以道統文之缺憾。最後，提出《昭昧詹言》對《古詩十九首》之評價，一則可反映《十九首》在清代之傳承情況，二則能表明清代詩論之價值取向。

由前述分析可知，大陸學者雖以明或清接受的視角來探討《古詩十九首》，然而僅限於斷代、單一論者的考釋，而其考釋或側重所論者之詩話體例與特色，或欲將其詩論與評述做結合，或試圖將所論者之品評推論為整個朝代之風尚。是故，就目前期刊資料顯示，較缺乏以一個朝代為單位，來闡釋、統整、比較該朝代各家的評述意見，及其所產生之意義，同時，更未見研究兩個前後朝代各家對《古詩十九首》在評述上的變化。

〔註96〕陳斌：〈論清初陳祚明對《古詩十九首》抒情藝術的發微〉，（《中國韻文學刊》，第 20 卷第 4 期，2006 年 12 月），頁 13～18。

〔註97〕高政銳：〈方東樹《昭昧詹言》論《古詩十九首》簡評〉，（《大慶師範學院學報》，第 27 卷第 6 期，2007 年 12 月），頁 83～85。

三、學位論文

按「臺灣博碩士論文知識加值系統」〔註 98〕蒐羅以「古詩十九首」為論文名稱的學位論文，共有 5 本，皆為碩士論文，茲就其出版先後分述如下：

郭姿秀《古詩十九首抒情美學研究》〔註 99〕，有鑑於東漢末年文人寫詩，在抒情型態上的轉變——從以政治教化為目的轉變為純粹抒發個人情懷。欲透過對《古詩十九首》之背景時代、作者、內容和技巧等分析，探究《十九首》的抒情美學，藉此了解《十九首》的抒情特色，並印證詩歌抒情體系在《十九首》時已開始了轉變。

王莉莉《《古詩十九首》修辭藝術探究》〔註 100〕，主要探討《古詩十九首》之修辭及其修辭在詩中之作用，透過反覆探析《古詩十九首》的修辭，了解其藝術。首先，依據沈謙《修辭學》中的二十四種修辭方法，分「表意方法的調整」、「優美形式的設計」二節，對《十九首》詩句做分析和歸類，並加以舉例說明，以闡述各修辭方法在詩中呈現的藝術效果；接著，再以首為單位，分遊子、思婦之作，綜合地探討各首所運用的修辭，以了解各詩篇的整體內涵與藝術。

陳瑩珠《古詩十九首語言藝術研究》〔註 101〕，著重探究《古詩十九首》文字運用的技巧，藉由分析《十九首》的寫作背景、修辭技巧、語言表達技巧、意象經營等，探究《十九首》的語言藝術及其呈現之效果，以了解語言藝術對《古詩十九首》之價值與重要性。

〔註98〕國家圖書館‧臺灣廣域數位圖書館「臺灣博碩士論文知識加值系統」：
　　　　http://ndltd.ncl.edu.tw.rpa.lib.nknu.edu.tw:81/cgi-bin/gs32/gsweb.cgi/ccd=
　　　　_Vnz6W/webmge?mode=basic，（西元 2012 年 10 月 23 日搜尋）。
〔註99〕郭姿秀：《古詩十九首抒情美學研究》，（南華大學文學研究所碩士論文，2003 年）。
〔註100〕王莉莉：《《古詩十九首》修辭藝術探究》，（玄奘人文社會學院中國語文研究所碩士論文，2004 年）。
〔註101〕陳瑩珠：《古詩十九首語言藝術研究》，（國立彰化師範大學國文研究所國語文教學碩士班碩士論文，2006 年）。

　　周育如《「古詩十九首」的音韻風格研究》〔註102〕，從語言風格學的角度研究《古詩十九首》之聲母、韻母、聲調等音韻風格，從而了解其韻律表現，得出以下結論：「一、慣用『喉音』、『匣母』營造音韻效果；二、善用頭韻現象展現詩歌韻律；三、多以開口、細音展現脣形變化；四、多以舌位的升降展現音韻風格；五、用字頻率及諧韻尾皆以陰聲韻尾較多，陽聲韻尾次之；六、一韻到底及句中韻展現了不同的韻律效果；七、喜用『平聲字』展現婉轉的情感；八、音韻重複使語言的音響節奏跌宕迴環」〔註103〕。

　　傅雪芬《《古詩十九首》篇章結構探析》〔註104〕，從篇章結構的角度研究《古詩十九首》，以意象結構與章法結構二方面重新審視《十九首》的內容與形式。於是，從意象分析的結果，發現《十九首》內容豐富；從章法分析中，歸納《十九首》具有「偏剛」、「偏柔」、「剛柔互濟」等三類章法風格。藉此綜合剖析，呈現《十九首》之藝術境界，並肯定其文學史上的價值。

　　由上分析可知，臺灣學位論文主要藉由抒情美學、語言藝術、篇章結構等來探討《古詩十九首》之內涵。而大陸學者之學位論文，依「中國博士學位論文全文數據庫」〔註105〕、「中國優秀碩士學位論文全文數據庫」〔註106〕搜尋以「古詩十九首」為題名，1999年迄今，博士論文僅一本──何國平《山水詩前史──以《古詩十九

〔註102〕周育如：《「古詩十九首」的音韻風格研究》，（國立彰化師範大學國文研究所國語文教學碩士班碩士論文，2010年）。

〔註103〕同上註，引自結論，頁248～252。

〔註104〕傅雪芬：《《古詩十九首》篇章結構探析》，（國立臺灣師範大學國文學系教學碩士班碩士論文，2010年）。

〔註105〕中國博士學位論文全文數據庫：http://cnki50.csis.com.tw.rpa.lib.nknu.edu.tw:81/kns50/Navigator.aspx?ID=CDFD，（西元2012年10月23日搜尋）。

〔註106〕中國優秀碩士學位論文全文數據庫：http://cnki50.csis.com.tw.rpa.lib.nknu.edu.tw:81/kns50/Navigator.aspx?ID=CMFD，（西元2012年10月23日搜尋）。

首》到玄言詩的審美經驗變遷為中心》〔註107〕，碩士論文則多達二十一本，研究豐富，其研究方向，亦如前述期刊論文所探討之重點，而其中論及歷代之接受現象，僅見陳嵩明《唐前《古詩十九首》接受史》〔註108〕、劉酩詩《《古詩十九首》在魏晉六朝唐代的傳播接受》〔註109〕等二本碩士論文，皆以唐前為撰述對象。是故，就當前研究情況看來，未有從明、清二代對《古詩十九首》接受之角度做探討。

　　經由前述文獻回顧，可知研究現況多著墨於《古詩十九首》之作者時代、內涵、寫作技巧等等，對歷代接受之研究，僅見大陸學者之期刊與學位論文，其中期刊部分雖以明、清詩歌理論為探討對象，但僅限於斷代、單一論者之考釋。對於明、清之評述，今日學者多用於引證，未做深入探究，而歷代對《古詩十九首》之討論，以明、清最為興盛，是故不能僅就斷代或單一論者做探討，必須從明、清二代著眼。因此，本文以明、清二代對《古詩十九首》之評述為研究對象，分別對明、清各家詩話做蒐羅、分類，以闡釋、統整、比較一朝代內各家之意見，及其所產生之意義，進而比較明、清二代評述之異同，窺其時代更迭是否對《古詩十九首》之接受產生變化。最後，歸結明、清二代評述對《古詩十九首》、當代、後學之意義。以期重新審視明、清評述之意義與價值，開拓今日研究現況之不足。

〔註107〕　何國平：《山水詩前史——以《古詩十九首》到玄言詩的審美經驗變遷為中心》，（浙江大學博士論文，2006 年）。
〔註108〕　陳嵩明：《唐前《古詩十九首》接受史》，（黑龍江大學碩士論文，2011 年）。
〔註109〕　劉酩詩：《《古詩十九首》在魏晉六朝唐代的傳播接受》，（暨南大學碩士論文，2011 年）。

第二章　明詩話與《古詩十九首》

　　明代文學推崇「文必秦漢，詩必盛唐」〔註1〕，在此文學風氣下，明代詩話追本溯源至《詩經》、《楚辭》，以至《古詩十九首》。

　　明代詩話中提及《古詩十九首》者，多達210條〔註2〕，有：朱

〔註 1〕 「文必秦漢，詩必盛唐」此主張始出於明代前七子李夢陽，載於《明史·卷二百八十六·李夢陽傳》：「倡言文必秦漢，詩必盛唐……。」詳見〔清〕張廷玉等奉敕纂修：《明史》，收錄於藝文印書館編：《二十五史》，（臺北：藝文印書館，1973 年），第四十九冊，頁 3153。而明代前後七子的復古運動亦受到其影響，如葉慶炳所論：「前後七子所謂復古，實為擬古。至於模擬對象，明史李夢陽傳稱『文必秦漢，詩必盛唐』。『文必秦漢』之說，大致與夢陽論文之旨相符。」見葉慶炳：《中國文學史》，（臺北：臺灣學生書局，1997 年），下冊，頁 262～263。前後七子雖都提倡復古運動，但實有差別，據嚴明分析：前七子代表李夢陽旨在遵循古人格調，刻意模擬之；後七子代表王世貞則認為「厚古而不泥古」，學習古人格調的同時，須保有自己的才思，而「他的詩論在學古與擬古的關係上成為明代復古派向公安派過渡的一座橋梁」。詳見嚴明：《中國詩學與明清詩話》，（臺北：文津出版社有限公司，2003 年），頁 344～358。若不論前後七子復古運動的弊病，其「文必秦漢，詩必盛唐」之主張，對明代多少仍造成影響，而這一點亦可從明詩話各家論述上得知。

〔註 2〕 本論文中的明代詩話皆採用自周維德集校：《全明詩話》，（濟南：齊魯書社，2005 年），全六冊。以此六冊所收錄之明代詩話為耙梳範圍，凡提及《古詩十九首》者皆蒐羅，共有 210 條，並按頁數先後編排成表格，詳見附錄一。本章根據其中的重要論點做歸納和探討，以期了解《古詩十九首》在明人心中的面貌。

權《江西詩法》、周敘《詩學梯航》、陳沂《拘虛詩談》、徐禎卿《談藝錄》、楊慎《升菴詩話》、楊慎《詩話補遺》、謝榛《四溟詩話》、皇甫汸《解頤新語》、何良俊《元朗詩話》、沈騏《詩體明辯・序》、徐師曾《詩體明辯》、王文祿《詩的》、梁橋《冰川詩式》、譚浚《說詩》、王世貞《藝苑巵言》、李贄《騷壇千金訣》、茅一相《欣賞詩法》、王世懋《藝圃擷餘》、周履靖《騷壇秘語》、胡應麟《少室山房詩評》、汪道昆《詩藪・序》、胡應麟《詩藪》、江盈科《雪濤詩評》、冒愈昌《詩學雜言》、郝敬《讀詩》、郝敬《藝圃傖談》、周子文《藝藪談宗》、許學夷《詩源辯體》、胡震亨《唐音癸籤》、馮復京《說詩補遺》、鍾惺《詞府靈蛇二集》、陳懋仁《藕居士詩話》、葉廷秀《詩譚》、盧世㴶《讀杜私言》、費經虞《雅倫》、方以智《通雅詩話》、陸時雍《詩鏡總論》、趙士喆《石室談詩》等。其論述的面向，主要為探討《古詩十九首》的作者、版本、內容、句法、格律、風格、承襲和影響等。

　　明代詩話對《古詩十九首》的探討，或深入詳述，或概略簡評，或只是論及其他主題時的附帶一提。但不論詳略，皆可知《古詩十九首》在明人詩學方面已有舉足輕重的影響。今人透過明代詩話，亦可直接或間接了解《古詩十九首》在明人心中的面貌。

第一節　《古詩十九首》寫作背景探討

　　文學作品，乃作者對時代現象、生活背景有感而發，或抒發其心志而作。是故，任一文學作品或多或少都反映了當時的寫作時代背景，經由文學作品可觀當時之況。換言之，任一文學作品亦受到了寫作背景的影響而產生。

　　而《古詩十九首》，為五言成熟之作，關於作者，《文選》未著錄名氏，不知作者為誰。關於版本，《古詩十九首》版本分歧，舉凡陸機擬作、《玉臺新詠》所錄的篇章，與《文選》中的十九首古詩不盡相同。對此，明人在其詩話中皆有所探討，或結合前人研究，或引證

推敲。透過明代詩話中探討《古詩十九首》背景，一則了解《古詩十九首》的寫作概況，二則反映《古詩十九首》在明代的文學地位和面貌。

一、詩源背景

　　明人論詩，追溯詩歌發展之概況，大都遠溯秦漢，中溯魏晉，乃至盛唐，來推崇杜甫詩歌之集大成，符合當代「詩必盛唐」之風氣。例如：李贄和茅一相在詩話裡，皆論道：

> 詩體《三百篇》，流爲《楚辭》、爲樂府、爲《古詩十九首》、爲蘇、李五言、爲建安黃初，此詩之祖也。《文選》劉琨、阮籍、左、郭、鮑、謝諸詩，淵明全集，此詩之宗也。老杜全集，詩之大成也。〔註3〕

雖然，明人詩話著重盛唐詩歌，但盛唐詩歌乃是集前朝詩歌之大成，是故在此追本溯源過程中，亦可了解明人體認的盛唐詩之養分來源。

　　而在追溯詩歌源流時，《古詩十九首》在詩話中屢次被提及，據此，不但可知明人認爲《古詩十九首》是盛唐詩歌不可或缺的養分外，亦可從中側面了解到《古詩十九首》在詩歌史上遞嬗的源流背景。茲就明詩話各家論述詩歌源流時，凡提及《古詩十九首》者羅列如下：

（一）詩歌遞嬗

　　詩歌的形成、成熟，絕非一蹴可幾，周敍在《詩學梯航・敍詩》中便道：

> 詩之起自舜、禹賡歌，其源遠矣。逮周之《三百篇》，作詩

〔註3〕〔明〕李贄：《騷壇千金訣・詩學正源・詩准繩》，收錄於周維德集校：《全明詩話》，第三冊，頁2089。茅一相《欣賞詩法・詩學淵源之圖》亦有此言：「詩體《三百篇》，流爲《楚詞》，爲樂府，爲《古詩十九首》，爲蘇、李五言，爲建安、黃初，此詩之祖也。《文選》劉琨、阮籍、潘、陸、左、郭、鮑、謝諸詩，《淵明全集》，此詩之宗也。《老杜全集》，詩之大成也。」見〔明〕茅一相：《欣賞詩法・詩學淵源之圖》，收錄於周維德集校：《全明詩話》，第三冊，頁2116。

之爲體始具，及經孔聖刪定，四詩六義之説以明。以之被絃歌、薦郊廟，而詩之爲用益著。秦漢以來，歌曲寖盛，至柏梁之賦而七字成，即柏梁體。蘇、李諸作而五言出：漢蘇武有詩四首，李陵有〈與蘇武〉三首，及無名氏《古詩十九首》，皆五言詩。或謂蘇、李諸作非眞，而〈飲馬長城窟行〉、〈長歌行〉等篇，皆漢樂府。以上並見《文選》。率皆五字爲句，則五七言之俱起於漢無疑。然漢去古未遠，風氣淳厚，惜乎漢詩傳於今者絕少，其可見不過樂府之類數章，固非後世所能及也⋯⋯。〔註4〕

而沈騏在《詩體明辯・序》中更進一步論道：

詩其昉於邈古之世乎？若古詩所傳，有其音無其韻；亦初不限言數，短或二言，多至八九；或韻在末句之上，又或重用叶字。然則道志之言，約如文耳。唐、虞以前，有歌謠之名，《舜典》始著詩稱。蓋雜縣詞歌銘之中，未有定體也。自太史著採風之職，而商、周之間，乃定《風》、《雅》、《頌》之規，有此（按：「此」應作「比」）、興、賦之格。孔子刪之，卓然取游人野女之謳吟，而定曰《詩》。爰是，詩有其區域矣。此後宜盛而衰，迄於戰國，其確然以詩名者，惟見荀卿一章。至楚屈平別衍詩體爲騷，斯變風亦絕。漢初，唐山夫人造，《安世房中歌》十六首，遂爲樂府祖，而詩遂分今古。武帝製落葉哀蟬而有曲名，班婕妤製〈怨歌〉而有行名，司馬相如製〈封禪〉而有頌名，息夫人製〈絕命〉而有辭名，卓文君製〈白頭〉而有吟名。韋孟諷諫，東方朔誡子，蘇武、李陵贈別，王昭君寫怨，西漢之可見如此。其他《古詩十九》、〈焦仲卿妻〉詩，亦繫之⋯⋯。〔註5〕

二者皆說明詩歌之始可遠溯自舜、禹，而詩歌之體、用，直至周朝《詩

〔註4〕〔明〕周敍：《詩學梯航・敍詩》，收錄於周維德集校：《全明詩話》，第一冊，頁88。小字爲作者原註。

〔註5〕〔明〕沈騏：《詩體明辯・序》，收錄於周維德集校：《全明詩話》，第二冊，頁1449。

經》才完備，到秦漢，五、七言出，詩歌亦有入樂與否之分——古詩和樂府，而其風格淳厚，是明代所不及。

　　由此詩歌遞嬗過程，可知詩歌淵源流長，至《古詩十九首》時，已對詩歌要求了音韻、字數，並且受到周朝《詩經》「風、雅、頌」之規、「賦、比、興」之格的影響，以及受到漢代樂府的浸濡，《古詩十九首》已是五言詩歌成熟之作。

（二）《十九首》定位

　　至於《古詩十九首》在明詩話的地位，胡應麟在《少室山房詩評》評道：

　　……故四言未興，則《三百》啓其源；五言首創，則《十九》詣其極……。〔註6〕

此段評論，胡應麟在其《詩藪》〔註7〕中再次強調，而當代周子文的《藝藪談宗》〔註8〕和許學夷的《詩源辯體》〔註9〕亦收入此段論述，可見明人的重視。這段評論將《詩經》和《古詩十九首》並舉，《詩經》具開啓四言詩之重要地位，而《古詩十九首》雖非始創五言，但卻是五言詩歌成熟之作，將五言詩歌表現極致。

　　對此，許學夷《詩源辯體》進一步詳述：

〔註6〕〔明〕胡應麟：《少室山房詩評》，收錄於周維德集校：《全明詩話》，第三冊，頁2467。

〔註7〕胡應麟《詩藪》：「……故四言未興，則《三百》啓其源；五言首創，則《十九》詣其極……。」詳見〔明〕胡應麟：《詩藪》續編卷一〈國朝上・洪永　成弘〉，收錄於周維德集校：《全明詩話》，第三冊，頁2737。

〔註8〕周子文《藝藪談宗》：「……故四言未興，則《三百》啓其源；五言首創，則《十九》詣其極……。」詳見〔明〕周子文：《藝藪談宗》卷之六〈少室山房詩評〉，收錄於周維德集校：《全明詩話》，第四冊，頁3131。

〔註9〕許學夷《詩源辯體》：「胡元瑞云：『……故四言未興，則《三百》啓其源；五言首創，則《十九》詣其極……。』」詳見〔明〕許學夷：《詩源辯體》卷三十四〈總論〉，收錄於周維德集校：《全明詩話》，第四冊，頁3365。

李陵、字少卿。蘇武字子卿。五言，昭明已錄諸《文選》……。
蘇、李七篇，雖稍遜《十九首》，然結撰天成，了無作用之
跡，決非後人所能……。

……鍾嶸云：「李陵始著五言之目。」皎然云：「李陵、蘇
武，天與其性，發言自高，未有作用。《十九首》辭粗（按：
「粗」應作「精」）義炳，婉而成章，始見作用之功。」作
用之功，即所謂完美也。見班固論中。下卷言作用之跡，正興（按：「興」
應作「與」）功字不同。功則猶為自然，跡則有形可求矣。信如此說，
則五言不始於《十九首》矣。

宋人謂「蘇、李詩，在長安而言江漢」，又謂「『獨有盈觴
酒』與《十九首》『盈盈一水間』俱不避惠帝諱，疑皆非
漢人詩」。愚按：子卿第四首乃別友詩，安知其時不在江
漢？又韋孟〈諷諫詩〉總齊群邦，於高帝諱且不避，何必
惠帝？趙凡夫云：「《說文》止諱東漢『秀』、『莊』、『炟』、
『祐』四字，而於西漢邦、盈以下，皆不諱也。」

……班婕妤樂府五言〈怨歌行〉，託物興寄，而文采自彰。
馮元成謂「怨而不怒，風人之遺」，王元美謂「可與《十九
首》、蘇、李並驅」是也。成帝品錄詞人，不應遂及後宮，
不必致疑。其說見蘇李論中。

……予嘗謂：漢、魏五言，由天成以變至作用，故編次
先《十九首》，次蘇、李、班婕妤，次魏人。然劉勰云：
「成帝品錄，三百餘篇，而詞人遺翰，莫見五言，所以
李陵、班婕妤見疑於後代也。」又或疑《十九首》多建
安中曹、王所製，其說亦似有見。班固〈詠史〉，質木無
文，當為五言之始。蓋先質木，後完美，其造詣與唐人
相類。漢先西京，論四言，雜言也。晉以後五言，則文
益勝矣。〔註10〕

對於五言詩，許學夷認為蘇武、李陵「結撰天成，了無作用之跡」，

〔註10〕〔明〕許學夷：《詩源辯體》卷三〈漢魏總論　漢〉，收錄於周維德
　　　　集校：《全明詩話》，第四冊，頁3215～3217。小字為作者原註。

並援引鍾嶸：「李陵始著五言之目」、釋皎然：「《十九首》辭精義炳，婉而成章，始見作用之功」，並進一步分辨「作用之跡」和「作用之功」，而「功則猶爲自然，跡則有形可求矣」，許學夷因此推測「五言不始於《十九首》」。

　　然而，對於《古詩十九首》創作年代的眾說紛紜，許學夷亦注意到，其對於《古詩十九首》非漢作之疑義，援用西漢初詩人韋孟〈諷諫詩〉有「總齊群邦」之語，且不避高帝諱，而東漢之例則引用趙凡夫之解釋：「《說文》止諱東漢『秀』、『莊』、『炟』、『祐』四字，而於西漢邦、盈以下，皆不諱也。」是故，主張《古詩十九首》爲漢代詩歌作品。

　　既經確定《古詩十九首》的創作年代後，許學夷秉持詩歌從自然天成以變至人爲雕飾的原則，將漢、魏五言詩排序爲：《古詩十九首》、蘇武、李陵、班婕妤、魏人，可見其推崇《古詩十九首》之甚。而至於五言之起始，許學夷認爲當爲東漢班固的〈詠史〉，因爲其風格「質木無文」，樸質自然、不假人爲雕飾。是故，可明瞭許學夷不單將《古詩十九首》的創作年代定位在漢代，更將其限於東漢之作。

　　鍾惺更指出《古詩十九首》以降，五言詩的發展趨勢：

> 夫詩有三四五六七言之別，今可畧而敘之。三言始《虞典·元首》之歌。四言本於《國風》，流於夏世，傳至韋孟，其文始具。六言散在《離騷》。七言萌於漢代。五言之作，《召南·行露》已有濫觴，漢武帝時，屢見全什，非本李少卿也。少卿意悲詞切，若偶中奇響，《十九首》之流也。建安三祖、七子，五言始盛，終傷用氣。正始何晏、嵇、阮之儔，漸浮侈矣。晉世尤尚綺靡。宋初文格，與晉相左，更顥頜矣。〔註11〕

鍾惺指出五言在《詩經》時已開始萌芽，至漢武帝時，詩歌全以五言創作者才大量出現，至建安三祖、七子，五言詩歌大盛，但人爲雕飾

<hr>

〔註11〕〔明〕鍾惺：《詞府靈蛇二集·骨集·綜議》，收錄於周維德集校：《全明詩話》，第五冊，頁 4044～4045。

益繁，已失去先秦淳厚之風，到晉、宋已變至綺靡、憔悴。

綜合上述的明代詩話，可知《古詩十九首》上遠承《詩經》、《楚辭》而來，汲取《詩經》六義，近承東漢班固〈詠史〉，並受到漢代樂府的影響。而《古詩十九首》在詩歌洪流中的地位，明人亦和劉勰《文心雕龍・明詩》所說的：「直而不野，婉轉附物，怊悵切情，實五言之冠冕也」﹝註12﹞，同樣予以五言成熟之作的評價，並推許其淳厚之風乃明代所無。

二、作者疑義

《古詩十九首》的作者為誰，歷來眾說紛紜，「或曰人代冥滅，不知作者為何人；或謂乃枚乘（西漢）之作；或主張係枚乘（西漢）、傅毅（東漢）、蔡邕（東漢）、曹植（漢魏）、王粲（漢魏）或《文選》諸士之作」﹝註13﹞。而明代詩話中，對於《古詩十九首》作者的論述，亦有主張非一人之作、一人之作之說法。

（一）非一人之作

明人多半主張《古詩十九首》乃非一人所作，而此主張作者非一人，在明代詩話中又有二說，一者以為作者名氏不詳，一者認為《古詩十九首》是枚乘、傅毅、班固、張衡、蔡邕等諸位所作。茲將二說分述於後：

1、名氏不詳

主張作者非一人之作，且不知作者為何人者，有李贄、胡應麟、郝敬、許學夷、馮復京、鍾惺等人。

李贄在《騷壇千金訣》考證作者和版本時說道：

《古詩十九首》，非止一人之詩也。「行行重行行」，樂府以

﹝註12﹞〔南朝梁〕劉勰、〔清〕黃叔琳注、〔清〕李詳補注、〔民國〕楊明照校注拾遺：《增訂文心雕龍校注》，（北京：中華書局，2005年），上冊，卷二〈明詩第六〉，頁65。

﹝註13﹞陳瑩珠：《古詩十九首語言藝術研究》，（國立彰化師範大學國文研究所國語文教學碩士班碩士論文，2006年），頁19。

爲枚乘之作，則其他可知矣。

　　《古詩十九首》「行行重行行」，《玉臺》作兩首。自「越鳥
　　巢南枝」以下，別爲一首，當以《選》爲正。〔註14〕

對作者和版本的論述仍以《文選》爲正，不著錄名氏，認爲「非止一
人之詩」。

　　接著，胡應麟亦在《詩藪》論及：

　　《三百篇》，非一代音也；《十九首》，非一人作也。古今專
　　門大家，吾得三人：陳思之古，拾遺之律，翰林之絕。皆
　　天授，非人力也。〔註15〕

胡應麟除了指出作者非一人外，更強調《古詩十九首》風格之高妙，
有如天授。而對於歷來認爲作者爲李陵、枚乘、張衡、傅毅等說法，
予以否定：

　　昔人謂：「三代無文人，《六經》無文法。」竊謂：二京無
　　詩法，兩漢無詩人。即李、枚、張、傅，一二傳耳。自餘
　　樂府諸調，《十九首》雜篇，求其姓名，可盡得乎？即李、
　　枚數子，亦直寫襟臆而已，未嘗以詩人自命也。〔註16〕

認爲《古詩十九首》作者乃「直寫襟臆而已」，所以「未嘗以詩人自
命也」。此論述在其書雜編中又更進一步說道：

　　《十九首》之目，漢世無之，第以名氏不詳，總曰古詩……。

　　鍾氏謂古詩士衡擬外四十五首，頗爲總雜，疑出建安諸
　　子……。然詞氣溫厚，非建安所及，謂出曹、王，非也。

　　《古詩十九首》並逸姓名，獨《玉臺新詠》取「西北有

〔註14〕〔明〕李贄：《騷壇千金訣・詩學正源・考證》，收錄於周維德集校：
　　　　《全明詩話》，第三冊，頁2081。追溯其源，此見解乃引用自宋代嚴
　　　　羽《滄浪詩話・考證》，詳見〔宋〕嚴羽：《滄浪詩話》，收錄於〔清〕
　　　　何文煥輯：《歷代詩話》，（臺北：漢京文化事業有限公司，1983年），
　　　　第二冊，頁701。
〔註15〕〔明〕胡應麟：《詩藪》內編卷二〈古體中　五言〉，收錄於周維德
　　　　集校：《全明詩話》，第三冊，頁2509。
〔註16〕〔明〕胡應麟：《詩藪》外編卷一〈周漢〉，收錄於周維德集校：《全
　　　　明詩話》，第三冊，頁2578～2579。

高樓」八首，題枚乘，差可據。以諸篇氣法例之，概當
爲乘作。然鍾嶸《詩品》已謂「王、楊、枚、馬，吟詠
靡聞。」《文選》、《文心》，亦無明指，不知《玉臺》何
從得之？至「兩宮雙闕」語，誠類東京，而「凜凜歲云
暮」、「孟冬寒氣至」、「客從遠方來」、「冉冉孤生竹」，《玉
臺》皆別錄，則他篇非乘作明甚。宜昭明通係之於古也。
劉彥和云：「〈孤竹〉一篇，傅毅之辭。」而《玉臺》了
無作者。〈飲馬長城窟〉，《玉臺》題蔡邕，而《文選》無
復撰人，咸似未有定說云。《玉臺》枚乘九首，蘭若生「春陽」，
非《文選》中者。〔註17〕

胡應麟明確地指出作者名氏不詳，並且從詞氣判斷，絕非曹植、王粲
的作品。〔註18〕至於《玉臺新詠》中〈枚乘雜詩九首〉中選錄的篇章
和《文選》相同的有八首——〈西北有高樓〉、〈東城高且長〉、〈行行
重行行〉、〈涉江采芙蓉〉、〈青青河畔草〉、〈庭中有奇樹〉、〈迢迢牽牛
星〉、〈明月何皎皎〉，《玉臺新詠》認爲作者是枚乘，胡應麟則據其先
前的詩話作佐證，認爲《詩品》記載：「王、楊、枚、馬，吟詠靡聞」，
指出《古詩十九首》有別於漢賦之弊，故作者應非枚乘。又，《文選》
無明確指出作者，就連《文心雕龍》亦無斷定十九首全爲枚乘所作，
而《玉臺新詠》時代爲後，應不知作者爲是。此外，《玉臺新詠》將
〈凜凜歲云暮〉、〈孟冬寒氣至〉、〈客從遠方來〉、〈冉冉孤生竹〉等四
篇別錄於〈古詩八首〉中，未著錄作者，是故作者非枚乘，無異議。

〔註17〕〔明〕胡應麟：《詩藪》雜編卷一〈遺逸上　篇章〉，收錄於周維德
　　　　集校：《全明詩話》，第三冊，頁 2665～2666。小字爲作者原註。
〔註18〕胡應麟在其詩論中，按其前後文，可知其乃針對鍾嶸《詩品》：「其
　　　　外去者日以疎，四十五首，雖多哀怨，頗爲總雜，舊疑是建安中曹
　　　　王所製」一句而論，認爲鍾嶸以爲《古詩十九首》「疑出建安諸子」，
　　　　但經筆者搜查資料，鍾嶸《詩品》下文尚有「人代冥滅，而清音獨
　　　　遠，悲夫」句，再根據其注曰：「人代冥滅。古直曰：案使果出曹王
　　　　之手，則人代甚近，何云冥滅。知仲偉亦不以舊疑爲然也。」可見
　　　　鍾嶸並非認同舊疑所說，反而認爲《古詩十九首》作者人代皆不詳，
　　　　並推翻舊疑。詳見〔南朝梁〕鍾嶸著、〔民國〕汪中選注：《詩品注》，
　　　　（臺北：正中書局，1969 年），卷上〈古詩〉，頁 51～67。

胡應麟之後，郝敬亦在其《藝圃傖談》論：

> 或疑《十九首》非一人作。觀其首尾次第，大抵游宦失意，
> 久在風塵，流落無歸者之辭。昔人謂詩以窮工，此類是也。
> 惟蘇、李詩可與頡頏。說者謂人擬作。其真切處，慷慨蘊
> （按：「蘊」應作「蘊」）藉，非人能擬也。說詩者，觀其
> 志意情興，不必深究其人。儘有佳詩，出於庸眾之口者。
> 夫子錄《詩三百》，皆不著人姓名；孟子論〈小弁〉，直許
> 爲仁人，不問爲誰作也。〔註19〕

進一步論及《古詩十九首》內容——「大抵游宦失意，久在風塵，流落無歸者之辭」，亦同胡應麟「皆天授，非人力也」的看法，認爲《古詩十九首》「非人能擬也」，並舉《詩經》爲例，認爲不需要著錄作者姓名，「直許爲仁人，不問爲誰作」。

而後，許學夷《詩源辯體》亦論：

> 無名氏《古詩十九首》中有枚乘之詩，故依昭明編次在李陵前，於十一
> 篇以類附焉。〔註20〕

> 古詩五言《十九首》，舊註：「詩以古名，不知作者爲誰。
> 或云枚乘，而梁昭明既以編諸蘇、李之上，李善謂其詞兼
> 東都，中有「上東門」、「宛洛」等語。非盡爲乘詩，故蒼山曾原
> 演義特列之張衡〈四愁〉之下。蓋《十九首》本非一人之
> 詞，今姑依昭明編次云」。已（按：「已」應作「以」）上古詩
> 註。今《文選》編次又不同矣。按：鍾嶸云：「古詩〈去者日以疏〉
> 四十五首」云云，則《十九首》與〈上山采蘼蕪〉等篇皆
> 古詩也，昭明刪錄而爲十九首耳。然中既有枚乘之詩，則
> 當爲五言之始。〔註21〕

開首便道「無名氏」，接著論述是否爲枚乘之詩，若《古詩十九首》

〔註19〕　〔明〕郝敬：《藝圃傖談》卷之一〈古詩〉，收錄於周維德集校：《全明詩話》，第四冊，頁2885。

〔註20〕　〔明〕許學夷：《詩源辯體·世次·西漢》，收錄於周維德集校：《全明詩話》，第四冊，頁3166。小字爲作者原註。

〔註21〕　〔明〕許學夷：《詩源辯體》卷三〈漢魏總論　漢〉，收錄於周維德集校：《全明詩話》，第四冊，頁3212。小字爲作者原註。

為枚乘所作，則當為五言之始。但許學夷在其詩話後，又論「《十九首》辭精義炳，婉而成章，始見作用之功」，並分辨「作用之跡」和「作用之功」，而「功則猶為自然，跡則有形可求矣」，據此推測「五言不始於《十九首》」。是故，許學夷將漢、魏五言詩以自然天成以至人為雕飾依次排序為：《古詩十九首》、蘇武、李陵、班婕妤、魏人，此正好可與《文選》將《十九首》置於蘇、李前不謀而合。至於五言之起始，許學夷認為當為東漢班固的〈詠史〉「質木無文」，故以此為五言之始。據此可知，許學夷將《古詩十九首》限於東漢之作。〔註22〕

而馮復京綜合前述看法，在《說詩補遺》中論及：

> 《古詩十九首》，《文選》無撰人。按《玉臺新詠》「西北有高樓」、「東城高且長」、「行行重行行」、「相去日已遠」、「涉江採芙蓉」、「青青河畔草」、「蘭若生朝陽」、「迢迢牽牛星」、「明月何皎皎」九首，題云枚乘〈雜詩〉，蓋截「行行」「相去」為二，而以「庭中有奇樹」附「蘭若生朝陽」，合為一。《文心》云：「古詩佳麗，或稱枚叔。〈孤竹〉一篇，傅毅之辭。」劉通事與昭明同時，徐侍中去蕭梁不遠，作者姓名既確，《選》題何以闕如？《十九首》，當亦雜居古詩樂府中，由昭明鑒定爾。「行行」一章十六句，辭氣相貫，不應為二。《陸機集》亦分擬「蘭若」、「庭中」，不當為一。以《選》為正可也。〔註23〕

馮復京仍主張《古詩十九首》作者不知其名氏，作者和版本完全以《文選》為正宗。

而後，鍾惺在《詞府靈蛇二集》談及古詩時，評道：

> 其源出於《國風》。陸機所擬十四首，文溫以麗。其外四十

〔註22〕詩話原文已在本節一、詩源背景（二）《十九首》定位、註10的部分引用和說明，此不再贅引。〔明〕許學夷：《詩源辯體》卷三〈漢魏總論　漢〉，收錄於周維德集校：《全明詩話》，第四冊，頁3215～3217。

〔註23〕〔明〕馮復京：《說詩補遺》卷二，收錄於周維德集校：《全明詩話》，第五冊，頁3856。

　　五首，疑是建安中曹、王所製。然人代寂滅，而清音獨遠，
　　悲夫！〔註24〕

其評論暗用了鍾嶸《詩品》的見解〔註25〕，可知鍾惺認同《詩品》，
推翻舊疑《古詩十九首》作者是曹植、王粲，認爲作者應是「人代寂
滅」，已不可考。

2、名氏可舉

　　明代認爲《古詩十九首》作者非一人，且可略舉出一二名氏者，
有譚浚、王世貞、茅一相、周子文等人。

　　譚浚在《說詩》中論及《古詩十九首》時，便引：

　　《文心》曰：「古漢《十九首》，或稱枚乘，而〈孤竹〉一
　　篇，則傅毅之詞，兩漢雜收，五言冠冕也。」李善亦曰：
　　「詞兼東都，非一人之作明矣，班、張首出，不逮西都焉。」
　　〔註26〕

劉勰在《文心雕龍》中認爲《古詩十九首》的〈冉冉孤生竹〉爲傅毅
之作，並認爲《古詩十九首》作者兩漢皆有。而李善注《文選》時，
亦明確道出《古詩十九首》「非一人之作」，認爲「詞兼東都」，《十九
首》非盡是出自枚乘一人，並認爲班固、張衡之詞不及西漢。據譚浚
於此引用二者之言，可知其亦認同《十九首》非出於一人之手，但其
卻將此言論放在東漢一節，可見譚浚不僅認爲《十九首》非一人之作，
更認爲作者爲東漢之人，可略舉其作者爲傅毅（東漢）、班固（東漢）、

〔註24〕　〔明〕鍾惺：《詞府靈蛇二集・精集・衡品上・古詩》，收錄於周維
　　　　　德集校：《全明詩話》，第五冊，頁3977。
〔註25〕　鍾嶸《詩品》：「其體源出於國風。陸機所擬十四首，文溫以麗，意
　　　　　悲而遠，驚心動魄，可謂幾乎一字千金。其外去者日以疏，四十五
　　　　　首，雖多哀怨，頗爲總雜，舊疑是建安中曹王所製。客從遠方來，
　　　　　橘柚垂華實，亦爲驚絕矣。人代冥滅，而清音獨遠，悲夫。」注曰：
　　　　　「人代冥滅。古直曰：案使果出曹王之手，則人代甚近，何云冥滅。
　　　　　知仲偉亦不以舊疑爲然也。」詳見〔南朝梁〕鍾嶸著、〔民國〕汪中
　　　　　選注：《詩品注》，卷上〈古詩〉，頁51～67。
〔註26〕　〔明〕譚浚：《說詩》卷之下〈世代・東漢〉，收錄於周維德集校：《全
　　　　　明詩話》，第三冊，頁1855。

張衡（東漢）。

而王世貞亦在《藝苑巵言》論道：

> 鍾嶸言「行行重行行」十四首，「文溫以麗，意悲而遠，驚
> 心動魄，可謂幾乎一字千金。」後併「去者日以疏」五首
> 爲十九首，爲枚乘作。或以「洛中何鬱鬱」「游戲宛與洛」
> 爲詠東京，「盈盈樓上女」爲犯惠帝諱。按，臨文不諱，如
> 「總齊羣邦」，故犯高諱，無妨。宛、洛爲故周都會，但「王
> 侯多第宅」、周世王侯，不言「第宅」、「兩宮」、「雙闕」，
> 亦似東京語。意者中間雜有枚生或張衡、蔡邕作，未可知。
> 談理不如《三百篇》，而微詞婉旨，遂足並駕，是千古五言
> 之祖。〔註27〕

王世貞乃綜合前人說法，或以爲枚乘作，或以爲出自張衡、蔡邕之手，
只以一句「未可知」帶過，並未予以否定，可見王世貞認爲《古詩十
九首》作者非一人，且推測作者中可能有枚乘、張衡、蔡邕等人。而
王世貞這番見解，受到時人的重視，在茅一相《欣賞詩法》〔註28〕和
周子文《藝藪談宗》〔註29〕皆有收錄。

（二）一人之作

在明代多半主張《古詩十九首》作者並非一人，但仍有主張作者
僅一人，且認爲此人即是西漢枚乘。蒐羅明代詩話，僅見朱權在《江
西詩法‧詩體源流》中論及：

> 夫自《風》、《雅》、《頌》既泯，一變而爲《離騷》，再變而
> 爲西漢五言，三變而爲歌行雜體，四變而爲沈、宋律詩。
> 五言起於李陵、蘇武，《古詩十九首》，或云枚乘作。七言
> 起於漢武〈柏梁〉。四言起於韋孟。六言起於谷永皆漢人。

〔註27〕〔明〕王世貞：《藝苑巵言》卷二，收錄於周維德集校：《全明詩話》，
第三冊，頁1898～1899。

〔註28〕詳見〔明〕茅一相：《欣賞詩法‧詩評《藝苑巵言》》，收錄於周維德
集校：《全明詩話》，第三冊，頁2121。

〔註29〕詳見〔明〕周子文：《藝藪談宗》卷之四〈藝苑巵言〉，收錄於周維
德集校：《全明詩話》，第四冊，頁3069。

三言起於晉夏侯湛。九言起於高貴鄉公。〔註30〕

朱權論詩體源流時，認為《古詩十九首》作者為枚乘，可見明代亦有認同此說。朱權詩話產生於明代早期，而後來的論者，如前所述的詩話，多不認同《古詩十九首》為一人之作，更遑論僅出自枚乘之手。

綜合前述明代詩話，對於《古詩十九首》作者的疑義，明代各家未有直接證據，他們或引用舉證，或綜合前人看法，然後推測其非一人所作，或出自一人之手，各有見地。但經由統計，可知明人較為主張《古詩十九首》非出於一人之手，且認同《文選》未著錄作者名氏，甚至推翻了作者是枚乘之說，將《古詩十九首》定位在東漢。

三、版本和逸句

歷來對於《古詩十九首》的篇章收錄，多有分歧、差異。最早收錄於南朝梁昭明太子所編的《文選》中，以「事出於沈思，義歸乎翰藻」〔註31〕標準刪錄古詩，得《古詩十九首》，且認為作者佚名。

而陸機擬作、徐陵《玉臺新詠》……等收錄各有不同。陸機擬作十四首古詩，今僅見十二首〔註32〕，依次為〈擬行行重行行〉、〈擬今日良宴會〉、〈擬迢迢牽牛星〉、〈擬涉江采芙蓉〉、〈擬青青河畔草〉、〈擬明月何皎皎〉、〈擬蘭若生春陽〉、〈擬青青陵上柏〉、〈擬東城一何高〉、〈擬西北有高樓〉、〈擬庭中有奇樹〉、〈擬明月皎夜光〉，所擬十二首，僅有十首題目和《文選》收錄的篇章相同〔註33〕，但次序不盡相同。

〔註30〕〔明〕朱權：《江西詩法・詩體源流》，收錄於周維德集校：《全明詩話》，第一冊，頁65。

〔註31〕〈文選序〉，〔南朝梁〕蕭統編、〔唐〕李善注：《文選》，（臺北：華正書局有限公司，新校胡刻宋本，2000年），頁2。

〔註32〕詳見〔南朝梁〕蕭統編、〔唐〕李善注：《文選》，卷第三十〈雜擬上〉，頁435～437。

〔註33〕據今日僅見的十二首陸機擬作，只有〈擬行行重行行〉、〈擬今日良宴會〉、〈擬迢迢牽牛星〉、〈擬涉江采芙蓉〉、〈擬青青河畔草〉、〈擬明月何皎皎〉、〈擬青青陵上柏〉、〈擬西北有高樓〉、〈擬庭中有奇樹〉、〈擬明月皎夜光〉等十首詩題與《文選》收錄的古詩篇章相同，但

到了徐陵《玉臺新詠》，所選錄的版本更分歧，其將《文選》所收的《古詩十九首》篇章，分別散見於〈古詩八首〉和〈枚乘雜詩九首〉——〈古詩八首〉〔註34〕依序為〈上山采蘼蕪〉、〈凜凜歲云暮〉、〈冉冉孤生竹〉、〈孟冬寒氣至〉、〈客從遠方來〉、〈四坐且莫諠〉、〈悲與親友別〉、〈穆穆清風至〉，僅有四首和《文選》相同，而排序皆不同。〈枚乘雜詩九首〉〔註35〕中，篇章依序為〈西北有高樓〉、〈東城高且長〉、〈行行重行行〉、〈涉江采芙蓉〉、〈青青河畔草〉、〈蘭若生春陽〉、〈庭中有奇樹〉、〈迢迢牽牛星〉、〈明月何皎皎〉，有八首與《文選》相同，而《文選》未著錄作者名氏，此卻明指為枚乘所作。

明人論及《古詩十九首》時，亦注意到此現象，對古詩的版本和逸句，在其詩話中予以論述，茲將其論述一一說明。

首先，可見楊慎在《升菴詩話》談及版本和逸句的情況：

「閨中有一婦，擣衣寄遠人。深夜不安寢，杵聲聞四鄰。夫婿從軍久，別離無冬春。欲寄向何處，邊塞多風塵。蘭茝徒芬香，無由近君身。」此《古詩十九首》之遺也。鍾嶸云，古詩凡四十餘首，陸機所擬十餘首，至梁昭明選十九首，其餘有見於《樂府》及《玉臺新詠》者，若「上山採蘼蕪」、「橘柚垂華實」、「紅塵蔽天地」、「十五從軍征」、「四坐且莫諠」、「悲與親友別」、「穆穆清風至」、「蘭若生春陽」、「步出城東門」、「白楊初生時」，凡十首，皆首尾全……。〔註36〕

先後次序不盡相同。其餘二首的擬作，〈擬東城一何高〉應是擬自《文選》收錄的古詩〈東城高且長〉，而〈擬蘭若生春陽〉為《文選》未收錄。

〔註34〕詳見〔南朝陳〕徐陵編、〔清〕吳兆宜注、程琰刪補、穆克宏點校：《玉臺新詠箋注》，（臺北：明文書局，1988年），卷一〈古詩八首〉，頁1～5。

〔註35〕詳見〔南朝陳〕徐陵編、〔清〕吳兆宜注、程琰刪補、穆克宏點校：《玉臺新詠箋注》，卷一〈枚乘雜詩九首〉，頁16～21。

〔註36〕〔明〕楊慎：《升菴詩話》卷三〈古詩十九首拾遺〉，收錄於周維德集校：《全明詩話》，第二冊，頁895。

據鍾嶸《詩品》:「陸機所擬十四首,文溫以麗,意悲而遠,驚心動魄,可謂幾乎一字千金。其外去者日以疏,四十五首,雖多哀怨,頗為總雜,舊疑是建安中曹王所製。客從遠方來,橘柚垂華實,亦為驚絕矣。」〔註37〕認為古詩原有四十五首,陸機擬十四首,至昭明太子選錄而為十九首,其餘古詩逸句於《樂府》和《玉臺新詠》可見一斑。除了上述十首完整篇章外,楊慎於卷十二再次提出未完整的逸句尚有:

> 「庭中有奇樹,上有悲鳴蟬。」「泛泛江漢萍,飄蕩永無根。」
> 「青青陵中草,傾葉晞朝日。陽春被惠澤,枝葉可攬結。」
> 「餓狼食不多,饑豹食有餘。」「蝴蝶游西園,莫宿桑樹間。」
> 「天霜木葉下,鴻雁當南飛。」古詩四十餘首,《文選》收其十
> 首,今其遺句見於類書多有之,聊錄其一二。斷圭缺璧,猶勝瓦礫如山
> 也……。〔註38〕

此段文字亦見於其《詩話補遺》〔註39〕中,提出《古詩十九首》逸句六條,而此種未完整的逸句浩瀚至極,散見於類書中。

除了楊慎著重古詩逸句的拾遺考察,尚有李贄、胡應麟、冒愈昌、馮復京注意到《古詩十九首》收錄版本的分歧。對於陸機所擬的古詩,胡應麟論道:

> 《十九首》之目,漢世無之,第以名氏不詳,總曰古詩。
> 梁鍾嶸《詩品》稱「陸機舊擬十四首,外四十五首,頗為
> 總雜。」今《士衡集‧擬古》止十二章,昭明又去其一,
> 益以他作為《十九首》。如「去者日以疏」、「客從遠方來」,

〔註37〕 〔南朝梁〕鍾嶸著、〔民國〕汪中選注:《詩品注》,卷上〈古詩〉,頁51。
〔註38〕 〔明〕楊慎:《升菴詩話》卷十二〈漢古詩逸句〉,收錄於周維德集校:《全明詩話》,第二冊,頁1047。小字為作者原註。
〔註39〕 楊慎:「『庭中有奇樹,上有悲鳴蟬。』『泛泛江漢萍,飄蕩永無根。』『青青陵中草,傾葉晞朝日。』『陽春被惠澤,枝葉可攬結。』『餓狼食不多,饑豹食有餘。』『胡蝶遊西園,暮宿桑樹間。』『天霜木葉下,鴻鴈當南飛。』(作者原註:古詩四十餘首,《文選》收其十九首,今其遺句見於類書多有之,聊錄其一二。斷珪缺璧,猶勝瓦礫如山也……。)見〔明〕楊慎:《詩話補遺》卷一〈漢古詩逸句〉,收錄於周維德集校:《全明詩話》,第二冊,頁1103。

皆鍾氏所稱,則「凜凜歲雲(按:「雲」應作「云」)暮」、「孟冬寒氣至」、「生年不滿百」、「迴車駕言邁」等六首,亦當在四十五首之內。外陸所擬「蘭若生朝陽」,與「橘柚垂華實」等九篇,別爲章次,較鍾所稱原數,今世僅存十五,大半失亡。然「冉冉孤生竹」、「驅車上東門」,又載《樂府》,則「飲馬長城窟」之類,舊亦鍾氏數中,未可知也。

鍾氏謂古詩士衡擬外四十五首,頗爲總雜,疑出建安諸子,而取「客從遠方來」、「橘柚垂華實」二首爲優。今讀「去者日以疏」、「生年不滿百」等篇,已列《十九首》者,詞皆絕到,非「行行重行行」下外九首。「上山採蘼蕪」一篇,章旨渾成,特爲神妙,第稍與古詩不同,是當時樂府體,「四坐且莫諠」,中四語極工,惟「悲與親友別」、「蘭若生朝陽」七篇,奇警略遜,疑鍾氏所謂總雜者,足睹昭明鑑裁。然詞氣溫厚,非建安所及,謂出曹、王,非也。〔註40〕

胡應麟指出明代見得的陸機擬作僅剩十二首〔註41〕,而鍾嶸《詩品》所謂的古詩四十五首,亦僅見十五首。對於陸機未收錄而《文選》收錄的〈去者日以疏〉、〈生年不滿百〉,予以「詞皆絕到」的推崇。至

〔註40〕 〔明〕胡應麟:《詩藪》雜編卷一〈遺逸上　篇章〉,收錄於周維德集校:《全明詩話》,第三冊,頁 2665～2666。

〔註41〕 按胡應麟之言:「今《士衡集‧擬古》止十二章,昭明又去其一,益以他作爲《十九首》。」並在後文舉出昭明太子所錄的他作有〈去者日以疏〉、〈客從遠方來〉、〈凜凜歲云暮〉、〈孟冬寒氣至〉、〈生年不滿百〉、〈迴車駕言邁〉、〈冉冉孤生竹〉、〈驅車上東門〉八篇。對於陸機擬作亡佚二篇之事,清代吳汝綸曰:「陸士衡所擬今可見者十二首,鍾記室云十四篇,蓋二篇亡佚矣。舊傳爲枚乘作者,殆此諸篇。玉臺所錄枚乘雜詩九首,皆在此,惟今日良宴會,青青陵上柏,明月皎夜光三首以非玉臺體,徐陵不錄;而李善據『遊戲宛與洛』與『驅車上東門』辨其非盡枚乘,知此三篇舊必亦云乘作:陸所擬亡二篇,其一篇必驅車上東門矣,餘一篇不可復考。(森案:吳氏又疑亡佚之一篇係迴車駕言邁,見古詩鈔。)……」詳見〔清〕吳汝綸:《古詩鈔》,收錄於隋樹森編著:《古詩十九首集釋》,(香港:中華書局,1989 年),卷四〈評論〉,頁 8。由此可推測胡應麟所謂陸機擬作僅剩十二篇,乃是亡佚了〈迴車駕言邁〉、〈驅車上東門〉二篇。

於陸機、《文選》皆未收錄，反而被《玉臺新詠》收錄於〈古詩八首〉的〈上山采蘼蕪〉、〈四坐且莫諠〉、〈悲與親友別〉等，胡應麟則分別指出其優缺點。而陸機收錄和《文選》唯一不同的篇章——《蘭若生朝陽》，胡應麟在此指出其「奇警略遜」，由此推許《文選》鑑裁古詩之妙，所選錄的十九首古詩爲較好的版本。

　　至於《玉臺新詠》的分類，李贄提出：

　　《古詩十九首》「行行重行行」，《玉臺》作兩首。自「越鳥巢南枝」以下，別爲一首，當以《選》爲正。〔註42〕

馮復京對此分類更進一步辯述：

　　《古詩十九首》，《文選》無撰人。按《玉臺新詠》「西北有高樓」、「東城高且長」、「行行重行行」、「相去日已遠」、「涉江採芙蓉」、「青青河畔草」、「蘭若生朝陽」、「迢迢牽牛星」、「明月何皎皎」九首，題云枚乘〈雜詩〉，蓋截「行行」「相去」爲二，而以「庭中有奇樹」附「蘭若生朝陽」，合爲一。《文心》云：「古詩佳麗，或稱枚叔。〈孤竹〉一篇，傅毅之辭。」劉通事與昭明同時，徐侍中去蕭梁不遠，作者姓名既確，《選》題何以闕如？《十九首》，當亦雜居古詩樂府中，由昭明鑒定爾。「行行」一章十六句，辭氣相貫，不應爲二。《陸機集》亦分擬「蘭若」、「庭中」，不當爲一。以《選》爲正可也。〔註43〕

可見明代所見的《玉臺新詠・枚乘雜詩九首》中的〈行行重行行〉分爲二首，即：「行行重行行，與君生別離。相去萬餘里，各在天一涯。道路阻且長，會面安可知？胡馬依北風，越鳥巢南枝」爲一首，以下的「相去日已遠，衣帶日已緩。浮雲蔽白日，遊子不顧反。思君令人老，歲月忽已晚。棄捐勿復道，努力加餐飯」爲一首。而〈庭中有奇樹〉接續〈蘭若生朝陽〉，二篇合而爲一。馮復京按此三篇文氣，援

<hr>

〔註42〕　〔明〕李贄：《騷壇千金訣・詩學正源・考證》，收錄於周維德集校：《全明詩話》，第三冊，頁2081。
〔註43〕　〔明〕馮復京：《說詩補遺》卷二，收錄於周維德集校：《全明詩話》，第五冊，頁3856。

引《文選》、《陸機集》作爲佐證,認爲〈行行重行行〉辭氣相貫,不當劃分爲二,而〈庭中有奇樹〉、〈蘭若生朝陽〉則當各爲一篇,並推許《文選》的分法。

此外,冒愈昌再舉出明代所見的版本尚有:

> 《十九首》相傳尚矣。張伯起《文選纂註》定爲二十,以「東城高且長」至「何爲自結束」一首,「燕趙多佳人」以下別爲一首。不知其語意正承「蕩滌放情志」「何爲自結束」而言,第不似後人拘拘照應爾。〔註44〕

在張伯起《文選纂註》中,古詩定爲二十首,乃將《古詩十九首》中的〈東城高且長〉一分爲二,亦即:「東城高且長,逶迤自相屬。迴風動地起,秋草萋已綠。四時更變化,歲暮一何速!晨風懷苦心,蟋蟀傷局促。蕩滌放情志,何爲自結束」爲一首,「燕趙多佳人,美者顏如玉。被服羅裳衣,當戶理清曲。音響一何悲,絃急知柱促。馳情整中帶,沈吟聊躑躅。思爲雙飛鷰,銜泥巢君屋」爲一首。冒愈昌據文意分析,辨析其「燕趙多佳人」乃承接「蕩滌放情志,何爲自結束」而來,詩中敘述作者抑鬱尋求「蕩滌放情志」,告訴自己何不及時爲樂,而以下的「燕趙多佳人」十句乃是作者在及時行樂過程中,聽見佳人理清曲,進而興發了知音難尋之悲,故辭氣相承,不當一分爲二。

從上述明代詩話中的記載,可以了解《古詩十九首》在明代所見得的版本和逸句的情況。古詩的逸句博雜,完整的篇章多見於《樂府》和《玉臺新詠》,不完整的逸句則散見於各類書。至於古詩的版本,《文選》刪選爲十九首,陸機擬作原爲十四首,其中〈蘭若生春陽〉是《文選》未收錄,乃因其「奇警略遜」,而其古詩順序也與《文選》不盡相同,陸機擬作到了明代,只可見得十二首。而《玉臺新詠》則將《文選》十九首古詩分散收錄於〈古詩八首〉和〈枚乘雜詩九首〉,並且將〈行行重行行〉一分爲二,將〈蘭若生朝陽〉和〈庭中有奇樹〉合

〔註44〕〔明〕冒愈昌:《詩學雜言》卷上,收錄於周維德集校:《全明詩話》,第四冊,頁2803。

而爲一。此外，尚有張伯起《文選纂註》將〈東城高且長〉劃分爲二首。對此版本上的歧異，明人以辭氣、文意判別，並推許《文選》爲正，明代晚期論者費經虞更將《古詩十九首》按《文選》的版本和順序，完整地將此十九首收錄於其詩話《雅倫》〔註45〕中。

第二節　《古詩十九首》情辭經營論述

　　明人在探討《古詩十九首》時，以《文選》的版本爲正宗，而在其詩話中對《古詩十九首》的探究，則以情辭上的經營最多著墨，舉凡十九首的內容、句法、格律、風格等，或選篇論之，或主題論之，甚而是在論及其他作品時，以《古詩十九首》較之。無論是正面詳述或間接略述，皆可從明代詩話中了解《古詩十九首》的情辭表現。

一、「本乎情之眞，未必本乎情之正」之內容

　　在明代詩話中，論及《古詩十九首》內容者，或以篇章爲單位，或以主題論之，或論詩體、情意、氣等，從不同面向去探討，使《古詩十九首》的內涵詮解更爲豐富。茲按《古詩十九首》順序，依次羅列明代各家的見解。

　　對於首篇〈行行重行行〉，譚浚《說詩》歸類目爲「離別」詩，列舉同爲離別主題者有：

> 〈燕燕〉、〈烝民〉送別，〈渭陽〉、〈崧高〉贈別，〈竹竿〉、
> 〈河廣〉憶別，〈晨風〉、〈九罭〉愁別，〈白駒〉留別唐詩以
> 一旅寓而一歸，曰留別。漢古詩〈行行重行行〉，蘇武〈携手上
> 河梁〉。〔註46〕

將離別細分爲送別、贈別、憶別、愁別、留別，並將〈行行重行行〉列於留別之下。而鍾惺於《詞府靈蛇二集》論及變雅時，舉此首爲例：

〔註45〕詳見〔明〕費經虞：《雅倫》卷九上〈格式七·五言古詩〉，收錄於
　　　　周維德集校：《全明詩話》，第六冊，頁4640～4645。
〔註46〕〔明〕譚浚：《說詩》卷之中〈題目·離別〉，收錄於周維德集校：《全
　　　　明詩話》，第三冊，頁1850。小字爲作者原註。

　　大小《雅》變者，謂君不君，臣不臣，上行酷政，下進諛
　　詞。詩人則變雅而諷刺之，言變者即爲景象移動比之。如
　　詩云：此變大雅也。「日居月諸，胡迭而微。」又詩：「蟬離楚
　　樹鳴猶少，葉到嵩山落更多。」又古詩云：「浮雲翳白日，
　　遊子返不顧。」又詩：「寒禽沽古樹，積雪占蒼苔。」如詩
　　云：此變小雅也。「綠衣黃裳。」〔註47〕

是故，鍾惺認爲此首並非單純的離別之作，而是詩人「變雅而諷刺
之」，諷亂臣當道、國君用人不當，以寄託不得志之悲。然而，此悲
憤之情卻不得大聲疾呼，於是必須託物言情，或興、或比，委婉流
露。

　　第二首〈青青河畔草〉，胡應麟《詩藪》評其內容爲：

　　　〈青青河畔草〉，相傳蔡中郎作。中郎文遠遜西京，而此詩
　　　之妙，獨絕千古。語斷而意屬，曲折有餘而寄興無盡，即
　　　蘇、李不多見。

　　　〈青青河畔草〉，斷而續，近而遠，五言之《騷》也；〈昔
　　　有霍家奴〉，整而條，麗而典，五言之賦也；〈孔雀東南飛〉，
　　　質而不俚，詳而有體，五言之史也；而皆渾樸自然，無一
　　　字造作，誠謂古今絕倡（按：「倡」應作「唱」）。歌行則太
　　　白多近騷，王楊多近賦，子美多近史，然皆非三古詩比。〔註48〕

胡應麟推翻〈青青河畔草〉爲蔡邕所作，並推許〈青青河畔草〉內容
高妙，「語斷而意屬」，文字樸質自然，而情感曲折，可謂「五言之
《騷》」、「古今絕唱」。

　　第三首〈青青陵上柏〉，譚浚《說詩》將其歸類爲登覽詩，論爲
「樂同人也」〔註49〕。而周履靖《騷壇秘語》論及詩體時，將體分爲

〔註47〕　〔明〕鍾惺：《詞府靈蛇二集・氣集・昕秘・原二雅變旨》，收錄於
　　　　　周維德集校：《全明詩話》，第五冊，頁4002。小字爲作者原註。
〔註48〕　〔明〕胡應麟：《詩藪》內編卷二〈古體中　五言〉，收錄於周維德
　　　　　集校：《全明詩話》，第三冊，頁2508。小字爲作者原註。
〔註49〕　〔明〕譚浚：《說詩》卷之中〈題目・登覽〉，收錄於周維德集校：《全
　　　　　明詩話》，第三冊，頁1851。

「高、逸、貞、忠、節、志、氣、情、思、德、誠、閑、達、悲、怨、意、力、靜、遠」十九類，其中「誠」、「達」、「意」，則分別舉《古詩十九首》為例：

> 誠　檢束防閑曰「誠」。古詩：「人生寄一世，奄忽若飆塵。何不策高足，先據要路津。」……達　心迹曠誕曰「達」。古詩：「服食求神仙，多為藥所誤。不如飲美酒，被服紈與素。」……意　立言曰「意」。古詩：「青青陵上柏，磊磊澗中石。人生天地間，忽如遠行客。」〔註50〕

雖此十九類為作詩之法，但透過其解釋各體，亦可了解其內容主旨。如周履靖於此舉第三首〈青青陵上柏〉為「意」體，「立言曰『意』。〈青青陵上柏〉道出文士不得志之悲，以眼前長存之「柏」、「石」對比「人生」，人生則更顯短促，因而抒發欲及時行樂之志。周履靖將此首歸類為「意」、「立言」，原因大抵如此，甚而認為作者乃藉由作此詩以立言來表達心中之悲意，亦為當時不得志者發聲。而第四首〈今日良宴會〉，周履靖將其歸為「誠」體，「檢束防閑曰『誠』」──「人生寄一世，奄忽若飆塵。何不策高足，先據要路津」，作者認為人生苦短，應積極作為，於是提出「何不策高足，先據要路津」，此正是「檢束防閑」，以「閑」為誠。至於第十三首〈驅車上東門〉，周履靖則歸為「達」體，「心迹曠誕曰『達』」──詩中作者認為，既見時人為求長生而「服食求神仙，多為藥所誤」，倒不如及時行樂、把握當下實在，於是提出「不如飲美酒，被服紈與素」。如此心胸，拋開長生，選擇肆無忌憚地飲酒被服，正是「心迹曠誕」的表現。

　　然而，第四首〈今日良宴會〉，譚浚在《說詩》中卻以題目將其歸類為「燕饗」主題，其列舉：

> 《左傳》：「享以訓共儉，宴以示慈惠。享有體貌，設几不

〔註50〕〔明〕周履靖：《騷壇秘語》卷之下〈第十一・辨體〉，收錄於周維德集校：《全明詩話》，第三冊，頁2232～2233。

倚，爵盈不飲，肴乾不食。宴有折俎，相與共食。」《詩》
云：「既右饗之。」《禮記》：「饗，鄉也。」《漢宣紀》：「上
帝嘉饗。」《小雅》：〈湛露〉燕臣、〈魚藻〉答君，〈行葦〉
燕父老、〈車舝〉燕新昏。《古詩‧良宴會》。曹、劉〈公
讌〉。〔註51〕

而許學夷則以其內容質樸，推許其和第十二首〈東城高且長〉為詩祖，
在《詩源辯體‧凡例》道：

故《十九首》「何不策高足」、「燕趙多佳人」等，莫非詩祖，
而唐太宗〈帝京篇〉等，反不免為綺靡矣。〔註52〕

此外，對於第十三首〈驅車上東門〉，王世貞不以為是曠達的表現，其在《藝苑巵言》論道：

「奄忽隨物化，榮名以為寶。」不得已而托（按：「托」應
作「託」）之名也。「千秋萬歲後，榮名安所之。」名亦無
歸矣，又不得已而歸之酒，曰：「使我有身後名，不如且飲
一杯酒。」「服食求神仙，多為藥所誤」，亦不得已而歸之
酒，曰：「不如飲美酒，被服紈與素。」至於被服紈素，其
趣愈悲，而其情益可憫矣。〔註53〕

王世貞以情意論詩，認為第十一首〈迴車駕言邁〉末二句「奄忽隨物
化，榮名以為寶」，乃是不得已而寄託於名，而榮名亦會隨著時間逐

〔註51〕〔明〕譚浚：《說詩》卷之中〈題目‧燕饗〉，收錄於周維德集校：《全
明詩話》，第三冊，頁1848。

〔註52〕〔明〕許學夷：《詩源辯體‧凡例》，收錄於周維德集校：《全明詩話》，
第四冊，頁3161。

〔註53〕〔明〕王世貞：《藝苑巵言》卷三，收錄於周維德集校：《全明詩話》，
第三冊，頁1910。其論述亦為周子文《藝藪談宗》收錄，其內容相
同：「『奄忽隨物化，榮名以為寶。』不得已而托（按：「托」應作「託」）
之名也。『千秋萬歲後，榮名安所之。』名亦無歸矣，又不得已而歸
之酒，曰：『使我有身後名，不如且飲一杯酒。』『服食求神仙，多
為藥所誤』，亦不得已而歸之酒，曰：『不如飲美酒，被服紈與素。』
至于被服紈素，其趣愈卑，而其情益可憫矣。」見〔明〕周子文：《藝
藪談宗》卷之四〈藝苑巵言〉，收錄於周維德集校：《全明詩話》，第
四冊，頁3074。

漸磨滅，倒不如飲酒被服實際，然而文士何者不願出仕、留取榮名，
但面對當時的境況，只能選擇飲酒被服，皆是出於無奈、不得已之舉，
是故王世貞評「其趣愈悲，而其情益可憫矣」。

　　至若第十首〈迢迢牽牛星〉，僅見梁橋於《冰川詩式》論其內容
爲：

　　　　此詩喻臣之不得事君，如牛女之不得相會。〔註54〕

梁橋此一見解和鍾惺論述第一首〈行行重行行〉爲「變雅而諷刺之」
之意，大抵相同，皆託物言情，雙關其怨，表面書寫男女分別之怨，
實則流露君臣不得與共之怨，委婉道出不得志之情。

　　而第十五首〈生年不滿百〉，譚浚《說詩》將其和第三首〈青青
陵上柏〉同樣歸類爲登覽詩，但對此首則論爲「樂及時也」〔註55〕，
正是一語道出了其旨意。葉廷秀在其《詩譚》中又進一步論述：

　　　　古詩云：「晝短夜苦長，何不秉燭遊。」教人行樂及時也。
　　　　樂天詩：「多少朱門鎖空宅，主人到老不曾歸。」司空曙詩：
　　　　「黃金用盡教歌舞，留與他人樂少年。」唐詩：「白頭縱作
　　　　花園主，醉折花枝是別人。」讀之，令人悽然。每見入名
　　　　利場中，終身擺脫不得，且曰：「幾年畢尚平之婚嫁，幾年
　　　　築晉公之綠野。」嗟嗟，此志果遂，必須與閻羅王先講定
　　　　也，可發一笑。〔註56〕

旨在說明行樂須及時，並舉白居易、司空曙……等詩，告訴世人汲汲
於功名，到頭來卻是一場空，而人生短促，不如行樂、爲己。

　　對此，謝榛《四溟詩話》論其「氣悠長」：

　　　　陳琳曰：「騁哉日月遠，年命將西傾。」陸機曰：「容華夙
　　　　夜零，體澤坐自捐。茲物苟難停，無壽安得延。」謝靈運

〔註54〕〔明〕梁橋：《冰川詩式》卷之一〈五言古詩・古詩〉，收錄於周維
　　　　德集校：《全明詩話》，第二冊，頁1614。

〔註55〕〔明〕譚浚：《說詩》卷之中〈題目・登覽〉，收錄於周維德集校：《全
　　　　明詩話》，第三冊，頁1851。

〔註56〕〔明〕葉廷秀：《詩譚》卷二〈行樂及時〉，收錄於周維德集校：《全
　　　　明詩話》，第五冊，頁4183。

曰：「夕慮曉月流，朝忌曛日馳。」李長吉曰：「天東有若木，下置銜燭龍。吾將斬龍足、嚼龍肉，使之朝不得迴、夜不得伏。自然老者不死、少者不哭。」此皆氣短。無名氏曰：「人生不滿百，常懷千歲憂。晝短苦夜長，何不秉燭遊。」此作感慨而氣悠長也。〔註57〕

相較於陳琳、陸機、謝靈運、李長吉之詩，〈生年不滿百〉之氣悠長，乃是因為心中有所感慨而發，面對世道深感無奈，因而道出「何不秉燭遊」，其字句看來彷彿灑脫，強調及時行樂，但謝榛由氣論之，遂知其乃慨然長歎，秉燭夜遊實不得已之舉。

此外，對於〈生年不滿百〉勸人及時為樂之旨，另有他說，而趙士喆在《石室談詩》中駁道：

……又李石與文宗論古詩「晝長苦夜短」（按：「晝長苦夜短」應作「晝短苦夜長」）者，治日少亂日多也。「何不秉燭遊」，勸之以自炤也。其志雖存乎納牖，真所謂郢書而燕說矣。〔註58〕

對「晝短苦夜長」被詮解為「治日少亂日多」，「何不秉燭遊」被解釋為「勸之以自炤也」，予以駁斥，認為此為郢書燕說，不當做此誤解。

至於第十六首〈凜凜歲云暮〉和第十七首〈孟多寒氣至〉，譚浚在《說詩》中皆歸類為懷思之作：

〈甘棠〉懷德，〈下泉〉懷國，〈蒹葭〉懷人，〈北風〉懷歸，〈采綠〉懷夫，古詩〈凜凜歲云莫〉，思而夢也。〈孟冬寒氣至〉，思而憂也。〔註59〕

〈凜凜歲云暮〉因懷思良人而夢，夢中何其美好，夢醒因而悵然若失，徒留悲傷，「思而夢」乃情至深之表現也。而〈孟多寒氣至〉因天寒

〔註57〕〔明〕謝榛：《四溟詩話》卷二，收錄於周維德集校：《全明詩話》，第二冊，頁1326。

〔註58〕〔明〕趙士喆：《石室談詩》卷上〈總論二十四條·第十八條〉，收錄於周維德集校：《全明詩話》，第六冊，頁5137。

〔註59〕〔明〕譚浚：《說詩》卷之中〈題目·懷思〉，收錄於周維德集校：《全明詩話》，第三冊，頁1850。

增添思情，但良人至今已三年無消息，不禁憂心「一心抱區區，懼君不識察」，「思而憂」之情流露無遺。

　　而第十八首〈客從遠方來〉，楊慎在《升菴詩話》論述其內容：

> 古詩：「文綵雙鴛鴦，裁爲合歡被。著以長相思，緣以結不解。」「著」，昌慮切。鄭玄《儀禮註》：「著，充之以絮也。」緣以絹也，鄭玄《禮記註》：「緣，飾邊也。」長相思，謂以絲縷絡錦交互綱之，使不斷，長相思之義也。結不解，按《說文》結而可解曰紐，結不解曰締。締謂以針縷交鎖連結，混合其縫，如古人結綢繆，同心製，取結不解之義也。既取其義以著愛而結好，又美其名曰相思，曰不解云。合歡被，宋趙德麟《侯鯖錄》有解。會而觀之，可見古人詠物托（按：「托」應作「託」）意之工夫矣。〔註60〕

〈客從遠方來〉末六句大量使用雙關，楊慎針對其中的「著」、「長相思」、「緣」、「結」予以考證、詮釋，由此可見作者詠物託意工夫之高妙。而譚浚《說詩》據其內容，將其歸於贈答之詩：

> 《衛風‧木瓜》贈而答。《邶風‧靜女》見而贈。〈崧高〉、〈卷阿〉贈物、贈言。古詩〈客從遠方來〉贈物答詞。蘇武、李陵贈詩、答詩。〔註61〕

作者收到良人託客從遠方送來的「一端綺」，進一步將此「端綺」裁被、著絲、結緣飾等過程加以敘述，正是作者對良人心意的回應，也表達自己情感篤厚，故可視爲「贈物答詞」。

　　如上所述，可知明代詩話中對《古詩十九首》內容的論述，多著墨於第十五首〈生年不滿百〉，其次爲第一首〈行行重行行〉、第四首〈今日良宴會〉，而對第五首〈西北有高樓〉、第六首〈涉江采芙蓉〉、第七首〈明月皎夜光〉、第八首〈冉冉孤生竹〉、第九首〈庭中有奇樹〉、第十四首〈去者日以疎〉、第十九首〈明月何皎皎〉等七首未有論述。

〔註60〕　〔明〕楊慎：《升菴詩話》卷三〈古詩〉，收錄於周維德集校：《全明詩話》，第二冊，頁894～895。

〔註61〕　〔明〕譚浚：《說詩》卷之中〈題目‧贈答〉，收錄於周維德集校：《全明詩話》，第三冊，頁1850。

但明代亦有對《古詩十九首》的整體內容作概括論述者，如：陸時雍
在論「情」和「意」之別時，評道：

> 少陵五古，材力作用，本之漢、魏居多。第出手稍鈍，苦
> 雕細琢，降爲唐音。夫一往而至者，情也；苦慕而出者，
> 意也；若有若無者，情也；必然不必然者，意也。意死而
> 情活，意迹而情神，意近而情遠，意僞而情眞。情意之分，
> 古今所由判矣。少陵精矣刻矣，高矣卓矣，然而未齊於古
> 人者，以意勝也。假令以《古詩十九首》與少陵作，便是
> 首首皆意。假令以〈石壕〉諸什與古人作，便是首首皆情。
> 此皆有神往神來，不知而自至之妙。太白則幾及之矣。十
> 五《國風》皆設爲其然而實不必然之詞，皆情也。晦翁說
> 《詩》，皆以必然之意當之，失其旨矣。數千百年以來，憒
> 憒於中而不覺者眾也。〔註62〕

陸時雍將「情」定義爲「若有若無者，情也」，認爲「意死而情活，
意迹而情神，意近而情遠，意僞而情眞。情意之分，古今所由判矣」，
推崇「情」之甚矣，並以「情」、「意」作爲古人與杜甫五言古詩的差
別。由此亦間接指出《古詩十九首》，乃「首首皆情」。

但對於《古詩十九首》之情，許學夷《詩源辯體》以爲：

> 漢、魏五言，雖本乎情之眞，未必本乎情之正，說見《十
> 九首》論中。故性情不復論耳。或欲以《國風》之情論漢、
> 魏之詩，猶欲以《六經》之理論秦、漢之文，弗多得矣。
>
> 〔註63〕

綜觀《古詩十九首》之內容，其情出於胸臆，是謂眞情之流露，但此
情感，誠如前述明代各家的分析，或「變雅而諷刺之」，或「心迹曠
誕」之表現，是故「未必本乎情之正」。

〔註62〕〔明〕陸時雍：《詩鏡總論》，收錄於周維德集校：《全明詩話》，第
　　　　六冊，頁5116。

〔註63〕〔明〕許學夷：《詩源辯體》卷三〈漢魏總論　漢〉，收錄於周維德
　　　　集校：《全明詩話》，第四冊，頁3206。小字爲作者原註。

二、「無階級可尋」、「神氣渾融」之句法格律

情感的表現，往往須依賴文辭表達，但有時文字卻無法完全表露其意，抑或此情意不見容於當時境況，甚或作者個性溫厚，不願直陳其怨懟，以致文辭隱晦，此時即可透過格律，推敲其真實的感受。而《古詩十九首》「首首皆情」，且情未必正，故如何運用適切的句法和格律來表現情感，正也是明人探討的重心。以下分別就句法和格律二層面來討論。

（一）句法自然高妙

明代王世貞在探討《古詩十九首》的句法時，極推崇其句法高妙，認為：

> 《風雅三百》，《古詩十九》，人謂無句法，非也。極自有法，無階級可尋耳。〔註64〕

人們多謂《詩經》、《古詩十九首》渾然天成，無句法可尋，然而王世貞指出雖是自然天工，亦有句法，只是「無階級可尋耳」。而明人，甚至是王世貞本人，並未就此放棄探尋《古詩十九首》的句法，在明代詩話中，可發現到各家多從其字辭、句子、方法等去分析，試著以此三面向去探尋其句法。茲就明代詩話中的相關論述分列於下。

1、字辭：平平道出，無工字面

對於《古詩十九首》的字辭運用，首先可在楊慎《升菴詩話》見其論述：

> 古詩：「君亮執高節，賤妾亦何為。」《文選·范雲〈古意〉》詩注引之作「擬何為」，「擬」字勝「亦」字。〔註65〕

〔註64〕〔明〕王世貞：《藝苑巵言》卷一，收錄於周維德集校：《全明詩話》，第三冊，頁1889。此段文字亦為周子文《藝藪談宗》完整收錄：「《風》、《雅》三百，《古詩十九首》，人謂無句法，非也。極自有法，無階級可尋耳。」見〔明〕周子文：《藝藪談宗》卷之四〈藝苑巵言〉，收錄於周維德集校：《全明詩話》，第四冊，頁3068。

〔註65〕〔明〕楊慎：《升菴詩話》卷十二〈賤妾亦何為〉，收錄於周維德集校：《全明詩話》，第二冊，頁1053。

楊慎針對第八首〈冉冉孤生竹〉，認為原詩句中的「亦」字不如注中的「擬」字好，對《古詩十九首》原作表達異議，而明代詩話中亦僅此一例。

其後論者多對《古詩十九首》的用字予以正面的肯定，如：謝榛《四溟詩話》：

> 《古詩十九首》，平平道出，且無用工字面，若秀才對朋友說家常語，略不作意。如「客從遠方來，寄我雙鯉魚。呼童烹鯉魚，中有尺素書」是也。及登甲科，學說官話，便作腔子，昂然非復在家之時。若陳思王「遊魚潛綠水，翔鳥薄天飛。始出嚴霜結，今來白露晞」是也。此作平仄妥帖，聲調鏗鏘，誦之不免腔子出焉。魏晉詩家常話與官話相半，迨齊、梁開口，俱是官話。官話使力，家常話省力；官話勉然，家常話自然。夫學古不及，則流於淺俗矣。今之工於近體者，惟恐官話不專，腔子不大，此所以泥乎盛唐，卒不能超越魏進（按：「進」應作「晉」）而追兩漢也。嗟夫！〔註66〕

謝榛感嘆時人為求工於近體詩，拘泥於盛唐，致力於官話的表現，使得其詩之字辭讀來極費力、不自然。對於詩歌，謝榛推崇《古詩十九首》，認為其「平平道出，且無用工字面，若秀才對朋友說家常語，略不作意」，其字辭運用自然，如家常語，故讀之省力。〔註67〕而這或許也是王世貞推許《十九首》「無階級可尋」之因。

〔註66〕〔明〕謝榛：《四溟詩話》卷三，收錄於周維德集校：《全明詩話》，第二冊，頁1338～1339。

〔註67〕謝榛在此論述中，認為作詩字辭須如家常語，以自然為主，而非官話。對此，許學夷有不同的見解：「謝茂秦謂：『《古詩十九首》不作意，是家常語；子建「游魚潛綠水，翔鳥薄天飛」，是官話。』予謂：擬之未當。若子建〈贈白馬王〉詩，則全是官話也，然當官自不可無，此《風》《雅》之辨。」認為當官不可無官話，此亦是《詩》之有風、有雅也，故作詩有家常語、官話之別，但不可以此定優劣。詳見〔明〕許學夷：《詩源辯體》卷四〈漢魏辯 魏〉，收錄於周維德集校：《全明詩話》，第四冊，頁3226。

　　至於王世貞亦針對其字辭，於《藝苑巵言》提出：

　　「相去日以遠，衣帶日以緩」，「緩」字妙極。又古歌云：「離
　　家日趨遠，衣帶日趨緩。」豈古人亦相蹈襲耶？抑偶合也？
　　「以」字雅，「趨」字峭，俱大有味。

　　「東風搖百草」，「搖」字稍露崢嶸，便是句法爲人所窺。「朱
　　華冒綠池」，「冒」字更掠眼耳。「青袍似春草」，復是後世
　　巧端。〔註68〕

此論述，正好呼應了王世貞前述的「人謂無句法，非也。極自有法，
無階級可尋耳」，道出《古詩十九首》句法雖「無階級可尋」，但可「爲
人所窺」，提出〈行行重行行〉的「相去日以遠，衣帶日以緩」與古
歌「離家日趨遠，衣帶日趨緩」意義近似，而用字「以」或「趨」各
有巧妙。接著，認爲〈迴車駕言邁〉中「東風搖百草」之「搖」字，
使文意生動、凸顯，稱許其字辭巧妙，爲後世之巧端。〔註69〕

　　而費經虞亦在《雅倫》論道：

〔註68〕　〔明〕王世貞：《藝苑巵言》卷二，收錄於周維德集校：《全明詩話》，
　　　　　第三冊，頁1899。此段論述，亦爲茅一相《欣賞詩法》和周子文《藝
　　　　　藪談宗》完整收錄，可見其論述具有地位，受到明人的認同。詳見
　　　　　〔明〕茅一相：《欣賞詩法·詩評《藝苑巵言》》，收錄於周維德集校：
　　　　　《全明詩話》，第三冊，頁2121～2122。〔明〕周子文：《藝藪談宗》
　　　　　卷之四〈藝苑巵言〉，收錄於周維德集校：《全明詩話》，第四冊，頁
　　　　　3069。
〔註69〕　對〈迴車駕言邁〉中「東風搖百草」之「搖」字的闡釋，茲可引近
　　　　　人馬茂元的說明，來補充之。馬茂元：「東風是和暖的，在東風吹拂
　　　　　下的百草，正是春天的活躍的象徵，是多麼富於欣欣向榮的生意！
　　　　　可是詩人不從這裏著眼，相反地他卻因此而想起了已經逝去的秋
　　　　　冬，『天地不仁，以萬物爲芻狗』的感覺，自然會觸動了新舊推排，
　　　　　『四顧茫茫』的人生悲哀。於是就在『東風』和『百草』之間著一
　　　　　『搖』字：這樣一來，春天的繁榮，就變成秋冬的蕭索了。」見馬
　　　　　茂元：《古詩十九首探索》，（高雄：復文圖書出版社，1991年），頁
　　　　　105。由此可知，「東風搖百草」之「搖」字，從字面上看，「搖」具
　　　　　有動態感，使畫面如置眼前；就內涵而言，「搖」字嵌於「東風」與
　　　　　「百草」之間，賦予了春天蕭索之感，是作者傷時之愁的投射。是
　　　　　故，王世貞稱許「搖」字爲後世之巧端。

五仄字之體，創自梅聖俞，以晏元獻之言也。然元獻所舉「枯桑知天風」，特古詩中之一句，非全篇皆然也。若止一句，則五仄字古人已有矣。《十九首》「歲月忽已晚」，古詩「贈子以自愛」，秦嘉〈贈婦詩〉「既得結大義」，嵇康「但願養性命」，周皇夏「盛德必有後」，陸機〈長歌行〉「迨及歲未暮」，又〈塘上行〉「四節逝不處」，陳思王「利劍不在掌」，陶淵明「結髮念善事」，孔文舉「器漏苦不密」，謝靈運「鼻感改朔氣」等，不可枚舉。聖俞聊復爲戲耳。〔註70〕

列舉「五仄字」之詩句，《古詩十九首》中〈行行重行行〉「歲月忽已晚」即是，據明代釋眞空《玉鑰匙歌訣》：「平聲平道莫低昂，上聲高呼猛烈強，去聲分明哀遠道，入聲短促急收藏。」〔註71〕以及王易之見解：「韻與文、情關係至切：平韻和暢，上去韻纏綿，入韻迫切，此四聲之別也。」〔註72〕由「五仄字」的表現，即可推測作者情感悲慟至極。

此外，明人亦注意到《古詩十九首》中字辭疊用的現象。如：徐師曾於《詩體明辯》論及：

疊字體　按古詩「青青河畔草」凡十句，而前六句皆用疊字。「迢迢牽牛星」亦十句，而首四句尾二句皆用疊字。然未有以疊字成篇者，後人仿之，始有此體……。〔註73〕

徐師曾指出〈青青河畔草〉、〈迢迢牽牛星〉皆十句中有六句使用疊字，比例甚高，就徐師曾所見到的詩歌，未有整首以疊字來創作，所謂「疊字體」的形成，乃後人仿效之，始有，「然多游戲之作」〔註74〕，與

〔註70〕〔明〕費經虞：《雅倫》卷九上〈格式七‧五仄〉，收錄於周維德集校：《全明詩話》，第六冊，頁4656。

〔註71〕〔明〕釋眞空：《玉鑰匙歌訣》，收錄於朱光潛：《詩論》，（臺北：正中書局，1962年），頁151。

〔註72〕王易：《詞曲史》，（臺北：廣文書局，1971年），頁283。

〔註73〕〔明〕徐師曾：《詩體明辯‧雜體詩》，收錄於周維德集校：《全明詩話》，第二冊，頁1466。

〔註74〕費經虞曰：「徐師魯云：『古詩「青青河畔草」，前六句，皆用疊字；「迢迢牽牛星」，前四句、後二句，亦皆用疊字。然未有以疊字成篇

情感表現無關，已失去《古詩十九首》旨趣。

　　對於古詩使用疊字是否恰當，梁橋《冰川詩式》有此見解：

> 《十九首》：「青青河畔草，鬱鬱園中柳。盈盈樓上女，皎皎當窗牖。娥娥紅粉妝，纖纖出素手。」一連六句，皆用疊字，今人必以爲句法重復（按：「復」應作「複」）之甚。古詩正不當以此論之也。〔註75〕

又，胡應麟《詩藪》進一步論道：

> 嚴謂古詩不當較量重複，而引屬國數章見例，是則然矣。古人佳處，豈在是乎？觀少卿三章及兩漢諸作，足知宂（按：「宂」應作「冗」）非所貴，第信筆天成，間遇一二，不拘拘窠定耳。「青青河畔草」一章，六用疊字而不覺，正古詩妙絕處，不可概論，然亦偶爾，未必古人用意爲之……。〔註76〕

詩不以冗爲好，固不當重複，然古詩以自然爲佳，〈青青河畔草〉雖十句有六句使用疊字，但渾然天成，自然而不覺繁冗，故胡應麟在此指出「正古詩妙絕處，不可概論，然亦偶爾，未必古人用意爲之」。

　　對此，許學夷《詩源辯體》中亦言：

> 古詩歌不當以小疵棄之。漢、魏五言，中亦有意思重複，詞語質野，字句難訓，雖非可法，不害爲古。又如〈青青河畔草〉，一連六句用疊字，正見天成之妙。〔註77〕

者。』後人仿之，遂有此體。然多游戲之作。」見〔明〕費經虞：《雅倫》卷九中〈格式八・五言四疊韻・疊字格〉，收錄於周維德集校：《全明詩話》，第六冊，頁4683。

〔註75〕〔明〕梁橋：《冰川詩式》卷之十〈學詩要法下〉，收錄於周維德集校：《全明詩話》，第二冊，頁1754。此見解亦爲李贄《騷壇千金訣》完整收錄，詳見〔明〕李贄：《騷壇千金訣・詩學正源・詩評》，收錄於周維德集校：《全明詩話》，第三冊，頁2079。追溯其源，此見解乃引用自宋代嚴羽《滄浪詩話・詩評》，詳見〔宋〕嚴羽：《滄浪詩話》，收錄於〔清〕何文煥輯：《歷代詩話》，第二冊，頁699。

〔註76〕〔明〕胡應麟：《詩藪》外編卷二〈六朝〉，收錄於周維德集校：《全明詩話》，第三冊，頁2592。

〔註77〕〔明〕許學夷：《詩源辯體》卷三〈漢魏總論　漢〉，收錄於周維德集校：《全明詩話》，第四冊，頁3206。

將重複字辭視為小疵，但「不害為古」，因「古詩歌不當以小疵棄之」，而〈青青河畔草〉亦因連續六句使用疊字，更可見其「天成之妙」。

然而，胡震亨在《唐音癸籤》中提出異議：

> 體物疊字，本之風雅，詩所不能無；如劉駕之「夜夜夜深聞子規」，吳融之「搣搣淒淒葉葉同」，則多事矣。然未有疊至七聯，如韓退之〈南山〉詩者。豈以「青青河畔草」亦用疊字三聯，有前例與？作法於涼，雖漢人，吾不能無餘憾云。〔註78〕

認為「體物疊字，本之風雅，詩所不能無」，但自《詩經》以下，疊字之法卻漸漸刻意，形成冗贅，對此感到遺憾。對胡震亨所持的異議，據前述各家的看法，〈青青河畔草〉雖大量使用疊字，但「未必古人用意為之」，讀之若「家常語」「平平道出」，可見其渾然天成之妙，雖未如《詩經》自然，但「不害為古」，故「古詩歌不當以小疵棄之」，正可謂「古詩正不當以此論之也」。

2、句子：句平意遠，不害為古

至於《古詩十九首》的句式，明代討論的面向可分為對句和重句，以下分述之。針對對句，明代晚期論者費經虞曾在《雅倫》提出：

> 詩之有對，由來久矣。「胡馬依北風，越鳥巢南枝」，但漢、魏偶一聯耳。晉、宋以來，詩屬對之法不一：有音聲之對，雙聲、疊韻是也；有平仄之對，金線、咽泉是也；有法度之對，流水、當句、扇對、開對、綿接、連序、倒插、搓對、牙成、回文、閤子、折腰、借對、影對是也。其餘皆虛實對也。其中對法，又有的中的、有的中差、差中的。如二對千，乃的中的；貳對千，是的中差也；獨對千，卻是差中的也，他倣此。惟差中差，不可對，又不可以通對借口也。〔註79〕

詩之對句由來已久，由費經虞的論述中，可知對對偶加以嚴格要求乃

〔註78〕〔明〕胡震亨：《唐音癸籤》卷四〈法微三〉，收錄於周維德集校：《全明詩話》，第五冊，頁3606。

〔註79〕〔明〕費經虞：《雅倫》卷十二〈製作・屬對〉，收錄於周維德集校：《全明詩話》，第六冊，頁4752。

至晉、宋之後。而在此處，費經虞所指出的《古詩十九首》對句，僅見〈行行重行行〉之「胡馬依北風，越鳥巢南枝」一例，而早於費經虞的論者，卻有不同的看法。

謝榛在《四溟詩話》曾對〈行行重行行〉之「胡馬依北風，越鳥巢南枝」論道：

> 《詩》曰：「覯閔既多，受侮不少。」初無意於對也。《十九首》云：「胡馬依北風，越鳥巢南枝。」屬對雖切，亦自古老。六朝惟淵明得之，若「芳草何茫茫，白楊亦蕭蕭」是也。〔註80〕

指出「胡馬依北風，越鳥巢南枝」為屬對，其對偶切當，但「亦自古老」，以此對偶表達情感，更顯質樸、自然。

而許學夷在《詩源辯體》中，除了論述「胡馬依北風，越鳥巢南枝」此例外，尚舉〈青青河畔草〉中的「青青河畔草，鬱鬱園中柳」，一併論述：

> 《三百篇》有「覯閔既多，受侮不少」、「發彼小豝，殪此大兕」，《十九首》有「胡馬依北風，越鳥巢南枝」、「青青河畔草，鬱鬱園中柳」，曹子建有「始出嚴霜結，今來白露晞」、「秋蘭被長阪，朱華冒綠池」等句，皆文勢偶然，非用意俳偶也。用意俳偶，自陸士衡始。王元美直謂「俳偶之語，《毛詩》已有之」，豈以《三百篇》亦後世詞人才子流耶？又或以《小雅》「昔我往矣，楊柳依依。今我來斯，雨雪霏霏」為扇對，《楚辭》「蕙肴蒸兮蘭藉，奠桂酒兮椒漿」為蹉對，大堪撫掌。〔註81〕

認為此二首之對句，「皆文勢偶然，非用意俳偶也」，誠如費經虞所言，對偶自晉、宋以降始詳盡，而《古詩十九首》之對句自然天成，非作意也。

〔註80〕〔明〕謝榛：《四溟詩話》卷一，收錄於周維德集校：《全明詩話》，第二冊，頁1306。

〔註81〕〔明〕許學夷：《詩源辯體》卷五〈晉〉，收錄於周維德集校：《全明詩話》，第四冊，頁3230～3231。

而鍾惺於《詞府靈蛇二集》亦指出另一例：

　　意對　陸士衡：「驚颶騫友信，歸雲難寄音。」古詩：「四
　　顧何茫茫，東風搖百草。」〔註82〕

即〈迴車駕言邁〉中的「四顧何茫茫，東風搖百草」，並指出其乃爲
「意對」，基於二句意義相輔相成，故認爲其可爲對句。

　　由此可見，明代詩話中對《古詩十九首》的對句僅提及「胡馬依
北風，越鳥巢南枝」、「青青河畔草，鬱鬱園中柳」、「四顧何茫茫，東
風搖百草」三例，前二者對仗工整，後者以意義相屬爲「意對」，明
人對其對句大多推許其古樸、自然，不作意。

　　至於重句，詩中前後兩句意義重複，往往會令人感到繁冗之病，
但明人針對漢魏詩賦，卻有不同的見解。如：謝榛《四溟詩話》論道：

　　詩賦各有體製，兩漢賦多使難字，堆垛聯綿，意思重疊，
　　不害於大義也。詩自蘇、李五言暨《十九首》，格古調高，
　　句平意遠，不尚難字，而自然過人矣……。〔註83〕

認爲詩賦中，二句意思雖重複，但只要「不害於大義」，亦可容許重
句。並且認爲《古詩十九首》因其「格古調高，句平意遠，不尙難字，
而自然過人」，故其重句在詩中亦不爲害。

　　又，王世貞《藝苑卮言》進一步指出《古詩十九首》之重句：

　　子卿第二章，絃歌商曲，錯疊數語。《十九首》：「齊心同所
　　願，含意俱未申。」亦大重犯，然不害爲古。「奚必絲與竹，
　　山水有清音。何事待嘯歌，灌木自悲吟。」乃害古也。然
　　使各用之，山水清音，極是妙詠，灌木悲吟，不失佳語。
　　故曰：「離則雙美，合則兩傷。」〔註84〕

〔註82〕　〔明〕鍾惺：《詞府靈蛇二集·神集·五勢對例》，收錄於周維德集
　　　　　校：《全明詩話》，第五冊，頁4038。
〔註83〕　〔明〕謝榛：《四溟詩話》卷四，收錄於周維德集校：《全明詩話》，
　　　　　第二冊，頁1359。
〔註84〕　〔明〕王世貞：《藝苑卮言》卷三，收錄於周維德集校：《全明詩話》，
　　　　　第三冊，頁1908。此見解亦爲茅一相《欣賞詩法》完整收錄，詳見
　　　　　〔明〕茅一相：《欣賞詩法·詩評《藝苑卮言》》，收錄於周維德集校：
　　　　　《全明詩話》，第三冊，頁2125～2126。

《古詩十九首》之重句為〈今日良宴會〉的「齊心同所願，含意俱未申」，意義皆為文士欲出仕之心聲，然而語句自然，若「家常語」，二者雖重複其意，但可視為失意文士的一再強調，凸顯了文士滿懷仕進之意，為後文「何不策高足，先據要路津」之呼告做了鋪墊。然而，當時的境況卻無法實現其想望，更不得大聲疾呼其仕進的心願，故重句在此，亦流露出滿腔的無奈。由此判讀，可體會〈今日良宴會〉之重句「不害為古」，其文句自然、情意自然，不須刪去。

　　對此，胡應麟《詩藪》亦提及：

> 古詩語意重者，如「今日良晏（按：「晏」應作「宴」）會。」「請為遊子吟」之類，自是樸茂之過。建安諸子，洗削殆盡，晉、宋不應復蹈。嗣宗「多言焉所告，繁辭將訴誰」，士衡「迅雷中宵激，驚電光夜舒」，太沖「豈必絲與竹，何事待嘯歌」，康樂尤不勝數，皆後學所當戒。〔註85〕

胡應麟站在後學的角度論之，認為〈今日良宴會〉雖犯重，但「自是樸茂之過」，毋須詬病。然而，此自然、不作意之詩句，自建安諸子以至晉、宋以下，已喪失殆盡，故後學當戒重句。

3、方法：不拘流例，遇物即言

　　對於《古詩十九首》如何以其巧妙、樸質之字句表現其情，譚浚於《說詩》提及：

> 不拘流例，遇物即言，命題曰「雜」。雜宜不越區而有別。漢《古詩十九首》，魏晉因之。《文選》又以荊軻〈大風〉諸作，目為雜歌。〔註86〕

將《古詩十九首》歸類於「雜歌」，因為其表現情感乃「不拘流例，遇物即言」，誠如鍾嶸《詩品・序》所言：

> 至乎吟咏情性，亦何貴於用事。思君如流水，即是即目。高

〔註85〕〔明〕胡應麟：《詩藪》外編卷二〈六朝〉，收錄於周維德集校：《全明詩話》，第三冊，頁2591。

〔註86〕〔明〕譚浚：《說詩》卷之中〈章句・雜詩〉，收錄於周維德集校：《全明詩話》，第三冊，頁1828。

臺多悲風，亦唯所見。清晨登隴首，羌無故實。明月照積雪，
詎出經史。觀古今勝語，多非補假，皆由直尋。〔註87〕

情感表現以「直尋」爲佳，同時「遇物即言」，方可使辭句若「家常
語」，自然、不作意。

此外，鍾惺《詞府靈蛇二集》再指出詩句之「興」的用法，在〈起
首入興體例〉中，列舉《古詩十九首》爲例：

感時入興　古詩：「凜凜歲雲（按：「雲」應作「云」）暮，
螻蛄多鳴悲。涼風率以厲，遊子寒無衣。」江文通詩：「西
北秋風起，楚客心悠哉。日暮碧雲合，佳人殊未來。」二
詩皆三句感時，一句敘事。

……先敘事後衣帶入興　陸士衡詩：「遠遊越山川，山川修
且廣。」此詩一句敘事，一句衣帶。古詩：「行行重行行，
與君生別離。相去萬餘里，各在天一涯。道路阻且長，會
面安可期。胡馬依北風，越鳥巢南枝。」此詩六句敘事，
兩句衣帶。

……把聲入興　王少伯詩：「潯潯三峽水，別怨流《楚辭》。」
此詩耳聞也。古詩：「白楊多悲風，蕭蕭愁殺人。」此詩心
聞也。〔註88〕

指出在起首即入興中，〈凜凜歲云暮〉爲「感時入興」，感於時節進入
歲末，以「凜凜」感受、「螻蛄」之聲、「涼風」之觸覺及聽覺，興發
情愁，進一步聯想、憂心「遊子寒無衣」。〈行行重行行〉爲「先敘事
後衣帶入興」，前六句敘寫分別之狀，後兩句抒發眷戀、忠心不二之
情。至於〈去者日以疏〉則爲「把聲入興」，舉出「白楊多悲風，蕭
蕭愁殺人」〔註89〕爲「心聞」，因耳聞風吹拂白楊「蕭蕭」之聲而興

〔註87〕〔南朝梁〕鍾嶸著、〔民國〕汪中選注：《詩品注・序》，頁22。
〔註88〕〔明〕鍾惺：《詞府靈蛇二集・神集・起首入興體例》，收錄於周維
德集校：《全明詩話》，第五冊，頁4028～4029。
〔註89〕〈去者日以疏〉：「去者日以疏，生者日以親。出郭門直視，但見丘
與墳。古墓犁爲田，松柏摧爲薪。白楊多悲風，蕭蕭愁殺人。思還
故里閭，欲歸道無因。」此首自第三句始起興，故非起首入興體例。

發情愁，然而聲本無哀樂，作者因見墓毀壞之景而為死者悲慨，進而聯想到自身抑鬱不得志、客居異地、「欲歸道無因」，憂心無法落葉歸根，故心生「悲」、生「愁」，遂白楊「多悲風」、「愁殺人」，是故是為「心聞」以入興。

　　而鍾惺於〈落句體例〉則論道：

　　勸勉　古詩：「棄捐勿復道，努力加飡飯。」此詩義在自保

　　愛也。〔註90〕

指出〈行行重行行〉以「棄捐勿復道，努力加飡飯」勸勉語作結，正顯現此詩旨在勸人須自保自愛。另鍾惺亦於〈三語勢〉——所謂「三語勢」為好勢、通勢、爛勢——論道：

　　好勢　古詩：「浮雲蔽白日，遊子不顧返。」又江文通：「黃

　　雲蔽千里，遊子何時還。」〔註91〕

進一步提出〈行行重行行〉中的「浮雲蔽白日，遊子不顧返」為「好勢」，用法上意象豐富，委婉道出心中之哀怨，故是為「好勢」。

　　非但如此，鍾惺更於統整詩歌之「五用例」時，再舉《古詩十九首》為例：

　　用字　古詩：「秋草萋已綠。」又郭景純：「潛波渙鱗起。」

　　「萋」「渙」二字用字也。

　　用形用字不如用形也　古詩：「東城高且長，逶迤自相屬。」

　　又謝靈運：「石淺水潺湲，日落山照耀。」

　　用氣用形不如用氣也　劉公幹：「誰謂相去遙，隔彼西掖垣。」

　　用勢用氣不如用勢也　王仲宣：「南登灞陵岸，回首望長安。」

鍾惺於此論述中所舉的「白楊多悲風，蕭蕭愁殺人」為詩中的第八、九句，但無論起首入興體例是否正確，鍾惺所指出的「白楊多悲風，蕭蕭愁殺人」，確有所興，而且將此詩句定為「把聲入興」中的「心聞」，亦是獨到的見解。

〔註90〕〔明〕鍾惺：《詞府靈蛇二集‧神集‧落句體例》，收錄於周維德集校：《全明詩話》，第五冊，頁4036。

〔註91〕〔明〕鍾惺：《詞府靈蛇二集‧神集‧三語勢》，收錄於周維德集校：《全明詩話》，第五冊，頁4037。

用神用勢不如用神也　古詩：「盈盈一水間，脈脈不得語。」
〔註92〕

指出〈東城高且長〉「秋草萋已綠」之「萋」屬用字，而其起首二句「東城高且長，逶迤自相屬」表現東城之形壯闊、綿延不絕，故為「用形」。而〈迢迢牽牛星〉之「盈盈一水間，脈脈不得語」，雖不得言語，但可神會，其情韻亦在其中，眷戀與無奈逶婉轉流露，故鍾惺推許其為「用神」。而「用字不如用形，用形不如用氣，用氣不如用勢，用勢不如用神」，可見詩句以「用神」為佳，《古詩十九首》〈迢迢牽牛星〉尤為鍾惺推許。

而針對《古詩十九首》情意的鋪排，費經虞於《雅倫》有此見解：
或云：「一句見意，『股肱良哉』是也；二句見意，『關關雎鳩，在河之洲』是也；四句見意，『青青陵上柏，磊磊澗中石。人生天地間，忽如遠行客。』……。」〔註93〕

指出詩句在情意鋪排上，有一句即見意，或有二句見意，而《古詩十九首》〈青青陵上柏〉為四句見意，即起首四句「青青陵上柏，磊磊澗中石。人生天地間，忽如遠行客」，以長存之「柏」、「石」對比人生，感嘆人如客居於天地之間，以此四句鋪敘人生短促之悲愁，四句乃見其意。

由前述明代詩話，可知《古詩十九首》於鋪寫情感時，或起首入興，或落句勸勉、意象雙關來委婉表意，或用字、形、神來流露其情，或鋪排句子表現其意等，但整體而言，《古詩十九首》多採「遇物即言」，以「直尋」為主，故令人有自然、樸質、不作意的感受，讀來如「家常語」。

〔註92〕〔明〕鍾惺：《詞府靈蛇二集・神集・五用例》，收錄於周維德集校：《全明詩話》，第五冊，頁4039～4040。小字為作者原註。
〔註93〕〔明〕費經虞：《雅倫》卷十二〈製作・鍊句〉，收錄於周維德集校：《全明詩話》，第六冊，頁4746。

（二）用韻古調參差

在明代詩話中，可見得當時的論者在分析其格律時，多著重於韻、八病〔註94〕的探討。

在韻的方面，陸時雍於《詩鏡總論》論及韻的作用：

> 詩被於樂，聲之也。聲微而韵，悠然長逝者，聲之所不得留也。一擊而立盡者，瓦缶也。詩之饒韻者，其鉦磬乎？「相去日以遠，衣帶日以緩」，其韻古；「攜手上河梁，遊子暮何之」，其韻悠；「高臺多悲風，朝日照北林」，其韻亮；「晨風飄歧路，零雨被秋草」，其韻矯；「采菊東

〔註94〕所謂「八病」是指「平頭」、「上尾」、「蜂腰」、「鶴膝」、「大韻」、「小韻」、「旁紐」、「正紐」，等八種不合律的現象。其制定可溯源至南朝齊人沈約，據《南史·卷四十八·陸厥傳》：「時（按：南朝齊武帝永明年間）盛爲文章。吳興沈約、陳郡謝朓、琅邪王融，以氣類相推轂；汝南周顒善識聲韻；約等文皆用宮商，將平上去入四聲，以此制韻，有平頭、上尾、蠭腰、鶴膝。五字之中，音韻悉異；兩句之內，角徵不同，不可增減，世呼爲永明體。」見〔唐〕李延壽撰：《南史》，收錄於藝文印書館編：《二十五史》，第十九冊，頁551。而葉慶炳指出：「沈約以四聲應用於作詩，倡『平頭、上尾、蜂腰、鶴膝、大韻、小韻、旁紐、正紐』八病之說，無疑亦受有釋徒重視詠經技巧之啓示。」見葉慶炳：《中國文學史》，上冊，頁189。然而沈約未直接以「病」來稱此八種現象，據紀昀《沈氏四聲考·卷下》「王應麟《困學紀文》」條下，說道：「按齊、梁諸史，休文（按：沈約字休文）但言四聲五音，不言八病。言八病，自唐人始。所列名目，惟《詩品》載蜂腰、鶴膝二名，《南史》載平頭、上尾、蜂腰、鶴膝四名。其（按：此指王應麟《困學紀文》）大韻、小韻、正紐、旁紐之說，王伯厚但據李淑《說苑類格》，不知淑又何本，似乎輾轉附益者，相傳已久，無從究詰，姑仍舊說存之。」見〔清〕紀昀：《沈氏四聲考》，收錄於《叢書集成初編》，（北京：中華書局，1985年），第1252冊，頁156～157。由此可知，「八病」肇端於南朝齊沈約，因受到釋家詠經的啓示，爲講求詩歌的聲律和諧，於是就詩句中平仄、音韻等格律加以要求，歸納出不符合格律的現象：「平頭」、「上尾」、「蜂腰」、「鶴膝」等，而日後輾轉增益爲「平頭」、「上尾」、「蜂腰」、「鶴膝」、「大韻」、「小韻」、「旁紐」、「正紐」等八種。而此八種現象，由於不符平仄聲調或音韻，造成朗誦詩句時拗口難讀，於是到了對詩律嚴格要求的唐代，正式謂之爲「八病」。

> 籬下，悠然見南山」，其韻幽；「皇心美陽澤，萬象咸光
> 昭」，其韻韶；「扣枻新秋月，臨流別友生」，其韻清；「野
> 曠沙岸淨，天高秋月明」，其韻冽；「天際識歸舟，雲中
> 辨江樹」，其韻遠。凡情無奇而自佳，景不麗而自妙者，
> 韻使之也。〔註95〕

韻，可表現字面無法展現的韻味。韻可以古，可以悠，可以亮，可以
矯，可以幽，可以韶，可以清，可以冽，可以遠等，使其所抒發的情
感、所描繪的景物增添聲色。是故，韻可以輔助字面，使詩歌意義豐
富，亦可透過韻流露情緒。

　　而古詩押韻的狀況，周敍在《詩學梯航》中談到：

> 古詩有三韻者，五言如唐李益「漢家今上郡」之篇，唐人多作之；七
> 言如杜牧〈送王侍御赴夏口座主幕〉詩之類。有五韻六韻以至百韻
> 者。此等唐人多作，於各集中可考而見。有換韻者。如《十九首‧行
> 行重行行》本押「離」韻，至中間換「遠」韻之類。有古詩全不押韻
> 者。如〈採蓮曲〉是也。有押六七韻者。如韓昌黎「此日足可惜」
> 之篇是也。有重用兩三韻者。如曹子建〈美女篇〉兩用「難」字；
> 任彥昇〈哭范僕射〉詩三用「情」字。用重用二十許韻者。漢〈焦
> 仲卿妻〉詩內有之。〔註96〕

古詩押韻的情況，大抵來說有一韻到底者，視句數的多寡，而有三韻、
五韻、六韻，以至百韻之詩。另外，古詩押韻尚有換韻、不押韻，或
重複用韻的情況。而《古詩十九首》〈行行重行行〉則使用換韻，前
八句押「離、涯、知、枝」，為漢代音韻陰聲韻歌部（離）、支部（涯、
知、枝）〔註97〕，自「相去日已遠」以下改押「遠、緩、反、晚、飯」，

〔註95〕〔明〕陸時雍：《詩鏡總論》，收錄於周維德集校：《全明詩話》，第
　　　　六冊，頁5110。

〔註96〕〔明〕周敍：《詩學梯航‧辨格》，收錄於周維德集校：《全明詩話》，
　　　　第一冊，頁90～91。小字為作者原註。

〔註97〕自東周以來，歌、支兩部已有通押之例，至西漢通押情況更為普遍，
　　　　詳閱羅常培、周祖謨合著：《漢魏晉南北朝韻部演變研究》，（北京：

為漢代音韻陽聲韻元部。〔註 98〕

　　對於古詩的換韻，胡震亨《唐音癸籤》有此見解：

> 劉勰云：「改韻從調，所以節文辭氣。」「兩韻輒易，則聲
> 韻微燥；百句不遷，則唇吻告勞。」七古改韻，宜衷此論
> 為裁。若五言古畢竟以不轉韻為正。漢魏古詩多不轉韻，《十九
> 首》中亦只兩首轉韻耳。李青蓮五古多轉韻，每讀至接換處，便覺體欠
> 鄭重。為杜少陵雖長篇亦不轉韻，如〈北征〉六十五韻，只一韻到底。
> 一韻五言正體，轉韻五言變體也。遯叟。下同。〔註 99〕

認為七言古詩當以換韻為佳，但五言古詩卻不然，反以不轉韻為正，
將轉韻視為五古變體。

　　但對於《古詩十九首》中〈行行重行行〉和〈生年不滿百〉二首
轉韻的現象，馮復京《說詩補遺》論道：

> 古詩大抵一韻成篇。〈行行重行行〉、〈生年不滿百〉，則用
> 二韻，甚至〈青青河畔草〉共有六韻，然皆神氣渾融，不
> 見轉換痕迹。若唐人移韻，則遞送艱而音節舛矣。固不如
> 首尾一韻為正格也……。〔註 100〕

指出古詩大多一韻成篇，但《古詩十九首》〈行行重行行〉由陰聲韻
歌、支部轉陽聲韻元部，〈生年不滿百〉由「憂、遊」陰聲韻幽部轉
為「茲、嗤、期」之部〔註 101〕，以及漢樂府〈青青河畔草〉〔註 102〕

中華書局，2007 年），頁 24～27。以及董同龢：《漢語音韻學》，（臺
北：文史哲出版社，2005 年），頁 250～251。

〔註 98〕參閱羅常培、周祖謨合著：《漢魏晉南北朝韻部演變研究》，頁 37～
38。董同龢：《漢語音韻學》，頁 253～254。

〔註 99〕〔明〕胡震亨：《唐音癸籤》卷四〈法微三〉，收錄於周維德集校：《全
明詩話》，第五冊，頁 3609。小字為作者原註。

〔註 100〕〔明〕馮復京：《說詩補遺》卷一，收錄於周維德集校：《全明詩話》，
第五冊，頁 3846。

〔註 101〕參閱羅常培、周祖謨合著：《漢魏晉南北朝韻部演變研究》，頁 16
～20。以及董同龢：《漢語音韻學》，頁 246～248。

〔註 102〕《古詩十九首》第二首〈青青河畔草〉並無轉韻現象，馮復京此論
述中的〈青青河畔草〉，殆為〈飲馬長城窟行〉古辭：「青青河畔草，
綿綿思遠道。遠道不可思，宿昔夢見之。夢見在我傍，忽覺在他鄉。

分別押「草、道」陰聲韻幽部、「思、之」陰聲韻之部、「傍、鄉」陽聲韻陽部、「縣、見」陽聲韻元部（去聲）、「寒、言」陽聲韻元部（陽平聲）、「魚、書、如」陰聲韻魚部〔註103〕，或陰聲韻、陽聲韻交互使用，或同在陰聲韻中轉韻，並巧用韻腳的疏密，來作不同的呈現。若配合詩文內容來看，則可發現此三首詩的轉韻似乎隱含著情緒的轉折，而韻腳愈密，情感愈強烈，反之，韻腳愈疏，情感則趨緩。〔註104〕由此可知，此三首詩在韻腳的轉換上，配合了情感，且能運用得當，故雖使用轉韻，但卻能「神氣渾融，不見轉換痕迹」。而至唐人作古詩時，轉韻「遞送艱而音節舛」，乃不推崇轉韻。

對《古詩十九首》韻的探討，除了轉韻之二首外，亦有論者注意到《古詩十九首》中的協韻現象，如梁橋《冰川詩式》指出協韻篇章為：

協韻，《離騷》多用之。今錄古詩二首以備。

古詩　客從遠方來，遺我一端綺。文綵雙鴛鴦，裁為合歡被。著以長相思，緣以結不解。以膠投漆中，誰能別離此。

解字舉履協。

古詩　生年不滿百，常懷千歲憂。晝短苦夜長，何不秉燭游。為樂當及時，何能待來茲。愚者愛惜費，但為塵世嗤。

他鄉各異縣，展轉不相見。枯桑知天風，海水知天寒。入門各自媚，誰肯相為言。客從遠方來，遺我雙鯉魚。呼兒烹鯉魚，中有尺素書。長跪讀素書，書中竟何如？上言加餐飯，下言長相憶。」具六韻。見〔宋〕郭茂倩編撰：《樂府詩集》，（臺北：里仁書局，1999年），第一冊，第三十八卷〈相和歌辭十三〉，頁556。

〔註103〕參閱羅常培、周祖謨合著：《漢魏晉南北朝韻部演變研究》，頁16～21、34、37～38。董同龢：《漢語音韻學》，頁246～250、253～256。

〔註104〕黃永武談及詩的音響作用時，歸納出八種效用，其一「韻腳的音響各有特色，可以將情感強調出來」與其二「韻腳的疏密與轉換，能烘托出不同的情節氣氛」正為此三首詩轉韻「神氣渾融，不見轉換痕迹」做了註解。詳見黃永武：《新增本中國詩學：設計篇》，（臺北：巨流圖書股份有限公司，2009年），頁156～167。

　　仙人王子喬，難可以等期。「憂」字協音「醫」，「游」字協音「夷」。
〔註105〕

〈客從遠方來〉和〈生年不滿百〉具有協韻情況，此外謝榛《四溟詩話》亦指出〈西北有高樓〉亦有協韻：

　　古詩之韻如《三百篇》協用者，「西北有高樓，上與浮雲齊」
　　是也。〔註106〕

如前所述，明人對《古詩十九首》用韻情形，著重於轉韻和協韻。然而，在明詩話中僅見舉出篇章和指出所轉或所協之韻，卻不見進一步詳論《十九首》之用韻和情感的關係。但如前述陸時雍《詩鏡總論》論韻之作用：「凡情無奇而自佳，景不麗而自妙者，韻使之也。」以及謝榛《四溟詩話》所論：

　　漢人用韻參差，沈約《類譜》，始爲嚴整。「早發定山」，尚
　　用「山」、「先」二韻。及唐以詩取士，遂爲定式：後世因
　　之，不復古矣。楊誠齋曰：「今之《禮部韻》，乃是限制士
　　子成文，不許出韻，因難以見工爾。至於吟詠性情，當以
　　《國風》、《離騷》爲法，又奚《禮部韻》之拘哉？」郁國
　　忠曰：「不用沈韻，豈得謂之唐詩。」古詩自有所叶，如「靡
　　室靡家，玁狁之故。」曹大家字本此。〔註107〕

謝榛指出「漢人用韻參差」、「古詩自有所叶」，不必拘於《禮部韻》，吟詠性情，當法《國風》、《離騷》，因其自然、不作意。綜合二家的看法，以及前述明人所論《古詩十九首》之內容、句法等特色，可推知《古詩十九首》用韻參差的現象，乃與其情感轉折、「遇物即言」、「略不作意」等表現有關，而《古詩十九首》「首首皆情」，故用韻「當以《國風》、《離騷》爲法」。

〔註105〕　〔明〕梁橋：《冰川詩式》卷之四〈古詩協韻法‧古詩〉，收錄於周
　　　　　　維德集校：《全明詩話》，第二冊，頁1670。小字爲作者原註。
〔註106〕　〔明〕謝榛：《四溟詩話》卷一，收錄於周維德集校：《全明詩話》，
　　　　　　第二冊，頁1307。
〔註107〕　〔明〕謝榛：《四溟詩話》卷一，收錄於周維德集校：《全明詩話》，
　　　　　　第二冊，頁1307～1308。

　　而明人亦分析《古詩十九首》中的八病情況，首見於周敘《詩學梯航》：

> 有平頭、第一字二字不得與第六、七字同聲。如「今日良宴會，歡樂難具陳。」「今」、「歡」皆平聲也。上尾、謂第五字不得與第十字同聲。如「青青河畔草，鬱鬱園中柳。」「草」、「柳」皆上聲也……。〔註108〕

李贄《騷壇千金訣》亦論：

> 詩有八病：平頭、上尾、蜂腰、鶴膝、大韻、小韻、旁紐、正紐。
>
> 平頭者，第一不得與第六字同聲，第二字不與第七字同聲。如「今日良宴會，歡樂難具陳。」「今」、「歡」字同聲，「日」、「樂」字同聲。
>
> 上尾者，第五字不得與第十字同聲。如「西北有高樓，上與浮雲齊。」「樓」、「齊」字同聲……。〔註109〕

綜合二者所論，所指出的《古詩十九首》具八病的詩句為：〈今日良宴會〉中「今日良宴會，歡樂難具陳」為平頭，兩句首二字同為「平仄」聲調。又，〈青青河畔草〉「青青河畔草，鬱鬱園中柳」句腳同為上聲，〈西北有高樓〉「西北有高樓，上與浮雲齊」句腳同為平聲，然而卻不押韻，故為上尾。平頭、上尾不講究詩中之平仄相對格律，往往造成聲調不和諧，拗口難讀。但若從字面來看，此三首詩句敘事寫景，皆如不作意之語，平平道出，自然若「家常語」，而既是「家常語」，那麼在平仄聲調上，出現不合詩律的現象，亦毋須詬病之。〔註110〕相反地，或可由此推論：《古詩十九首》之自然如「家常語」，

〔註108〕〔明〕周敘：《詩學梯航・辨格》，收錄於周維德集校：《全明詩話》，第一冊，頁93。

〔註109〕〔明〕李贄：《騷壇千金訣・詩學正源・詩議》，收錄於周維德集校：《全明詩話》，第三冊，頁2086。

〔註110〕誠如明人趙士喆論《古詩十九首》音韻亦認為雖有不合律之處，但卻無礙於詩文，其論道：「……蓋詩以聲用者也，近體之平仄不爽者，自是鏗鏘，即有不拘，翻成拗體，殊不礙其行雲流水之致。……

不僅表現於韻，亦於詩句聲調中顯現。

三、「蓄神奇於溫厚，寓感愴於和平」之風格

　　明人對於《古詩十九首》情辭經營所展現的風格，就情意而言，雖然其情「未必本乎情之正」，然而卻是「本乎情之眞」，故推許其情意深至婉暢。而此深至婉暢的情意必須寄託句法、格律來表現，明人對其結構，予以渾然天成之評價。

（一）情意深至婉暢

　　《古詩十九首》「首首皆情」，明人對其情意有極高的評價，首先可見陳沂《拘虛詩談》：

> 漢之詩，有騷之遺音，而意復寬大，若《十九首》與蘇、李諸作，自是風人之體，雅淡溫厚。魏乘漢後，意短而氣餒矣。惟子建才足以充之，獨步於時。至晉，句刻削而意凡近。淵明在義熙時，追古近道，駕軼黃初之上，又不可以世代論也。〔註111〕

將《古詩十九首》之情視爲「風人之體」，但表達方式既「雅淡」又「溫厚」，情意深厚卻深入淺出、委婉流露，故「意復寬大」，情感多層次，而讀者亦可作不同的詮解。

　　對此，何良俊《元朗詩話》有進一步的論述：

> 詩以性情爲主，《三百篇》亦只是性情。今詩家所宗，莫過于《十九首》。其首篇「行行重行行」，何等情意深至，而辭句簡質。其後或有托（按：「托」應作「託」）諷者，其辭不得不曲而婉。然終始只一事，而首尾照應，血脈連屬，何等妥貼。今人但摸（按：「摸」應作「模」）仿古人詞句，

　　　　《十九首》以及建安皆清空一氣，而高下抑揚，自然合拍，至潘、陸則不能矣……。」見〔明〕趙士喆：《石室談詩》卷下〈論各體二十一條·第八條〉，收錄於周維德集校：《全明詩話》，第六冊，頁5144。

〔註111〕　〔明〕陳沂：《拘虛詩談》，收錄於周維德集校：《全明詩話》，第一冊，頁674。

　　飣飣成篇，血脈不相接續，復不辨有首尾，讀之終篇，不
　　知其安身立命在於何處？縱學得句句似曹、劉，終是未善。

　　詩苟發於情性，更得興致高遠，體勢穩順，措詞妥貼，音
　　調和暢，斯可謂詩之最上乘矣。然豈可以易言哉！

　　婉暢二字，亦是詩家切要語。蓋暢而不婉，則近於粗；婉
　　而不暢，則入於晦。

　　選詩之中，若論華藻綺麗，則稱陳思、潘、陸。苟求風力
　　道迅，則《十九首》之後，便有劉禎（按：「禎」應作「楨」）、
　　左思。〔註112〕

指出《古詩十九首》情意深至，並以曲婉、簡質的文辭、婉暢的音調
來表露其深情，既不過於粗鄙，亦不過於隱晦，能「首尾照應，血脈
連屬」，並貼切真實的情感，故是為上乘之作。而鍾惺、費經虞則不
約而同地引用皎然之言，評《十九首》「詞義炳婉而成章」、「辭義精
炳，婉而成章」。〔註113〕陸時雍《詩鏡總論》綜合前述，論《古詩十
九首》之情意為：

〔註112〕　〔明〕何良俊：《元朗詩話》卷一，收錄於周維德集校：《全明詩話》，
　　　　　第二冊，頁1423。此段論述的首、末二段，亦為周子文《藝藪談宗》
　　　　　所收錄，可見其推崇和認同，詳見〔明〕周子文：《藝藪談宗》卷
　　　　　之五〈四友齋叢說〉，收錄於周維德集校：《全明詩話》，第四冊，
　　　　　頁3117。

〔註113〕　釋皎然評《古詩十九首》：「……其五言，周時已見濫觴，及乎成篇，
　　　　　則始于李陵蘇武二子。天與其性，發言自高，未有作用。《十九首》
　　　　　辭義精炳，婉而成章，始見作用之功……。」詳見〔唐〕釋皎然：
　　　　　《詩式‧李少卿并古詩十九首》，收錄於〔清〕何文煥輯：《歷代詩
　　　　　話》，第一冊，頁29。鍾惺與費經虞皆引自此，但詞句略有不同。
　　　　　鍾惺《詞府靈蛇二集》：「評曰：五言始於李、蘇，二子天與其性，
　　　　　發言自高，未有作用。如《十九首》詞義炳婉而成章。」見〔明〕
　　　　　鍾惺：《詞府靈蛇二集‧骨集‧確評‧李少卿并古詩十九首》，收錄
　　　　　於周維德集校：《全明詩話》，第五冊，頁4042。費經虞《雅倫》：「皎
　　　　　然曰：『五言始於李、蘇。二子天與其性，發言自高，未有作用。
　　　　　如《十九首》辭義精炳，婉而成章。』」見〔明〕費經虞：《雅倫》
　　　　　卷二〈體調‧蘇李體〉，收錄於周維德集校：《全明詩話》，第六冊，
　　　　　頁4470。

《十九首》近於賦而遠於風，故其情可陳，而其事可舉也。
虛者實之，紆者直之，則感寤之意微，而陳肆之用廣矣。
夫微而能通，婉而可諷者，風之爲道美也。〔註114〕

認爲《古詩十九首》善於陳情、舉事，與賦體相似，而其情感表現幽微、委婉，仍可通達其情，寄託諷諭，此婉轉流露情愁、怨懟，雖是「風人之體」，亦優美矣。

此外，明人更將蘇武、陶潛詩與之相提並論，如皇甫汸《解頤新語》引皎然之語：

皎然論：蘇、李天與其性，發言自高。少卿意悲詞切，《十九首》之流也。鄴中七子，語與興驅，勢逐情起，猶傷用氣。康樂本於性情，尚於作用。沈建昌謂，靈均以來一人而已。皆確論也。〔註115〕

又如王文祿《詩的》：

……陶靖節自桓公來世爲晉臣，故詩年記義熙有麥秀黍離之嘆，音調法《古詩十九首》，誦之令人起塵外之思。
〔註116〕

由此可間接獲知《古詩十九首》的情感表現，乃以「意悲詞切」流露「黍離之嘆」，並使人興起「塵外之思」。

《古詩十九首》情感深至婉暢，雖未必情正，但情眞卻受到極高的推賞，而其情怨怒，卻不流於直接謾罵，反倒以幽微、婉轉之語平平道出，故「意復寬大」，莫怪乎許學夷在《詩源辯體》推許：

〔註114〕〔明〕陸時雍：《詩鏡總論》，收錄於周維德集校：《全明詩話》，第六冊，頁5107。

〔註115〕〔明〕皇甫汸：《解頤新語》卷四〈詮藻〉，收錄於周維德集校：《全明詩話》，第二冊，頁1398。皇甫汸此論述亦爲茅一相《欣賞詩法》和周子文《藝藪談宗》完整收錄。詳見〔明〕茅一相：《欣賞詩法・詮藻《解頤新語》》，收錄於周維德集校：《全明詩話》，第三冊，頁2146，以及〔明〕周子文：《藝藪談宗》卷之三〈解頤新語〉，收錄於周維德集校：《全明詩話》，第四冊，頁3041。

〔註116〕〔明〕王文祿：《詩的》，收錄於周維德集校：《全明詩話》，第二冊，頁1534。

漢、魏五言，委婉悠圓，雖本乎情，然亦非才高者不能，
但有才而不露耳。以《十九首》、蘇、李、曹植、王、劉
與趙壹、徐幹、陳琳、阮瑀相比，則知非才高者不能也。
〔註117〕

將《古詩十九首》列爲「非才高者不能」之一，可見明人對其情感表
現婉約、溫厚之讚賞。

（二）結構渾然天成

明人對《古詩十九首》之情感表現，予以深至婉暢之評價，而所
承載此深情厚意的結構，明人經由分析其句法、格律等，認爲其結構
渾然天成。如胡應麟《詩藪》論曹植詩時，略表述《古詩十九首》之
結構：

思王〈野田黃雀行〉，坦之云：「詞氣縱逸，漸遠漢人。」
昌穀亦云：「錐處囊中，鋒穎太露。」二君皆自卓識，然此
詩實倣「翩翩堂前燕」。非《十九首》調也。第漢詩如爐冶
鑄成，渾融無迹。魏詩雖極步驟，不免巧匠雕鐫耳。〔註118〕

間接指出《古詩十九首》結構「渾融無迹」。此外，胡應麟亦在探討
奇警句時，論道：

東西京興象渾淪，本無佳句可摘，然天工神力，時有獨至。
搜其絕到，亦略可陳。如：「相去日以遠，衣帶日以緩。
浮雲蔽白日，遊子不顧返。」「枯桑知天風，海水之天寒。
入門各自媚，誰肯相爲言？」「青青陵上柏，磊磊澗中石。
人生天地間，忽如遠行客。」「南箕北有斗，牽牛不負軛。
良無盤石固，虛名復何益。」「河漢清且淺，相去復幾許。
盈盈一水間，脈脈不得語。」「所遇無故物，焉得不速老。
奄忽隨物化，榮名以爲寶。」「浩浩陰陽移，年命如朝露。
萬歲更相送，聖賢莫能度。」「去者日以疏，來者日以親。

〔註117〕〔明〕許學夷：《詩源辯體》卷三〈漢魏總論 漢〉，收錄於周維德
集校：《全明詩話》，第四冊，頁3206。

〔註118〕〔明〕胡應麟：《詩藪》內編卷一〈古體上 雜言〉，收錄於周維德
集校：《全明詩話》，第三冊，頁2497。

白楊多悲風，蕭蕭愁殺人。」「生年不滿百，常懷千歲憂。
晝短苦夜長，何不秉燭遊。」「上言長相思，下言久離別。
置書懷袖中，三歲字不滅。」皆言在帶袵之間，奇出塵劫
之表，用意警絕，談理玄微，有鬼神不能思、造化不能祕
者。〔註119〕

所列舉之奇警句例，除第二例為漢樂府外，其他皆為《古詩十九首》，
依次分別為〈行行重行行〉、〈青青陵上柏〉、〈明月皎夜光〉、〈迢迢牽
牛星〉、〈迴車駕言邁〉、〈驅車上東門〉、〈去者日以疏〉、〈生年不滿百〉、
〈孟冬寒氣至〉。並對其詩句，予以「天工神力，時有獨至」之評價，
而其獨至之「天工神力」非表現於絢麗的文字、鋪張的句式，反倒「皆
言在帶袵之間」，取材生活、俯拾之間，以樸實無華之文辭表現之，
平凡中見偉大，故「奇出塵劫之表」，而詩句「用意警絕，談理玄微」，
亦是「有鬼神不能思、造化不能祕者」。而胡應麟在探討敘景句時，
亦論：

「東城高且長，逶迤自相屬。迴風動地起，秋草萋萋綠。」
「迴車駕言邁，悠悠涉長道。四顧何茫茫，東風搖百草。」
「文彩雙鴛鴦，裁為合歡被。著以長相思，緣以結不解。」
「朱火然其中，青烟颺其間。從風入君懷，四坐莫不歡。」
「明月皎夜光，促織鳴東壁。玉衡指孟冬，眾星何歷歷。」
「穆穆清風至，吹我羅衣裙。青袍似春草，長條隨風舒。」
「冉冉孤生竹，結根泰山阿。與君為新婚，兔絲附女蘿。」
「燕、趙多佳人，美者顏如玉。被服羅裳衣，當戶理清曲。」
等句，皆千古言景敘事之祖，而深情遠意，隱見交錯其中。
且結搆（按：「搆」應作「構」）天然，絕無痕迹，非大冶
鎔鑄，何能至此？〔註120〕

其中有六例分別出自《古詩十九首》〈東城高且長〉、〈迴車駕言邁〉、

〔註119〕〔明〕胡應麟：《詩藪》內編卷二〈古體中　五言〉，收錄於周維德
　　　　集校：《全明詩話》，第三冊，頁2503。
〔註120〕〔明〕胡應麟：《詩藪》內編卷二〈古體中　五言〉，收錄於周維德
　　　　集校：《全明詩話》，第三冊，頁2503～2504。

〈客從遠方來〉、〈明月皎夜光〉、〈冉冉孤生竹〉。認為其詩句雖敘景，但深婉情意隱然流露其中，讚賞其「結構天然，絕無痕迹」，可謂「千古言景敘事之祖」。是故，胡應麟總結其論，評五言古詩：

> 古詩短體如《十九首》，長篇如〈孔雀東南飛〉，皆不假雕琢，工極天然，百代而下，當無繼者。〔註121〕

除了胡應麟予以《古詩十九首》結構「渾融無迹」、「用意警絕，談理玄微」、「結構天然，絕無痕迹」等高度的評論外，郝敬在《藝圃傖談》亦有此見解：

> 《古詩十九首》，所以妙絕者，不深刻而雋永，不藻繪而婉麗，各章自陳一意，旁薄悠遠，而豐韻閒暢。無心遇之而妙合，有意效之而反遠。後世詩人，惟曹子建略近之。〔註122〕

將《古詩十九首》之妙絕原因，歸結於其風格「不深刻而雋永，不藻繪而婉麗」，故「無心遇之而妙合，有意效之而反遠」，正好為胡應麟所論「天工神力」、「有鬼神不能思、造化不能祕者」做了註解。

而馮復京《說詩補遺》更進一步從句法、格律論之：

> 《十九首》如日月麗空，芭符出水，精芒靈厚，瑞呈天呈。又如南金入冶，荊璧在璞，人欽其寶，莫名其器。文質錯以彪宣，宮商調而鏘美。情景迴環，不求纖密而自巧；骨膚植附，無待激屬而自清。愈平愈奇，有意無意，譬之於道，所謂階升無自，欲罷不能者也。
>
> 章法之妙，不見句法。句法之妙，不見字法。鏡花水月，興象玲瓏，其神化所至邪！以漢諸樂府較之，如〈相逢行〉、〈陌上桑〉，雖自然工妙，微有蹊徑可尋，終未若《十九首》靈和獨秉，神用無方也。〔註123〕

〔註121〕〔明〕胡應麟：《詩藪》內編卷二〈古體中　五言〉，收錄於周維德集校：《全明詩話》，第三冊，頁2504。

〔註122〕〔明〕郝敬：《藝圃傖談》卷之一〈古詩〉，收錄於周維德集校：《全明詩話》，第四冊，頁2885。

〔註123〕〔明〕馮復京：《說詩補遺》卷二，收錄於周維德集校：《全明詩話》，

論其句法渾融，無迹可尋，情景交融、音調鏗鏘，「不求纖密而自巧」、「無待激厲而自清」，其字句平平道出，卻撼動人心，故論其「愈平愈奇」、「靈和獨稟，神用無方」。

趙士喆《石室談詩》則論其音韻：

> 謝茂秦善於今體，嘗以爲「誦之則行雲流水，聽之則玉振金聲，觀之則明霞散綺，尋之則獨繭抽絲」。予以爲何獨今體，即古詩古文何一不然，而詩尤重。蓋詩以聲用者也，近體之平仄不爽者，自是鏗鏘，即有不拘，翻成拗體，殊不礙其行雲流水之致。惟是五言古一派，有流者有不流者。
> 《十九首》以及建安皆清空一氣，而高下抑揚，自然合拍，至潘、陸則不能矣⋯⋯。〔註124〕

《古詩十九首》往往以寫景起筆，進而興發感受，或比喻，或聯想，或配合疊字，增加聲情，凸顯意象，最後再娓娓道出其溫柔敦厚的怨情。是故，《古詩十九首》非但音韻抑揚頓挫、平仄鏗鏘，「自然合拍」之外，亦是五言古詩中可誦之如「行雲流水」，聽之如「玉振金聲」，觀之如「明霞散綺」，尋之如「獨繭抽絲」的一派。

綜合前述，明人對《古詩十九首》之情辭表現的風格，在情的方面，予以「委婉悠圓」、「雅淡溫厚」、「意復寬大」之評語；在辭的方面，予以「渾融無迹」、「愈平愈奇」、「結構天然」之評論。對情辭皆推賞「非才高者不能」、「有鬼神不能思、造化不能祕者」，「無心遇之而妙合，有意效之而反遠」。縮合情辭論之，可知「漢、魏五言，爲情而造文，故其體委婉而情深」〔註125〕、「《十九首》固皆本乎情興，而出於天成」〔註126〕，其風格誠可以胡應麟《詩藪》所論：「隨語成

第五冊，頁3859。

〔註124〕〔明〕趙士喆：《石室談詩》卷下〈論各體二十一條‧第八條〉，收錄於周維德集校：《全明詩話》，第六冊，頁5144。

〔註125〕〔明〕許學夷：《詩源辯體》卷三〈漢魏總論 漢〉，收錄於周維德集校：《全明詩話》，第四冊，頁3207。

〔註126〕〔明〕許學夷：《詩源辯體》卷三〈漢魏總論 漢〉，收錄於周維德集校：《全明詩話》，第四冊，頁3213。

韻,隨韻成趣,辭藻氣骨,略無可尋,而興象玲瓏,意致深婉,眞可以泣鬼神,動天地……蓄神奇於溫厚,寓感愴於和平。意愈淺愈深,詞愈近愈遠。篇不可句摘,句不可字求」〔註127〕來概括之。

第三節　《古詩十九首》承先啓後之評價

　　《古詩十九首》「首首皆情」,雖未必雅正,但「本乎情之眞」,而表述情意時,「平平道出」,如話家常,不見工巧、作意之文辭,故明人極推許其風格爲「蓄神奇於溫厚,寓感愴於和平」,並認爲《十九首》自然無迹,可謂「天工神力」,「非才高者不能」。

　　然而,《古詩十九首》的成熟,絕非一、兩天之事,亦如前述詩源背景,《古詩十九首》在詩歌史上,遠承《詩經》、《楚辭》,並汲取《詩經》之六義,近承東漢班固〈詠史〉,以及受到漢代樂府的影響。對此,明人在其詩話中亦談及《古詩十九首》之襲擬,並進一步論及其對後世詩歌的影響,更提醒時人學詩、作詩時須奉爲圭臬之一。

一、襲擬和影響

　　《古詩十九首》爲五言成熟之作,明人對其情辭經營有很高的評價,亦對其所汲取的養分做了探討,首先可見王世貞《藝苑巵言》:

　　　　漢魏人詩語,有極得《三百篇》遺意者,漫記於後:……
　　　　「胡馬依北風,越鳥巢南枝。」「衣帶日以緩。」「清商隨
　　　　風發,中曲正徘徊。」「秋蟬鳴樹間,玄鳥逝安適。」「棄
　　　　我如遺迹。」「盈盈一水間,脈脈不得語。」「絃急知柱促。」
　　　　「去者日以疏,來者日以親。」「愁多知夜長。」「著以長
　　　　相思,緣以結不解。」「出戶獨徬徨,憂思當告誰?」……
　　　　此《國風》清婉之微旨也……。〔註128〕

〔註127〕〔明〕胡應麟:《詩藪》內編卷二〈古體中　五言〉,收錄於周維德集校:《全明詩話》,第三冊,頁2502～2503。

〔註128〕〔明〕王世貞:《藝苑巵言》卷二,收錄於周維德集校:《全明詩話》,第三冊,頁1896～1897。

指出《古詩十九首》詩句之幽微、婉轉，乃承自「《國風》清婉之微旨也」。

　　由於《古詩十九首》承襲了《詩經》的清婉微旨，故「意復寬大」〔註129〕，如王世懋《藝圃擷餘》所言：

　　　　《詩》四始之體，惟《頌》專爲郊廟頌述功德而作。其它率因觸物比類，宣其性情，恍惚游衍，往往無定，以故説詩者，人自爲説……。後世惟《十九首》猶存此意，使人擊節詠歎，而未能盡究指歸。次則阮公〈詠懷〉，亦自深於寄託。潘、陸而後，雖爲四言詩，聯比牽合，蕩然無情。蓋至於今，餞送投贈之作，七言四韻，援引故事，麗以姓名，象以品地，而拘攣極矣。豈所謂詩之極變乎？故余謂《十九首》，五言之《詩經》也。潘、陸而後，四言之排律也，當以質之識者。〔註130〕

《詩經》之「觸物比類，宣其性情，恍惚游衍，往往無定」的特色，其後的詩歌中，以《古詩十九首》最能顯現。《古詩十九首》詩句幽微，「使人擊節詠歎，而未能盡究指歸」，和《詩經》同樣地委婉宣洩情感，讀者可從多層面詮解，其情、其旨「人自爲説」，故《古詩十九首》可謂「五言之《詩經》也」。

　　《古詩十九首》，除了風格特色相似於《詩經》外，亦有詩意相襲之，如許學夷在《詩源辯體》中，指出：

　　　　《唐風》〈蟋蟀〉，是詩人美唐俗之詩。〈山有樞〉，雖諷而

〔註129〕 明代陳沂在《拘虛詩談》評《古詩十九首》之語，原説爲：「漢之詩，有騷之遺音，而意復寬大，若《十九首》與蘇、李諸作，自是風人之體，雅淡溫厚。」見〔明〕陳沂：《拘虛詩談》，收錄於周維德集校：《全明詩話》，第一冊，頁674。原是用來指《古詩十九首》承襲自《楚辭》的特色，但筆者以爲「意復寬大」亦可不必侷限於「騷之遺音」，故在此化用此語以詮釋《十九首》詩意豐富之狀。

〔註130〕 〔明〕王世懋：《藝圃擷餘》，收錄於周維德集校：《全明詩話》，第三冊，頁2151。此論述亦爲周子文《藝藪談宗》完整收錄，詳見〔明〕周子文：《藝藪談宗》卷之六〈藝圃擷餘〉，收錄於周維德集校：《全明詩話》，第四冊，頁3123。

未爲邪，孔子存之，益以見唐俗之美耳。漢人〈生年不滿
百〉及樂府〈西門行〉，語意實出於此，自是益起後世詞人
曠達之風矣。〔註131〕

〈生年不滿百〉詩意承自《詩經・唐風》之〈蟋蟀〉〔註132〕和〈山
有樞〉〔註133〕講求及時行樂。〈生年不滿百〉和〈蟋蟀〉皆有感於時
光消逝之速，而提倡及時享樂。但不同的是，〈蟋蟀〉篇雖言享樂，
其實旨在警惕身爲「良士」的自己行樂須節制——享樂的同時，還須
思「其居」、「其外」、「其憂」之事，甚而告誡自己「好樂無荒」，不
可因享樂而荒廢事情，如此才可稱爲「良士」。而〈生年不滿百〉捨
去其警戒之旨，擴寫其及時行樂之語，其中「愚者愛惜費，但爲後世
嗤」更是濃縮了〈山有樞〉之旨，勸世人要把握當下。

《古詩十九首》除了汲取《詩經》的養分外，亦受到了《楚辭》、
《左傳》、樂府的影響，如胡應麟《詩藪》：

「王孫兮不歸，春草生兮萋萋。歲暮兮不自聊，蟪蛄鳴兮
啾啾。」漢「凜凜歲云暮，蟪姑（按：「姑」應作「蛄」）
夕鳴悲。」齊「春草秋更綠，公子未西歸」，咸自此。《選》

〔註131〕〔明〕許學夷：《詩源辯體》卷一〈周〉，收錄於周維德集校：《全
明詩話》，第四冊，頁3190。

〔註132〕《詩經・唐風・蟋蟀》：「蟋蟀在堂，歲聿其莫。今我不樂，日月其
除。無已大康，職思其居。好樂無荒，良士瞿瞿。蟋蟀在堂，歲聿
其逝。今我不樂，日月其邁。無已大康，職思其外。好樂無荒，良
士蹶蹶。蟋蟀在堂，役車其休。今我不樂，日月其慆。無已大康，
職思其憂。好樂無荒，良士休休。」見〔漢〕毛亨傳、鄭元箋、〔唐〕
孔穎達疏：《毛詩注疏》，卷六之一，收錄於〔清〕阮元校勘：《十
三經注疏》，（臺北：藝文印書館，1997年），第二冊，頁216～217。

〔註133〕《詩經・唐風・山有樞》：「山有樞，隰有榆。子有衣裳，弗曳弗婁；
子有車馬，弗馳弗驅。宛其死矣，他人是愉。山有栲，隰有杻。子
有廷內，弗洒弗埽；子有鍾（按：「鍾」應作「鐘」）鼓，弗鼓弗考。
宛其死矣，他人是保。山有漆，隰有栗。子有酒食，何不日鼓瑟？
且以喜樂，且以永日。宛其死矣，他人入室。」見〔漢〕毛亨傳、
鄭元箋、〔唐〕孔穎達疏：《毛詩注疏》，卷六之一，收錄於〔清〕
阮元校勘：《十三經注疏》，第二冊，頁217～218。

出於《騷》，往往可見。〔註134〕

又冒愈昌《詩學雜言》：

> 考《左傳》所載列國聘享賦詩，如鄭伯有賦〈鶉之奔奔〉，
> 楚令尹子圍賦〈大明〉及穆叔不拜肆夏，甯武子不拜彤弓。
> 鄭伯如晉，子展賦〈將仲子〉，鄭伯享趙孟及鄭六卿餞韓宣
> 子，子齹賦〈野有蔓草〉，子產賦〈羔裘〉，子大叔賦〈褰
> 裳〉，子游賦〈風雨〉，子旗賦〈有女同車〉，子柳賦〈蘀兮〉
> 之類。雖其時詩未敘于聖人之手，然亦可見風人意旨。所
> 該者博，不可以區區文詞泥也。後惟《十九首》，庶幾遺意。
> 〔註135〕

又陳懋仁《藕居士詩話》：

> 漢詩：「胡馬依北風，越鳥巢南枝。」本子胥〈河上歌〉：
> 「胡馬望北風而立，越燕向日而熙。」若不使事而事在其
> 中。〔註136〕

分別指出〈凜凜歲云暮〉「凜凜歲云暮，蟋蟀夕鳴悲」此句承自《楚
辭》；〈行行重行行〉「胡馬依北風，越鳥巢南枝」則襲自伍子胥〈河
上歌〉；而《古詩十九首》之情具有「風人之體」，乃是吸取了《左傳》
之「風人意旨」。〔註137〕

　　《古詩十九首》經襲擬《詩經》、《楚辭》、《左傳》、樂府，使詩

〔註134〕〔明〕胡應麟：《詩藪》內編卷一〈古體上　雜言〉，收錄於周維德
　　　　集校：《全明詩話》，第三冊，頁2487。

〔註135〕〔明〕冒愈昌：《詩學雜言》卷上，收錄於周維德集校：《全明詩話》，
　　　　第四冊，頁2803。

〔註136〕〔明〕陳懋仁：《藕居士詩話》卷之上，收錄於周維德集校：《全明
　　　　詩話》，第五冊，頁4074。

〔註137〕冒愈昌《詩學雜言》此段話是透過《左傳》所載列國賦《詩》，以
　　　　指出《詩經》具有「風人意旨」，後惟《十九首》，得其遺意，是故
　　　　此段論述正可與前述王世貞《藝苑卮言》所論《十九首》得「《國
　　　　風》清婉之微旨」互見。此外，筆者以爲此段論述亦可做此解讀：
　　　　指出《左傳》所載列國將各自的風人之意以《詩》婉轉道出，此舉
　　　　「亦可見風人意旨」，因此《古詩十九首》之情具有「風人之體」，
　　　　除承自《詩經》「風人意旨」外，亦可視爲吸取了《左傳》之「風
　　　　人意旨」。

歌愈趨成熟，表現其情雖爲「風人之體」，但仍「溫厚雅淡」，故「意復寬大」。

然而，詩歌最忌承襲、模擬，故馮復京於《說詩補遺》評道：

自古郊廟燕射舞歌辭，必出一代名手……。大抵國家鉅典，特選時英，而世運推移，不能淳古。漢篇《十九》，已有靡麗不經之誚，矧在後世，或剽竊周詩，或混淆子史，太樸既散，并華色黯……。〔註138〕

對此，王世貞《藝苑卮言》亦論：

剽竊模擬，詩之大病。亦有神與境觸，師心獨造，偶合古語者，如「客從遠方來」，「白楊多悲風」，「春水船如天上坐」，不妨俱美，定非竊也……。〔註139〕

認爲「剽竊模擬」是「詩之大病」，但觸境生情、自我創作，亦難免會「偶合古語」，如此則不可謂「剽竊模擬」，不妨視二者俱爲佳作。

《古詩十九首》既爲五言成熟之作，汲取了《詩經》、《楚辭》、《左傳》、樂府的精神，故當爲後世詩人所效法，如胡應麟《詩藪》所言：

建安以還，人好擬古，自《三百》、《十九》、樂府《鐃歌》，靡不嗣述，幾於充棟汗牛。〔註140〕

自建安以降，襲擬之作可謂汗牛充棟，《古詩十九首》亦於被襲擬之列，因此《古詩十九首》對後世的影響亦是明人關注的焦點。首先，

〔註138〕 〔明〕馮復京：《說詩補遺》卷一，收錄於周維德集校：《全明詩話》，第五冊，頁 3838～3839。

〔註139〕 〔明〕王世貞：《藝苑卮言》卷四，收錄於周維德集校：《全明詩話》，第三冊，頁 1929～1930。此論述亦爲周子文《藝藪談宗》和胡震亨《唐音癸籤》完整收錄，詳見〔明〕周子文：《藝藪談宗》卷之四〈藝苑卮言〉，收錄於周維德集校：《全明詩話》，第四冊，頁 3087。以及〔明〕胡震亨：《唐音癸籤》卷四〈法微三〉，收錄於周維德集校：《全明詩話》，第五冊，頁 3613。由此可見明人多認同雖「剽竊模擬」是「詩之大病」，但若無心「偶合古語」，不應詬病，當視爲俱美之作。

〔註140〕 〔明〕胡應麟：《詩藪》外編卷一〈周漢〉，收錄於周維德集校：《全明詩話》，第三冊，頁 2578。

徐禎卿在《談藝錄》，指出：

> 「生年不滿百」四語，〈西門行〉亦掇之，古人不諱重襲，
> 若相援爾。覽〈西門行〉終篇，固咸自鑠古詩，然首尾語
> 精，可二也。

> 溫裕純雅，古詩得之。道深勁絕，不若漢鐃歌樂府詞。
> 〔註141〕

晉樂府〈西門行〉〔註142〕擷取〈生年不滿百〉四句，雖擷句而承，

〔註141〕　〔明〕徐禎卿：《談藝錄》，收錄於周維德集校：《全明詩話》，第一
　　　　　冊，頁791。皇甫汸亦於《解頤新語》引用：「《談藝錄》云：『生年
　　　　　不滿百』四語，〈西門行〉亦掇之，古人不諱重襲，若相援耳，魏
　　　　　武之掇〈鹿鳴〉是也……。」詳見〔明〕皇甫汸：《解頤新語》卷
　　　　　四〈詮藻〉，收錄於周維德集校：《全明詩話》，第二冊，頁1396。
　　　　　而在周子文《藝藪談宗》亦見完整收錄，詳見〔明〕周子文：《藝
　　　　　藪談宗》卷之一〈談藝錄〉，收錄於周維德集校：《全明詩話》，第
　　　　　四冊，頁2991。

〔註142〕　晉樂所奏的〈西門行〉，分爲六解：「出西門，步念之。今日不作樂，
　　　　　當待何時？（一解）夫爲樂，爲樂當及時。何能坐愁怫鬱，當復待
　　　　　來茲。（二解）飲醇酒，炙肥牛，請呼心所歡，可用解愁憂。（三解）
　　　　　人生不滿百，常懷千歲憂。晝短而夜長，何不秉燭遊。（四解）自
　　　　　非仙人王子喬，計會壽命難與期。自非仙人王子喬，計會壽命難與
　　　　　期。（五解）人壽非金石，年命安可期。貪財愛惜費，但爲後世嗤。
　　　　　（六解）」見〔宋〕郭茂倩編撰：《樂府詩集》，第一冊，第三十七
　　　　　卷〈相和歌辭十二〉，頁549。馬茂元論〈生年不滿百〉時亦論及晉
　　　　　樂所奏〈西門行〉，引余冠英之言：「晉代所用的歌辭，較之漢本辭
　　　　　有所增添，如『自非仙人王子喬』以下。也有所刪除，如『遊行處
　　　　　處如雲除』兩句。大約因漢晉樂律不同，不能無所增改。其增添的
　　　　　部分是以『古詩』『生年不滿百』爲藍本；而『古詩』『生年不滿百』
　　　　　篇也是從『西門行』本辭演化出來的。」接著，馬茂元指出：「這
　　　　　裏特別值得注意的是：從『西門行』本辭到這首詩（筆者按：〈生
　　　　　年不滿百〉）的演化過程，正好說明了漢代詩歌的發展過程，樂府
　　　　　民歌怎樣過渡到文人的製作……。至於晉樂所奏『西門行』歌辭，
　　　　　當然是以漢本辭爲基礎；但增添部分，正如余氏所說，則以本篇（筆
　　　　　者按：〈生年不滿百〉）爲藍本，拼湊起來的。」詳見馬茂元：《古
　　　　　詩十九首探索》，頁123。茲附上〈西門行〉本辭：「出西門，步念
　　　　　之，今日不作樂，當待何時？逮爲樂，逮爲樂，當及時。何能愁怫
　　　　　鬱，當復待來茲。釀美酒，炙肥牛，請呼心所歡，可用解憂愁。人
　　　　　生不滿百，常懷千歲憂。晝短苦夜長，何不秉燭遊。遊行去去如雲

但鍛詞鍊句、「首尾語精」，整體風格既溫厚雅淡，亦「遒深勁絕」，介於古詩與漢鐃歌〔註143〕之間，故已可視爲不同於〈生年不滿百〉之作，可俱美矣。正如馮復京《說詩補遺》所言：

> 魏晉所奏漢樂府，多取鋒鬱之辭。如「生年不滿百」，增損作〈西門行〉。陳思〈七哀〉，亦改寫〈怨詩行〉，稍更步驟，其體裁遂別。疑漢魏之交，戰爭風驚，風氣雕悍，一時樂部更定以比絲管，習尚使然也。〈西門行〉末云：「行行去去如雲除，敝車羸馬爲自儲。」矯健殊甚。〔註144〕

馮復京此處所指〈西門行〉末云：「行行去去如雲除，敝車羸馬爲自儲」，實爲漢樂府而非晉樂府，但從此段文字亦可知晉樂府〈西門行〉受到當時風氣雕悍的影響，故雖其中擷自溫厚雅淡的古詩，但整體風格較趨於矯健，故可視爲不同的作品。

擷取《古詩十九首》詩句而成篇之作，除了〈西門行〉之外，胡應麟在《詩藪》中尚提及：

除，弊車羸馬爲自儲。」見〔宋〕郭茂倩編撰：《樂府詩集》，第一冊，第三十七卷〈相和歌辭十二〉，頁549。

〔註143〕 鐃歌，宋代郭茂倩《樂府詩集》將其分類爲「鼓吹曲辭」。「鼓吹曲辭」又名「短簫鐃歌」，是以胡樂來奏的軍樂，今存漢鐃歌十八首：一、〈朱鷺〉，二、〈思悲翁〉，三、〈艾如張〉，四、〈上之回〉，五、〈擁離〉，六、〈戰城南〉，七、〈巫山高〉，八、〈上陵〉，九、〈將進酒〉，十、〈君馬黃〉，十一、〈芳樹〉，十二、〈有所思〉，十三、〈雉子斑〉，十四、〈聖人出〉，十五、〈上邪〉，十六、〈臨高臺〉，十七、〈遠如期〉，十八、〈石留〉等。詳見〔宋〕郭茂倩編撰：《樂府詩集》，第一冊，第十六卷〈鼓吹曲辭一〉，頁223～232。葉慶炳進一步指出：「鐃歌雖爲軍中所用，而其内容包含甚廣。……戰城南詠戰爭之事，辭氣激憤；有所思、上邪則抒男女之情，痛快淋漓。此類作品，自係採民間入樂者。此外如上之回紀巡幸，上陵表祥瑞，遠如期頌武功：雖言君主貴族之事，讀之亦覺悲歌慷慨。軍中馬上之歌，固宜如此。又胡地之樂，本擅激越悲壯；歌辭受其影響，故十八曲内容雖雜而風格則極相類。」見葉慶炳：《中國文學史》，上冊，頁89。是故，鐃歌因是軍樂，故慷慨激憤，又受到胡樂的影響，故呈現激越悲壯的風格。

〔註144〕 〔明〕馮復京：《說詩補遺》卷二，收錄於周維德集校：《全明詩話》，第五冊，頁3861。

胡武平：「西北浮雲連魏闕，東南初日滿秦樓。」上句用「西北有高樓，上與浮雲齊」語，下句用「日出東南隅，照我秦氏樓」語，聯合成句，詞意天然，讀之絕不類引用昔人者……。〔註145〕

胡武平的詩句上下化用《古詩十九首》〈西北有高樓〉和樂府〈豔歌羅敷行〉，詩句雖擷取化用，然意思連貫、自然，不似引用前人語句，故已脫胎、自為風格，亦有美處。

　　而後世模擬《古詩十九首》的情況，除擷取、化用詩句外，尚有擬古題而作，或擬其意反述其辭，如皇甫汸《解頤新語》，指出：

漢魏、六朝、三唐，以迄宋、元，豈徒綴辭不倫，雖命題亦異矣。

擬古題如「西北有高樓」、「青青河畔草」之類，樂府題「冉冉孤生竹」，「棗下何纂纂」之類……。〔註146〕

又謂：

若謂聯綿交絡之格，則如陸士衡「遠遊越山川，山川修且廣」，王仲宣「但問所從誰，所從神且武」，李義山「棹裏自成歌，歌竟乘流去。」各自一體也。

古詩：「胡馬依北風，越鳥巢南枝。」梁范雲詩：「越鳥巢北樹，胡馬畏南風。」借其意而反其辭，亦一體也。〔註147〕

〔註145〕〔明〕胡應麟：《詩藪》外編卷五〈宋〉，收錄於周維德集校：《全明詩話》，第三冊，頁2646。

〔註146〕〔明〕皇甫汸：《解頤新語》卷三〈考證〉，收錄於周維德集校：《全明詩話》，第二冊，頁1392。此論述亦為周子文《藝藪談宗》完整收錄，詳見〔明〕周子文：《藝藪談宗》卷之三〈解頤新語〉，收錄於周維德集校：《全明詩話》，第四冊，頁3035。亦為費經虞《雅倫》引用，其擷取：「《解頤新語》云：『擬古題，如〈西北有高樓〉、〈青青河畔草〉之類。樂府題如〈冉冉孤生竹〉、〈棗下何纂纂〉之類……。』」詳見〔明〕費經虞：《雅倫》卷二十〈題引上〉，收錄於周維德集校：《全明詩話》，第六冊，頁4960。

〔註147〕〔明〕皇甫汸：《解頤新語》卷八〈雜紀〉，收錄於周維德集校：《全明詩話》，第二冊，頁1415～1416。此論述亦為周子文《藝藪談宗》完整收錄，詳見〔明〕周子文：《藝藪談宗》卷之三〈解頤新語〉，

　　然而，誠如前述「剽竊模擬，詩之大病」，《古詩十九首》經漢魏、六朝、唐、宋、元之仿擬，若後世爲「神與境觸，師心獨造，偶合古語者」，故可爲俱佳之作，有其美處。但若後世只一味襲擬或造作其情，則不免爲人詬病。對此，胡應麟於《詩藪》有詳細的論述：

> 子建〈雜詩〉，全法《十九首》意象，規模酷肖，而奇警絕到弗如。〈送應氏〉、〈贈王粲〉等篇，全法蘇、李，詞藻氣骨有餘，而清和婉順不足。然東西京後，惟斯人得其具體。……「人生不滿百，戚戚少歡娛」，即「生年不滿百，常懷千歲憂」也。「飛觀百餘尺，臨牖御欞軒」，即「兩宮遙相望，雙闕百餘尺」也。「借問歎者誰，云是蕩子妻」，即「昔爲娼家女，今爲蕩子婦」也。「願爲比翼鳥，施翮起高翔」，即「思爲雙飛燕，銜泥巢君屋」也。子建詩學《十九首》，此類不一。而漢詩自然，魏詩造作，優劣俱見。〔註148〕

曹子建〈雜詩〉，全仿擬《古詩十九首》的意象，並化用其詩句，然奇警、自然卻弗如，優劣遂見。但相對於其他仿擬者，曹子建可謂得《古詩十九首》之調，是故胡應麟雖認爲曹子建之詩不若古詩之自然，但仍予以極高的評價：

> 《十九首》後，得其調者，古今曹子建而已；《三百篇》後，得其意者，古今杜子美而已。元亮之高，太白之逸，自是詞壇絕步，但入此二流不得。〔註149〕

　　　　收錄於周維德集校：《全明詩話》，第四冊，頁3055。

〔註148〕〔明〕胡應麟：《詩藪》內編卷二〈古體中　五言〉，收錄於周維德集校：《全明詩話》，第三冊，頁2505～2506。馮復京《說詩補遺》亦論子建詩時，亦引論：「徐昌穀謂：『樂府氣忌銳逸。陳王〈野田黃雀行〉，大索已露。』當矣。而謂植之才『不堪整栗』，則非也。胡元瑞謂：『子建〈雜詩〉，全法《十九首》。』又謂：『〈南國有佳人〉，嗣宗諸作之祖；〈公子愛敬客〉，士衡群製之宗。』當矣。而謂『〈蝦蛆〉，太沖〈訪史〉所自出』，則非也。」詳見〔明〕馮復京：《說詩補遺》卷二，收錄於周維德集校：《全明詩話》，第五冊，頁3864。

〔註149〕〔明〕胡應麟：《詩藪》外編卷四〈唐下〉，收錄於周維德集校：《全明詩話》，第三冊，頁2617。

將曹子建和杜子美並列，一得《古詩十九首》之調，一得《詩經》之意，可見胡應麟以為曹子建非「剽竊模擬」之，而是「偶合古語」，效法古調之精神，故仍有美處。至於其他仿擬者，胡應麟則評道：

> 擬《十九首》，自士衡諸作，語已不倫。六朝而後，徙（按：「徙」應作「徒」）具篇名，意態風神，不知何在。惟近仲默十八章，格調翩翩，幾欲近之……。〔註150〕

認為僅有少數詩人可得《古詩十九首》之格調，大部分的仿擬者，「語已不倫」，甚至只具篇名，古詩之「意態風神」已蕩然無存，此可謂「剽竊模擬」之大病。

　　《古詩十九首》上承襲、汲取《詩經》、《楚辭》、《左傳》、樂府等精神，但非「剽竊模擬」，故能自為風格，而後世仿擬《古詩十九首》，或擷取、化用詩句，或襲擬篇名，或「借其意而反其辭」，然卻失去原本古詩之格調。是故，江盈科《雪濤詩評》，有此言：

> 詩所為貴古者，自《雅》、《頌》、《離騷》之後，惟蘇、李河梁詩與《十九首》係是真古。彼其不齊、不整，重複參差，不即法、不離法。後人模之，莫得下手，乃為未雕之璞。若晉、魏、六朝，則趨於軟媚，縱有美才秀筆，終是風骨脆弱。惟曹氏父子，不乏橫槊躍馬之氣。陶淵明超然塵外，獨闢一家。蓋人非六朝之人，故詩亦非六朝之詩。沿及唐興，畢竟風氣完聚，所以四傑之琳琅，十二家之敦厚，李、杜之逸邁瑰瑋，直凌《離騷》，而方之駕，非六朝所能仿佛萬一也。〔註151〕

而盧世㴶《讀杜私言》論古詩時亦指出：

> 五言古詩，其源流吾不及悉也。獨覺老杜深廣無端，波瀾萬

〔註150〕〔明〕胡應麟：《詩藪》內編卷二〈古體中　五言〉，收錄於周維德集校：《全明詩話》，第三冊，頁2513。

〔註151〕〔明〕江盈科：《雪濤詩評》，收錄於周維德集校：《全明詩話》，第四冊，頁2752。此論述亦見於江盈科另一詩話《雪濤小書詩評》中，詳見〔明〕江盈科：《雪濤小書詩評・法古》，收錄於周維德集校：《全明詩話》，第四冊，頁2767。

狀……。〈留花門〉、〈塞蘆子〉、〈前後出塞〉、「二吏」〈新安〉、
〈石壕〉、「二歎」〈夏日〉、〈夏夜〉、「三別」〈新婚〉、〈垂老〉、
〈無家〉暨〈客從南溟來〉、〈白馬東北來〉，紆慮老謀，補
偏救敝，體人情若雪片，數世事如雨點，情酸味厚，歌短泣
長，而一唱三歎，蘊藉優柔，《三百篇》、《十九首》、李陵、
蘇武、曹植、陶潛，上下同流，後先一揆……。〔註152〕

如二者所見，《古詩十九首》因「不齊、不整，重複參差，不即法、
不離法」，句法自然、無迹可尋，故「後人模之，莫得下手」，正同許
學夷所言「非才高者不能」，後世擬作或為文造情，或剽竊而失去格
調，唯有李陵、蘇武、曹植、陶潛、杜甫「上下同流」，能得《古詩
十九首》之調。

二、學詩和作詩

　　明人論《古詩十九首》內容本乎其情，句法自然、無迹可尋，所呈
現之風格「蓄神奇於溫厚，寓感愴於和平」，固然「非才高者不能」，但
在學詩、作詩時仍應將《古詩十九首》奉為圭臬，因為明人雖主張「詩
必盛唐」，但在肯定諸多詩歌體式至唐代蓬勃發展的同時，卻認為五言
古詩為例外——於漢魏便蔚為興盛，是故認為「唐無五言古詩而有其古
詩」，分辨唐五古與漢魏五古之差異，進而以為唐人五古不及漢魏五古
之高境，因此建議時人學習五古當奉漢魏（尤其是漢代）。〔註153〕而明
人這種辨體觀念亦在檢討宋人之弊時顯現，如胡應麟在《詩藪》論道：

世多訾宋人律詩，然律詩猶知有杜。至古詩第沾沾靖節，蘇、
李、曹、劉，邈不介意。若《十九首》、《三百篇》，殆於高閣
束之……。〔註154〕

〔註152〕　〔明〕盧世㴶：《讀杜私言‧論古言古詩》，收錄於周維德集校：《全
　　　　　明詩話》，第六冊，頁4374。

〔註153〕　相關論述詳見陳國球：《唐詩的傳承——明代復古詩論研究》，（臺
　　　　　北：臺灣學生書局，1990年），第四章〈五言古詩與「唐古」〉，頁
　　　　　137～216。

〔註154〕　〔明〕胡應麟：《詩藪》內編卷二〈古體中　五言〉，收錄於周維德
　　　　　集校：《全明詩話》，第三冊，頁2512。

又如費經虞《雅倫》：

> 《彈雅》云：「宋之名人，就其蕪才，無天於上，無地於下，
> 漫興揮灑，可爲浩嘆！近體不唐，騷不屈、宋，賦不司馬，
> 古不《十九首》及蘇、李，憑他上天下地，高者成俗物，
> 卑者作鄙俚……。」〔註155〕

依二者之言，宋人作古詩，將《古詩十九首》束於高閣，故所作古詩
非「俗物」，即「鄙俚」，爲後人所訾。

對於學習詩歌，徐禎卿在《談藝錄》有此建議：

> ……詩賦粗精，譬之絺綌，而不深探研之力，宏識誦之功，
> 何能益也？故古詩三百，可以博其源；遺篇十九，可以約
> 其趣；樂府雄高，可以屬其氣；《離騷》深永，可以禆其思。
> 然後法經而植旨，繩古以崇辭，雖或未盡臻其奧，吾亦罕
> 見其失也……。〔註156〕

認爲「古詩三百，可以博其源；遺篇十九，可以約其趣；樂府雄高，
可以屬其氣；《離騷》深永，可以禆其思」，故學詩當奉《詩經》、《古
詩十九首》、樂府、《離騷》爲圭臬。徐師曾《詩體明辯》亦引用此言
和呂本中、嚴羽之見來說明此理：

〔註155〕〔明〕費經虞：《雅倫》卷十五〈鍼砭〉，收錄於周維德集校：《全
　　　　明詩話》，第六冊，頁4841。

〔註156〕〔明〕徐禎卿：《談藝錄》，收錄於周維德集校：《全明詩話》，第一
　　　　冊，頁789。此段論述受到許多明人的肯定，在其詩話中紛紛引用，
　　　　如周子文《藝藪談宗》可見完整的收錄，詳見〔明〕周子文：《藝
　　　　藪談宗》卷之一〈談藝錄〉，收錄於周維德集校：《全明詩話》，第
　　　　四冊，頁2989。而王世貞《藝苑卮言》、冒愈昌《詩學雜言》、胡震
　　　　亨《唐音癸籤》、費經虞《雅倫》皆僅擷取「古詩三百，可以博其
　　　　源；遺篇十九，可以約其趣；樂府雄高，可以屬其氣；《離騷》深
　　　　永，可以禆其思」之句，詳見〔明〕王世貞：《藝苑卮言》卷一，
　　　　收錄於周維德集校：《全明詩話》，第三冊，頁1883。〔明〕冒愈昌：
　　　　《詩學雜言》卷上，收錄於周維德集校：《全明詩話》，第四冊，頁
　　　　2805。〔明〕胡震亨：《唐音癸籤》卷四〈法微三〉，收錄於周維德
　　　　集校：《全明詩話》，第五冊，頁3612。〔明〕費經虞：《雅倫》卷十
　　　　三上〈合論〉，收錄於周維德集校：《全明詩話》，第六冊，頁4778
　　　　～4779。

大明徐禎卿曰：……。

宋呂本中曰：學詩須以《三百篇》、《楚辭》及漢、魏間人
詩為主，方見古人妙處，自無齊、梁間綺靡氣味也。

宋嚴羽曰：學詩先須熟讀《楚辭》，朝夕諷詠，以為之本；
及讀《古詩十九首》，樂府四篇，李陵、蘇武、漢、魏五言，
皆須熟讀，即以李、杜二集枕藉觀之，如今人之治經，然
後博取盛唐名家，醞釀胸中，久之自然悟入。雖學之不至，
亦不失正路。〔註157〕

〔註157〕 〔明〕徐師曾：《詩體明辯·論詩》，收錄於周維德集校：《全明詩
話》，第二冊，頁1451。其引用徐禎卿之言大抵與前文所引相同，
茲不贅引。而嚴羽的論述，亦為李贄《騷壇千金訣》引用：「……
夫學詩者以識為主，入門須正，立志須高；以漢、魏、晉、盛唐為
師，不作開元天寶以下人物。若自退屈，即有下劣詩魔入其肺腑之
間，由立志之不高也。行有未至，可加工力。路頭一差，愈騖愈遠，
由入門之不正也。故曰：學其上僅得其中；學其中斯為下矣。又曰，
見過于師，僅堪傳授；見與師齊，減師半德也。工夫須從上做下，
不可從下做上。先須熟讀《楚辭》，朝夕諷詠，以為之本；及讀《古
詩十九首》、《樂府》四篇、李陵、蘇武、漢魏五言，皆須熟讀，即
以李、杜二集枕藉觀之，如今人之治經，然後博取盛唐名家，醞釀
胸中，久之自然悟入。雖學之不至，亦不失正路。此乃是從頂寧頁
上做來，謂之向上一路，謂之直截根源，謂之頓門，謂之單刀直入
也。」詳見〔明〕李贄：《騷壇千金訣·詩學正源·詩辯》，收錄於
周維德集校：《全明詩話》，第三冊，頁2069～2070。周履靖《騷壇
秘語》亦擷用之：「滄浪云：學時者，以識為主，入門須正，立志
須高，以漢魏晉盛唐為師，不作開元天寶以下人物。行有未至，可
加工力，路頭一差，愈騖愈遠，由入門之不正也。故曰：學其上僅
得其中，學其中斯為下矣。先須熟讀《楚辭》，朝夕諷詠以為之本，
及讀《古詩十九首》、樂府四篇，李陵、蘇武、漢魏五言，皆須熟
讀、即以李、杜二集枕藉觀之。然復從取盛唐諸名家詩，醞釀胸中，
久之自然悟入。」詳見〔明〕周履靖：《騷壇秘語》卷之下〈第九·
家數〉，收錄於周維德集校：《全明詩話》，第三冊，頁2231。費經
虞《雅倫》亦節錄：「嚴儀卿云：『詩有別材，非關書也；詩有別趣，
非關理也。然非多讀書，多窮理，則不能極其致。看詩須具金剛眼
睛，庶不眩於旁門小法。辨家數，如辨蒼白，方可言詩。工夫須從
上做下，不可從下做上。先須熟讀《楚辭》，朝夕諷詠，以為之本。
《古詩十九首》、樂府諸篇、李陵、蘇武、漢魏五言，皆須熟讀。
李、杜二集，宜枕藉觀之，如今人之治經。然後博取盛唐名家，醞

引用此三者之言，以論證學詩當須熟讀《詩經》、《楚辭》、《古詩十九首》，自然可涵養心志、變化氣質，久之自然有所進步，雖無法臻善至美，但仍不至於偏離太多。

正如譚浚於《說詩》中提出學詩當「取式乎上」為準則：

> 心志由中，英華發外，形於話言，徵於文獻，必有式式。
> 必有宗純而不雜，雜而不越。或《經》或《騷》或樂府、
> 或漢、或魏、或唐，古詞不可雜以近體，漢風不可雜以唐
> 律，律絕不可雜以《經》、《騷》也。李空同於晉魏，則曰：
> 「有意者比詞而屬義也。」於《騷》，則曰：「有蹊者異其
> 志而襲其言也。」然不糟粕，其似古必入《風》而出《雅》
> 焉。故曰取式乎上，僅得乎中。為上而未極，猶勝其下者。
> 若失始於下而圖上，難矣。朱子曰：「取漢魏古詞如蘇、李、
> 《十九首》及曹、劉七才子選以附《楚騷》。又次等近古者如阮、
> 陶、李、杜選各為一編，羽翼興衛。其不合者，悉去之。不使
> 接吾耳目，入吾胸次，使方寸無一世俗語，意則不期高遠
> 而自高遠矣。」……。〔註158〕

學詩當分辨體式，不可雜入，並且「取式乎上」，雖或無法達至，但「猶勝其下者」。是故，引朱子之言，論學古詩當首讀漢魏古詞，而《古詩十九首》正為其中之一，次讀六朝、唐代古詩，並分辨體式，

> 釀胸中，久之自然悟入。雖學之不至，亦不失正路。」詳見〔明〕
> 費經虞：《雅倫》卷十三中〈工力一〉，收錄於周維德集校：《全明
> 詩話》，第六冊，頁4792～4793。並見於〔明〕費經虞：《雅倫》卷
> 十三下〈工力二〉，收錄於周維德集校：《全明詩話》，第六冊，頁
> 4804～4805。趙士喆《石室談詩》亦擷引：「……滄浪言學詩者以
> 識為主，立志須高，入門須正，行有未至，功力可加，入路一差，
> 愈趨愈遠。須先取《楚辭》、《十九首》、漢魏古詩，及李、杜諸大
> 家之作，枕藉觀之，如士子之治經者焉，久之自然悟入。此之謂向
> 上一路，謂之頂門……。」詳見〔明〕趙士喆：《石室談詩》卷上
> 〈總論二十四條・第一條〉，收錄於周維德集校：《全明詩話》，第
> 六冊，頁5129。
>
> 〔註158〕〔明〕譚浚：《說詩》卷之上〈得式・體格〉，收錄於周維德集校：
> 《全明詩話》，第三冊，頁1811。小字為作者原註。

非古詩及不合漢、魏、六朝、唐代者皆不讀，藉此涵養氣質，自然能近古調。

　　而周履靖《騷壇秘語》更進一步指出初學五言古詩，宜將《古詩十九首》、漢樂府、建安、陶淵明、陳子昂、李白、杜甫等作爲模範，「成趣之後，方可廣看」〔註 159〕。費經虞《雅倫》亦引《童蒙訓》云：「讀《古詩十九首》及子建『明月入高樓，流光正徘徊』，皆思致深遠而有餘思，言有盡而意無窮。學者當以此等詩，嘗自涵詠，自然下筆高妙……。」〔註 160〕可見明人極力推薦初學詩者當熟讀《古詩十九首》，尤其是學五言古詩者，熟讀則可自然領悟，而梁橋《冰川詩式》更提出讀《古詩十九首》的要點在於：

　　讀《古詩十九首》，要知情眞、景眞、事眞、意眞。澄至清，
　　發至情。〔註161〕

要知《古詩十九首》「首首皆情」，且「本乎情之眞」而著，故情感之投射，使「景眞、事眞、意眞」。古人乃「爲情造文」，在了解其情意後，則可知其句法、格律安排之用意。

　　既了解學詩、古詩、五言古詩之方法後，明人更提出作詩之法，首見朱權於《江西詩法》中論五言古詩法：

　　或興起，或比起，或賦起。須要寓意深遠，託辭溫厚，反
　　覆優游，雍容不迫。或感古懷今，或懷人傷己，或瀟灑閒

〔註159〕　〔明〕周履靖：《騷壇秘語》卷之上〈範第十二〉，收錄於周維德集校：《全明詩話》，第三冊，頁 2210。

〔註160〕　〔明〕費經虞：《雅倫》卷十三上〈合論〉，收錄於周維德集校：《全明詩話》，第六冊，頁 4782。

〔註161〕　〔明〕梁橋：《冰川詩式》卷之九〈學詩要法上〉，收錄於周維德集校：《全明詩話》，第二冊，頁 1743。此段論述，實化用自元朝陳繹曾《詩譜》對《古詩十九首》的評語：「情眞，景眞，事眞，意眞。澄至清，發至情。」見〔元〕陳繹曾：《詩譜》，收錄於丁福保輯：《歷代詩話續編》，（臺北：木鐸出版社，1983 年），中冊，頁 627。明代除了梁橋外，亦可見周履靖《騷壇秘語》直接節錄：「古詩十九首　情眞景眞、事眞意眞，澄至清，發至情。」見〔明〕周履靖：《騷壇秘語》卷之中〈體第十五・古體〉，收錄於周維德集校：《全明詩話》，第三冊，頁 2215。

適。寫景要雅淡，推人心之至情，寫感慨之微意，悲喜含
蓄而不傷，美刺宛曲而不露，要有《三百篇》之遺意。觀
漢魏諸古詩，藹然有感動人處，如《古詩十九首》，皆當熟
讀，久之自見其趣。〔註162〕

分析五言古詩下筆或賦、或比、或興，內容可「感古懷今」、「懷人傷
己」、「瀟灑閒適」，但俱須寓意深遠，而託辭無論敘景寫情，皆須溫
厚雅淡，要有《詩經》的遺意，而漢魏古詩中，以《古詩十九首》可
爲之代表，故當熟讀之。〔註163〕

　　而梁橋《冰川詩式》除如前述提出學五言古詩者，在閱讀《古詩
十九首》時，須注意其「情眞、景眞、事眞、意眞。澄至清，發至情」
外，亦進一步談及作五言古詩時的心境，應爲：

五言古詩，雖無定句，《十九首》尚矣。然自六句短古篇放
之至百句，大要貴意圓而語深。凡作五言古詩，先須澄靜
此心，如滄溟不波，空碧無際，纖月到景，萬象涵精。題
目如鏡中物影，悲歡動靜，了無遁情，懷天地于秋毫，洞
古今爲一瞬，視彼區區者，吾談笑道之。大抵五言古詩，
所養浩蕩，所見詳明，所取精微，所用輕快。〔註164〕

指出「五言古詩，雖無定句」，但以「意圓而語深」爲佳，可奉《古

〔註162〕〔明〕朱權：《江西詩法・五言古詩法》，收錄於周維德集校：《全
　　　　明詩話》，第一冊，頁80。此論述亦爲李贄《騷壇千金訣》完整收
　　　　錄，詳見〔明〕李贄：《騷壇千金訣・詩學正源・詩准繩》，收錄於
　　　　周維德集校：《全明詩話》，第三冊，頁2088。追溯其源，此見解乃
　　　　引用自元朝楊載《詩法家數・五言古詩》，詳見〔元〕楊載：《詩法
　　　　家數》，收錄於〔清〕何文煥輯：《歷代詩話》，第二冊，頁731。
〔註163〕誠如郝敬《藝圃傖談》所言：「後世詩不離情、境、辭三者，即所
　　　　謂興、比、賦也。太上寄情，漢魏《十九首》是也。其次寫境，六
　　　　朝諸人之作是也。其次尚辭，唐以後近體是也。」詳見〔明〕郝敬：
　　　　《藝圃傖談》卷之一〈古詩〉，收錄於周維德集校：《全明詩話》，
　　　　第四冊，頁2888。然而，後世詩雖不離情、境、辭，但境與辭亦須
　　　　先有情，而漢魏古詩中，明人又以《古詩十九首》「首首皆情」，故
　　　　作詩當奉之爲圭臬。
〔註164〕〔明〕梁橋：《冰川詩式》卷之一〈五言古詩〉，收錄於周維德集校：
　　　　《全明詩話》，第二冊，頁1615。

詩十九首》為圭臬。而如何寫出「意圓而語深」之詩句,則當心境澄靜,則萬物了然於胸次,進而仔細體會情感之變化、觀照天地之毫末、洞察古今之演變,如此在談吐之間,便可輕快成詩。是故,郝敬《讀詩》提出《古詩十九首》之所以無題,乃因:

> 《詩》自有不須題者,如後世《十九首》之類。比物托(按:
> 「托」應作「託」)興,婉轉不定,而以題擬之,亦莫不肖。
> 亦有有題而詩不似題者,如屈平之《楚辭》,唐人之〈感遇〉。
> 雜興引喻,泛濫不可指據,或泥文生解,而實不必解。故
> 說《詩》非必執題,賦、比與興合,文辭與志合,即妙達
> 風人之旨矣。〔註165〕

《古詩十九首》不拘泥於題目,「比物託興,婉轉不定」,文辭自然與情志相合,即可「達風人之旨」。正是鍾嶸所謂「直尋」之工夫,亦「若秀才對朋友說家常語」,故本乎其情,不當作意,自然可流露真情,達諷諭之意,故作詩不必執題。

至於作詩之引用,亦仿《古詩十九首》之引事而非用事,如許學夷《詩源辯體》所言:

> 漢、魏人詩,但引事而不用事,如《十九首》「誰能為此曲?
> 無乃杞梁妻」、「仙人王子喬,難可與等期」,曹子建「思慕
> 延陵子,寶劍非所惜」,王仲宣「竊慕負鼎翁,願厲朽鈍姿」
> 等句,皆引事也。至顏、謝諸子,則語既雕刻,而用事實
> 繁,故多有難明耳。秦、漢與六朝人文章亦然。鍾嶸云:「吟
> 詠性情,亦何貴於用事:『思君如流水』,既是即目;『高臺
> 多悲風』,亦惟所見;『清晨登隴首』,羌無故實;『明月照
> 積雪』,詎出經史?觀古今勝語,多非補假,皆由直尋。顏
> 延之、謝莊莊詩不多見。尤為繁密,於時化之,故大明、泰始
> 中,文章殆同書抄」云。已(按:「已」應作「以」)上十七
> 句皆鍾嶸語。〔註166〕

〔註165〕 〔明〕郝敬:《讀詩》,收錄於周維德集校:《全明詩話》,第四冊,
頁 2868。
〔註166〕 〔明〕許學夷:《詩源辯體》卷七〈宋〉,收錄於周維德集校:《全

正也是強調詩貴「直尋」的工夫，「吟詠性情」當出於胸中之塊壘，而非琢字、用事，否則詩意難明、文如書抄。

　　作詩，除引事而不用事外，亦當效法《古詩十九首》「非有意於議論」，如趙士喆《石室談詩》所論：

> 王元美言作詩者勿涉議論，其詩未嘗無議論也。「豈不爾思，室是遠爾」，便是議論之祖。《十九首》有云：「服食求神仙，多爲藥所誤。不如飲美酒，被服紈與素。」陶元亮云：「人生會有道，衣食固其端。孰是都不營，而以求自安。」老杜則云：「憶昨狼狽初，事與古先別。不聞夏殷衰，中自誅褒妲。」元次山云：「安人天子命，符節我所持。州縣忽亂亡，得罪復是誰？」則純乎議論矣。或者謂古風用議論則可，近體用之則不可，此亦未然。蓋古風篇大，故議論之用多；近體篇小，故議論之用少。然中晚人作七言詩，有四句之中而三轉者，其轉處即議論也。又如杜牧之詠項籍及周郎事，翻案見奇，論英雄於成敗之外，此非議論之最顯者乎？吾蓋嘗平心論之，《三百篇》《十九首》，以及陶公，非有意於議論，但其詩靈圓活潑，如珠走盤，故有似於議論耳。老杜乃眞議論者，然本其至性之所發，而瓌詞灝氣，足以佐之，令讀者渾然不覺，所以爲佳。杜牧所謂「抱羞忍恥是男兒」，未免露頭巾本色。若歐陽公〈明妃詩〉，元美已笑爲論學繩尺。至云「漢廷當論畫師功」更迂闊，不情之甚。作詩至此，安得不墜魔境乎？初學之士識見未定，骨格未成，凡涉議論者，一切戒之，亦未嘗不可。〔註167〕

《古詩十九首》，許學夷論其「本乎情之眞，未必本乎情之正」，鍾惺亦認爲其乃詩人「變雅而諷刺之」，然而趙士喆此論述則認爲《古詩十九首》之議論，非有意爲之，詩句因出於眞性情，故「靈圓活潑，

明詩話》，第四冊，頁3245。小字爲作者原註。
〔註167〕　〔明〕趙士喆：《石室談詩》卷上〈總論二十四條・第十三條〉，收錄於周維德集校：《全明詩話》，第六冊，頁5135。

－99－

如珠走盤」，自然能「達風人之旨」，因而類似議論之言。而初學者尚未熟悉作詩之法，則當戒之，但若本乎性情而發，無意於議論卻似議論者，則「亦未嘗不可」。

　　透過明代各家的論述，可知《古詩十九首》內容有《詩經》之遺意，「溫厚雅淡」、「意復寬大」，並且承《左傳》「風人意旨」，使其情表現具「風人之體」，或襲擬《詩經》、《楚辭》、樂府等詩句，但非「剽竊模擬」，而是「偶合古語」，故在汲取前人的養分後，使詩歌愈趨成熟，而後人襲擬之作亦可謂汗牛充棟。然而，後世之承襲，或爲文造情，或剽竊而失去格調，唯有李陵、蘇武、曹植、陶潛、杜甫能得《古詩十九首》之精神。明人有鑑於此，探究宋人之弊，提出學詩當分辨體式，並「取式乎上」，學五言古詩則當奉《古詩十九首》爲圭臬之一；作五言古詩時，無論詩法、題目、引用、議論等皆須以《古詩十九首》爲法度。由此可見，在明人心中，《古詩十九首》有著重要的承上啓下作用。

第三章　清詩話與《古詩十九首》 ——對「眞」概念之接受 與拓變

　　明人對《古詩十九首》的探討多著墨於寫作背景、情辭經營、承上啓下作用等等，對《古詩十九首》予以詣五言之極、「本乎情之眞」〔註1〕、「非才高者不能」〔註2〕……等高度評價，並奉爲學詩、作詩的圭臬。

　　至清代時，對《古詩十九首》的評述，不同於明人做地毯式的論述，而改採重點式的簡評，但大抵而言，其論點承繼了明人的觀點，甚或做了進一步地探討。不過，清人對「眞」之論點，並未直接言明「眞」和《古詩十九首》的關係，但在論《古詩十九首》時，往往可以發現其以統而論之的方式論述，而所論意旨正間接地呼應了明代詩話中「眞」之觀點。

　　直到晚清時，王國維在《人間詞話》中評論《古詩十九首》時，提出了「眞」和「不隔」之見。而王氏「眞」的論點，正是將清人對《古

〔註1〕　〔明〕許學夷：《詩源辯體》卷三〈漢魏總論　漢〉，收錄於周維德集校：《全明詩話》，（濟南：齊魯書社，2005年），第四冊，頁3206。
〔註2〕　〔明〕許學夷：《詩源辯體》卷三〈漢魏總論　漢〉，收錄於周維德集校：《全明詩話》，第四冊，頁3206。

詩十九首》的論述做了聚焦，亦是與明人所論《古詩十九首》「情眞、景眞、事眞、意眞。澄至清，發至情」〔註3〕、「本乎情之眞」等觀點遙相呼應，並且在明、清的論述基礎上，進一步提出了新的術語——「不隔」。

是故，本章首先對清人所論之《古詩十九首》做耙梳——經蒐羅丁福保《清詩話》共 37 條，並酌參其他清人的相關詩評做補充〔註4〕，藉以了解清人對明代觀點之接受或異見，進而探討王國維在《人間詞話》中對《古詩十九首》的評論，並究其原因，以期探析自明至清、清末王國維等，對《古詩十九首》的探究之承繼與拓變之處。

第一節　清人之承繼與異見

清人撰寫詩話多以重點式的評述爲主，不同於明代詩話的地毯式探討，其原因大抵與「明人詩話多文學批評之作，清人詩話則於論文談藝之外，更是當時學者比較嚴肅的讀書札記」〔註5〕有關。而清人對於《古詩十九首》的論述亦是如此，僅對《古詩十九首》之歷來的重要觀點做探究，例如：《古詩十九首》的作者、版本、內容、句法、格律、風格、承襲等等皆有要述，茲就其論述面向分述於下。

〔註3〕〔明〕梁橋：《冰川詩式》卷之九〈學詩要法上〉，收錄於周維德集校：《全明詩話》，第二冊，頁 1743。亦見〔明〕周履靖：《騷壇秘語》卷之中〈體第十五・古體〉，收錄於周維德集校：《全明詩話》，第三冊，頁 2215。

〔註4〕本章對清人所論之《古詩十九首》做耙梳，以丁福保編：《清詩話》，（臺北：明倫出版社，1976 年）爲主要底本，因此書「能在所選的詩話中反映清代的學術風氣」和「所選的是清人詩話中的代表作品」，並且品種多樣，雖未齊備，但仍具有一定價值，詳見郭紹虞：《清詩話・前言》，頁 3。是故，以此書爲底本，凡提及《古詩十九首》者皆蒐羅，共有 37 條，並按頁數先後編排成表格，詳見附錄二。本章根據其中的重要論點做歸納和探討，此外，視論述的需要，將酌參其他清人的相關論述，以期完備。

〔註5〕郭紹虞：《清詩話・前言》，收錄於丁福保編：《清詩話》，頁3。郭紹虞認爲丁福保《清詩話》未能將此特色明顯突出，但筆者以爲若此書與明代詩話兩相比較，確實不同於明代詩話的風格，多呈現出條列式的讀書札記面貌。

一、作者與版本：說法紛乘，拓出新見

對於《古詩十九首》的作者和版本，歷來眾說紛紜，而明人對此分歧的探討，多以《文選》爲正：對於《古詩十九首》作者的疑義，較主張《古詩十九首》非出於一人之手的看法，大部分認同《文選》未著錄作者名氏，甚至推翻了作者是枚乘之說，將《古詩十九首》定位在東漢；對於版本的考察，明人詳細地蒐羅古詩逸句，對版本歧異的問題，則以辭氣、文意判別，並推許《文選》爲正。〔註6〕

經明人詳盡地分析與探討後，到了清代，拋開《文選》，甚至對《文選》提出質疑〔註7〕，是故對《古詩十九首》作者時代的意見較爲分歧，而對版本的探討，則改以探究古詩和樂府的差異爲重心。

（一）時代分歧無定論

清人對《古詩十九首》作者皆未言明確切名氏，但對作者時代意見分歧，或推翻明人看法，將《古詩十九首》定位爲西漢之作；或承繼明代見解，主張非出於一人之手、作者名氏冥滅，但不同於明代多數將《十九首》定位在東漢，清人將其產生時代拓展爲不必一時之作。

清人推翻明人的看法，認爲《古詩十九首》非東漢之作，應是產生於西漢，持此見解者爲明代前期的王士禎（阮亭）、張篤慶（歷友）、張實居（蕭亭），三者的言論載於《師友詩傳錄》，肇因於郎廷槐問道：

〔註6〕相關論述詳見本論文第二章第一節「《古詩十九首》寫作背景探討」。
〔註7〕清人對《文選》提出質疑，如：李重華在《貞一齋詩説・論詩答問三則》中，提出《文選》之陋：「《風》《騷》而後，古詩嗣興，自漢氏迄六朝，《選》體果正宗與？曰：尼父刪詩，錄《國風》、《二雅》、《三頌》，其體井然別矣。三體各具興比賦，其旨瞭然備矣。今觀漢氏詩，若《十九首》、蘇李贈答諸什，《風》之遺也；若班掾〈東京〉五篇及平子〈四愁〉、韋孟〈諷諫〉等作，《雅》之亞也；其《郊祀》、〈天馬〉、《房中》等章，《頌》之流也。凡皆眞意流露，氣厚詞樸，使尼父刪正，各取其體無疑矣。魏以後，若曹、劉、左、陸、阮、陶、顏、謝諸公，各競所長，要三體尚有合者，何者？風骨遒逸，自具情性，尼父諒猶取焉。今《文選》不衷六義，而因事分類裁別，固已陋矣……。」詳見〔清〕李重華：《貞一齋詩説・論詩答問三則》，第三則，收錄於丁福保編：《清詩話》，頁923。

問：「《古詩十九首》，乃五古之原。按其音節風神，似與《楚
騷》同時；而論者指為枚乘等擬作。枚之文甚著，其詩不
多見。且秦、漢風調自殊，何所據而指為枚作耶？又『蘇
李河梁』，亦有《十九首》風味，豈漢人之詩，其妙皆如此
耶？求明示其旨。」〔註8〕

郎廷槐以《古詩十九首》音節風神近《楚騷》、西漢枚乘少著詩詞，
且秦、漢風調不同，故認為《十九首》當非枚乘之作，但若與西漢〈蘇
李河梁〉相較，風味又相近，是故提出作者疑義。

對此，王士禎答道：

阮亭答：「《風》、《雅》後有《楚詞》，《楚詞》後有《十九
首》。風會變遷，非緣人力；然其源流則一而已矣。古詩中
『迢迢牽牛星』、『庭中有奇樹』、『西北有高樓』、『青青河
畔草』等五六篇，《玉臺新詠》以為枚乘作；『冉冉孤生竹』
一篇，《文心雕龍》以為傳毅之辭。二書出於六朝，其說必
有據依；要之為西京無疑。『河梁』之作，與《十九首》同
一風味，皆所謂驚心動魄，一字千金者也。嬴秦之世，但
有碑銘，無關風雅。」〔註9〕

王士禎認為《古詩十九首》音節風神近《楚騷》，乃是因其一脈相承，
並且援引六朝《玉臺新詠》、《文心雕龍》，以為二書必有所據，故推
斷《十九首》作者必定為西漢人。〔註10〕

〔註8〕 〔清〕王士禎等：《師友詩傳錄》，第二條，收錄於丁福保編：《清詩
　　　話》，頁126。

〔註9〕 同上註。

〔註10〕 對王士禎以《玉臺新詠》、《文心雕龍》為正，認為其必有所依據，
　　　斷定《十九首》產生於西漢。對此，可佐以明代胡應麟《詩藪》之
　　　論，其分析《古詩十九首》作者時，提到《文選》無明確指出作者，
　　　就連《文心雕龍》亦無斷定十九首全為枚乘所作，而《玉臺新詠》
　　　時代為後，應不知作者為是。是故，王士禎以《玉臺新詠》、《文心
　　　雕龍》為依據，來斷定《十九首》為西漢之作，是較為不足的。詳
　　　見〔明〕胡應麟：《詩藪》雜編卷一〈遺逸上　篇章〉，收錄於周維
　　　德集校：《全明詩話》，第三冊，頁2665～2666。或見本論文第二章
　　　第一節。

接著，張篤慶解釋：

> 歷友答：「昔人謂《十九首》爲風餘，又曰詩母，若自列
> 國之詩涵泳而出者。如太羹醇酒，非復泛齊醍齊可埒，其
> 在《楚騷》之後無疑。況乎《騷》亦出於《風》也，而五
> 言則漢世乃大顯。《十九首》中，如『青青河畔草』、『西
> 北有高樓』、『涉江采芙蓉』、『庭中有奇樹』、『迢迢牽牛
> 星』、『東城高且長』、『明月何皎皎』七章，《玉臺》皆以
> 爲枚乘作。『冉冉孤生竹』，《文心雕龍》以爲傅毅。『驅車
> 上東門』，樂府作『驅車上東門行』。《文選》以《十九首》
> 爲二十首，蓋分『燕趙多佳人』以下自爲一章也。然相其
> 體格，大抵是西漢人口氣。因篇中有『驅車上東門，游戲
> 宛與洛。』故論者或以爲似東漢人口角，斷其非枚乘者。
> 殊不知西京人亦何必不游戲宛、洛耶？此眞『見與兒童鄰』
> 矣。至如『蘇李河梁錄別』，其風味亦去《十九首》誠不
> 遠，亦非東京以下所能涉筆者。」〔註11〕

張篤慶亦以詩歌相承論《古詩十九首》音節風神近《楚騷》，並以文
氣風格似西漢人，斷定《十九首》爲西漢之作。

最後，張實居亦解說：

> 蕭亭答：「《騷》之變爲五言也，風調自別。《十九首》或謂
> 《楚騷》同時，或謂枚乘等作。想考無確據，故不書作者
> 姓名。觀『青青陵上柏』一章内，『兩宮遙相望，雙闕百餘
> 尺』，兩宮：南宮北宮也。蔡質《漢官典職》曰：『南宮北
> 宮，相去七里。』又『明月皎夜光』一章内，『玉衡指孟冬』，
> 如『促織鳴東壁』、『白露霑野草』、『秋蟬鳴樹閒，玄鳥逝
> 安適』等語，所序皆秋事，乃漢令也。《漢書》曰：『高祖
> 十月至霸上，故以十月爲歲首。』漢之孟冬，今之七月也。
> 似爲漢人之作無疑。至於『蘇李河梁』詩，可與《十九首》
> 相頡頏。東坡先生謂爲僞作，亦必有見。然氣味高古，縱

〔註11〕〔清〕王士禎等：《師友詩傳錄》，第二條，收錄於丁福保編：《清詩
話》，頁 126～127。

不出蘇、李，定漢之高手所擬。江文通善於擬古者，似不能及也？不須深辨。總之：漢祚鴻朗，文章作新，《安世》楚聲，渾純厚雅；漢武樂府，壯麗宏奇。〈垓下〉歌於流離；〈白頭〉吟於閨闥。其他可以類推矣。」〔註12〕

張實居持平而論，因無確據，故不書《十九首》作者名氏。然而對於《十九首》產生時代，以詩文與西漢時令相比對，推斷「似爲漢人之作無疑」，張實居亦認同前二者之說，認爲《十九首》爲西漢之作。

此外，清代另有論者承繼了明代的見解，主張《古詩十九首》非一人之作，且未知名氏，並將其產生時代拓展爲不必一時之作，如：沈德潛、李重華、費錫璜等人。

沈德潛在《說詩晬語》，論道：

> 《古詩十九首》，不必一人之辭，一時之作。大率逐臣棄妻，朋友闊絕，遊子他鄉，死生新故之感。或寓言，或顯言，或反覆言。初無奇闢之思，驚險之句；而西京古詩，皆在其下，是爲《國風》之遺。〔註13〕

談論《古詩十九首》的內容觸及人類普遍的際遇和心聲，不僅可反映當代，亦可跨越時空的隔閡，觸動人心，是故「《古詩十九首》，不必一人之辭，一時之作」，這是《十九首》承襲自《國風》之處，也正是西漢古詩所不及之因。而沈德潛此話點出《十九首》內容能感染人心，故不必一人之辭、一時之作，這或多或少已具備了「眞」的要素，只是未明白道出以及做進一步的探究。

而李重華於《貞一齋詩說・詩談雜錄》之第十一條，亦道：

> 《十九首》中二漢都有，乃後人類聚者：蘇李贈答或亦漢代擬作，觀「俯觀江漢」等句，兩人離別，何由到此？〔註14〕

〔註12〕〔清〕王士禎等：《師友詩傳錄》，第二條，收錄於丁福保編：《清詩話》，頁127。

〔註13〕〔清〕沈德潛：《說詩晬語》卷上，第五十條，收錄於丁福保編：《清詩話》，頁530。

〔註14〕〔清〕李重華：《貞一齋詩說・詩談雜錄》，第十一條，收錄於丁福保編：《清詩話》，頁926。

李重華則認爲《古詩十九首》兼西漢與東漢作者，爲後人整理古詩時，以此十九首類近而編成。是故，李重華亦主張《古詩十九首》非一人、一時之作，且作者名氏冥滅，未可知。

費錫璜則承繼沈德潛之說，在其《漢詩總說》論及：

> 《十九首》、《五首》、《三首》諸詩，多非爲一人一事而作，讀之久自能感人。有能解此語者，吾當與天下共推之。〔註15〕

費錫璜以爲《古詩十九首》內容不可離析解語，必須整體觀之，「讀之久自能感人」，是故亦主張《古詩十九首》「非爲一人一事而作」。而其論「多非爲一人一事而作，讀之久自能感人」，或可遙與明代「情眞、景眞、事眞、意眞。澄至清，發至情」、「本乎情之眞」等觀點相呼應。

綜合前述清代詩話，對於《古詩十九首》之作者，清代各家皆未言明確切的名氏，但對其作者時代意見分歧，清人或推翻明人之見，但引用擧證不足，較諸明人言之鑿鑿，清人之翻案難以爲定論；或承繼明人看法，主張非一人之辭外，更進一步提出非一時之作的見解，尤其以沈德潛、費錫璜之說，或可視爲清人對明人「情眞、景眞、事眞、意眞。澄至清，發至情」、「本乎情之眞」等觀點之接受，認爲《十九首》內容感人不必侷限於一時，故而將明人對《十九首》東漢之定位，結合了明人所論之「眞」，而拓展爲不必一時之作。

（二）重視古詩、樂府之別

清人對於《古詩十九首》版本的考察，將重心置於判別《十九首》爲古詩或樂府，是故較著重於古詩與樂府差異的論述。

馮班將《十九首》歸類爲樂府，其理由均見於《鈍吟雜錄・古今樂府論》、《鈍吟雜錄・正俗》：

> 古詩皆樂也，文士爲之辭曰詩，樂工協之於鍾呂爲樂。自

〔註15〕〔清〕費錫璜：《漢詩總說》，第三十一條，收錄於丁福保編：《清詩話》，頁 947～948。

後世文士或不閒樂律，言志之文，乃有不可施於樂者，故詩與樂畫境。……樂府之詞，有詞體可愛，文士儗之，如「東飛伯勞」、〈相逢行〉、「青青河畔草」之類，皆樂府之別支也。……漢代歌謠，承《離騷》之後，故多奇語。魏武文體，悲涼慷慨，與詩人不同。然史志所稱，自有平美者，其體亦不一。如班婕妤「團扇」，樂府也。「青青河畔草」，樂府也。《文選注》引古詩多云枚乘樂府，則《十九首》亦樂府也。伯敬承于鱗之後，遂謂奇詭聲牙者為樂府，平美者為詩。其評詩至云：某篇某句似樂府，樂府某篇某句似詩。謬之極矣……〔註16〕

伶工所奏，樂也。詩人所造，詩也。詩乃樂之詞耳，本無定體，唐人律詩，亦是樂府也。今人不解，往往求詩與樂府之別，鍾伯敬至云某詩似樂府，某樂府似詩。不知何以判之？祇如西漢人為五言者二家，班婕妤〈怨詩〉，亦樂府也。吾亦不知李陵之詞可歌與否？如《文選注》引古詩，多云枚乘樂府詩，知《十九首》亦是樂府也。漢世歌謠，當騷人之後，文多道古。魏祖慷慨悲涼，自是此公文體如斯，非樂府應爾……。〔註17〕

認為古詩原本可配樂歌唱，自漢以降，乃有古詩、樂府之分別，並舉〈青青河畔草〉為文人擬之，雖為樂府別支，但仍為樂府，更引《文選注》書寫古詩時，多稱其為「枚乘樂府」，故推斷「《十九首》亦樂府也」。

　　然而，王士禎卻不以為然，仍認為《古詩十九首》為古詩，其論述可見《師友詩傳續錄》：

　　（劉大勤）問：「樂府何以別於古詩？」

　　（阮亭）答：「如〈白頭吟〉、『日出東南隅』、『孔雀東南飛』

〔註16〕〔清〕馮班：《鈍吟雜錄・古今樂府論》，收錄於丁福保編：《清詩話》，頁37〜39。

〔註17〕〔清〕馮班：《鈍吟雜錄・正俗》，收錄於丁福保編：《清詩話》，頁42〜43。

等篇，是樂府，非古詩。如《十九首》、『蘇李錄別』，是古
詩，非樂府。可以例推。」〔註18〕

王士禎同樣舉漢代詩歌爲例證，說明〈白頭吟〉、〈日出東南隅〉、〈孔
雀東南飛〉等具有質樸、遒勁之風格者，爲樂府；而《十九首》、〈蘇
李錄別〉等風格高古〔註19〕、「驚心動魄，一字千金」〔註20〕者，則
爲古詩，非樂府。

　　此外，費錫璜以解詩角度論之，在《漢詩總說》提出：

漢詩有前後絕不相蒙者，如：「東城高且長」、「天上何所
有」、「青青河畔草」，未可強合，亦不必以後人貫串法曲爲
古人斡旋。疑此等詩有前解後解之別，可分可合。如「十
五從軍征」在《古詩三首》內，則至「淚落沾我衣」爲一
首，在樂府則分爲數解；《十九首》內分入樂府散爲解者甚
多。他如〈白頭吟〉、〈塘上行〉，或增或減，多讀古詩自得
之。今小曲每割諸曲合唱，亦是此意。〔註21〕

費錫璜認爲詩可分可合，正如樂府可分數解，使諸曲可合唱，此正可
爲《玉臺新詠・枚乘雜詩九首》將〈行行重行行〉自「相去日已遠」
下，分爲二首，將〈庭中有奇樹〉接續〈蘭若生朝陽〉，二首合而爲
一，以及張伯起《文選纂註》將〈東城高且長〉自「燕趙多佳人」下，
分爲二首等等作出解釋。

〔註18〕〔清〕王士禎：《師友詩傳續錄》，第十三條，收錄於丁福保編：《清
　　　　詩話》，頁 151。
〔註19〕張實居論《古詩十九首》與〈蘇李河梁〉氣味高古：「至於『蘇李
　　　　河梁』詩，可與《十九首》相頡頏。東坡先生謂爲僞作，亦必有
　　　　見。然氣味高古，縱不出蘇、李，定漢之高手所擬。」詳見〔清〕
　　　　王士禎等：《師友詩傳錄》，第二條，收錄於丁福保編：《清詩話》，
　　　　頁 127。
〔註20〕王士禎引鍾嶸之語，論《古詩十九首》與〈蘇李河梁〉：「『河梁』之
　　　　作，與《十九首》同一風味，皆所謂驚心動魄，一字千金者也。」
　　　　詳見〔清〕王士禎等：《師友詩傳錄》，第二條，收錄於丁福保編：《清
　　　　詩話》，頁 126。
〔註21〕〔清〕費錫璜：《漢詩總說》，第十六條，收錄於丁福保編：《清詩話》，
　　　　頁 945～946。

　　由此可發現，清人對《古詩十九首》版本的考究不若明人之詳盡，馮班將《古詩十九首》斷爲樂府者，提出不同以往的見解，然而王士禎以同爲漢代之詩歌做舉證判別古詩和樂府之別，亦間接推翻了馮班之論，對《十九首》仍承繼歷來定位爲古詩之見。而對於歷來《十九首》詩句劃分或分或合之版本歧異，費錫璜不同於明人推許《文選》爲正，以辭氣和文意去判別，而是從樂府解詩的觀點去論詩歌本可分可合，亦可作爲明人之見的佐證。

二、情辭之探討：承襲明代，統而論之

　　對於《古詩十九首》在情辭的經營上，明人論述詳盡，並予以極高的評價。〔註22〕但到了清代，各家不再逐篇或主題式探討，多改採先提出自己的論詩觀點，再舉例來證之，故對《古詩十九首》僅概括論之。雖是概括而論，但清人對《十九首》的評價仍承繼明人之見，無論就其內容、句法、格律、風格等，皆予以肯定。

（一）贊同內容「能融情入景」

　　清人對《古詩十九首》的內容評述，大抵關注《十九首》作者於詩中所論之事、所抒之情，以及詩所反映之景況等三面向，茲將其論分述於下。

　　對於詩中所論之事，王夫之認爲「一詩止於一時一事」、「止以一筆入聖證」最好，其論道：

> 一詩止於一時一事，自《十九首》至陶、謝皆然。「變府孤城落日斜」，繼以「月映荻花」，亦自日斜至月出，詩乃成耳。若杜陵長篇，有歷數月日事者，合爲一章，《大雅》有此體。後唯〈焦仲卿〉、〈木蘭〉二詩爲然。要以從旁追敘，非言情之章也。爲歌行則合，五言固不宜爾。〔註23〕

〔註22〕相關論述詳見本論文第二章第二節「《古詩十九首》情辭經營論述」。
〔註23〕〔清〕王夫之：《薑齋詩話》卷下，第八條，收錄於丁福保編：《清詩話》，頁9。

王子敬作一筆草書，遂欲跨右軍而上。字各有形坼，不相
因仍，尚以一筆爲妙境，何況詩文本相承遞耶？一時、一
事、一意，約之止一兩句；長言永歎，以寫纏綿悱惻之情，
詩本教也。《十九首》及「上山采蘼蕪」等篇，止以一筆
入聖證。自潘岳以凌雜之心，作蕪亂之調，而後元聲幾熄。
唐以後間有能此者，多得之絕句耳。一意中但取一句，「松
下問童子」是已。如「怪來妝閣閉」，又止半句，愈入化
境。近世郭奎「多病文園渴未消」一絕，髣髴得之。劉伯
溫、楊用修、湯義仍、徐文長有純淨者，亦無歇筆。至若
晚唐餖湊，宋人支離，俱令生氣頓絕。「承恩不在貌，教
妾若爲容。風暖鳥聲碎，日高花影重。」醫家名爲關格，
死不治。〔註24〕

王夫之認爲「長言永歎，以寫纏綿悱惻之情，詩本教也」，故以詩來
寫情必須「一詩止於一時一事」、「止以一筆入聖證」爲佳，如此才能
將其情表露無疑。而《古詩十九首》正以此法成詩，一首詩止以一筆
寫成一時、一事，故符合王夫之所言，無非是抒情的佳作。此外，從
上述王夫之論中，亦得知王夫之認爲《古詩十九首》的內容篇篇皆是
抒情之作，此正呼應明人論其「首首皆情」〔註25〕之觀點。

　　對於明人「首首皆情」之論點，清人吳喬亦有所承繼，在《答萬
季埜詩問》論道：

問：「詩唯情景，其用處何如？」答曰：「《十九首》言情者
十之八，敍景者十之二。建安之詩，敍景已多，日甚一日。
至晚唐有清空如話之說，而少陵如『暫往北鄉去』等，卻
又全不敍景。在今卑之無甚高論，但能融景入情，如少陵
之『近淚無乾土，低空有斷雲』，寄情於景；如嚴維之『柳
塘春水漫，花塢夕陽遲』，哀樂之意宛然，斯盡善矣。明人

〔註24〕　〔清〕王夫之：《薑齋詩話》卷下，第二十三條，收錄於丁福保編：
　　　　　《清詩話》，頁 13。
〔註25〕　〔明〕陸時雍：《詩鏡總論》，收錄於周維德集校：《全明詩話》，第
　　　　　六冊，頁 5116。

於此，大不留心，所以無味。」〔註26〕

吳喬同意《古詩十九首》「首首皆情」之論，並進一步將《十九首》分析，以爲每首中皆有十分之八爲抒情，十分之二爲敘景，並認爲詩雖有情有景，但「能融情入景」、「寄情於景」爲佳，感嘆建安以降，敘景詩日甚一日。

　　而陳祚明更進一層論《古詩十九首》的抒情藝術，在《采菽堂古詩選》分析道：

> 《十九首》所以爲千古至文者，以能言人同有之情也。……逐臣棄妻與朋友闊絕，皆同此旨。故《十九首》唯此二意，而低迴反復，人人讀之，皆若傷我心者，此詩所以爲性情之物。而同有之情，人人各具，則人人本自有詩也；但人有情而不能言，即能言而言不能盡，故特推《十九首》以爲至極。……《十九首》善言情，惟是不使情爲逕直之物，而必取其宛曲者以寫之，故言不盡而情則無不盡。〔註27〕

指出《古詩十九首》道出人類之共同感情，而抒情方式委婉含蓄，「故言不盡而情則無不盡」。

　　而對於《古詩十九首》所抒之情，其中第二首〈青青河畔草〉其情淫鄙，常爲人所詬病，而王夫之在論「豔詩」時，論道：

> 豔詩有述歡好者，有述怨情者，《三百篇》亦所不廢；顧皆流覽而達其定情，非沈迷不反，以身爲妖冶之媒也。嗣是作者，如「荷葉羅裙一色裁」，「昨夜風開露井桃」，皆豔極而有所止。至如太白〈烏栖曲〉諸篇，則又寓意高遠，尤爲雅奏。其述怨情者，在漢人則有「青青河畔草，鬱鬱園中柳」，唐人則「閨中少婦不知愁」、「西宮夜靜百花香」，婉孌中自矜風軌。迨元、白起，而後將身化作妖冶女子，

〔註26〕〔清〕吳喬：《答萬季埜詩問》，第二十四條，收錄於丁福保編：《清詩話》，頁33～34。

〔註27〕〔清〕陳祚明：《采菽堂古詩選》，卷之三〈漢三〉，收錄於《續修四庫全書》編纂委員會編：《續修四庫全書·集部·總集類》，（上海：上海古籍出版社，據遼寧省圖書館藏明刻本影印原書，2005年），第1590冊，頁642。

備述衾裯中醜態。杜牧之惡其蠱人心，敗風俗，欲施以典
刑，非已甚也。近則湯義仍屢爲泚筆，而固不失雅步。唯
譚友夏渾作青樓淫咬，鬚眉盡喪；潘之恆輩又無論已。《清
商曲》起自晉、宋，蓋里巷淫哇，初非文人所作，猶今之
〈劈破玉〉、〈銀紐絲〉耳。操觚者即不惜廉隅，亦何至作
〈懊儂歌〉、〈子夜〉、〈讀曲〉？〔註28〕

王夫之認爲「豔詩」並非淫鄙之詩，在於「非沈迷不反」、「豔極而有
所止」、「婉孌中自矜風軌」，故亦可爲寓意高遠的「雅奏」，是《三百
篇》所不廢。王夫之將〈青青河畔草〉視爲「豔詩」，而不論其情淫
鄙，正是同意了明人「未必本乎情之正」〔註29〕之論點，因其情能於
「婉孌中自矜風軌」，故未詬病之。

　　而費錫璜則由詩中意象推論寫作背景，在《漢詩總說》提出：

〈雞鳴〉、〈相逢行〉「青青陵上柏」諸詩，讀之見太平景象，
人民熙皞，上至王侯第宅，下至平康、北里，皆優游宴樂，
爲盛世之音。迄〈五噫〉、〈於忽操〉等詩作，遂多衰世之
感；漢詩至此，不可讀矣。〔註30〕

費錫璜將漢詩所抒之情分爲盛世之音與衰世之感，而《古詩十九首》中
的〈青青陵上柏〉極寫王侯第宅、宴會娛樂，是爲盛世之音，故可讀之。

　　然而從〈青青陵上柏〉太平景象中，亦襯托作者內心之無奈：在
太平盛世中卻未能出仕，一展抱負。作者驅車到京城，應是爲求一官
半職，然卻只能「遊戲」，詩末雖言官宦之間勾心鬥角，自己何必「戚
戚何所迫」來作排解，但事實上作者又何嘗不想一朝躋身官宦之列，
故作者愈是營造太平盛世、愈是不在乎，就愈凸顯、反襯出心中失志
鬱悶之愁緒。

〔註28〕〔清〕王夫之：《薑齋詩話》卷下，第四十六條，收錄於丁福保編：
　　　《清詩話》，頁21。
〔註29〕〔明〕許學夷：《詩源辯體》卷三〈漢魏總論　漢〉，收錄於周維德
　　　集校：《全明詩話》，第四冊，頁3206。
〔註30〕〔清〕費錫璜：《漢詩總說》，第十八條，收錄於丁福保編：《清詩話》，
　　　頁946。

　　經由上述，可知清人分析《古詩十九首》之內容，接受了明人評之「首首皆情」、「未必本乎情之正」之論點，並對此論再做一番整體論述：詩寫情須「止於一時一事」、「止以一筆入聖證」，並且要「能融情入景」、「寄情於景」，並認為〈青青河畔草〉為「豔詩」，並非淫鄙之詩，正因其情「婉變中自矜風軌」，故無須詬病之。

（二）提出句法、格律「水到渠成，無定法」

　　對於《古詩十九首》的句法和格律，清人較重視其疊字、重句、換韻的情況，以下分述之。

　　王夫之《薑齋詩話》中論及疊字時，說道：

> 用複字者，亦形容之意，「河水洋洋」一章是也。「青青河畔草，鬱鬱園中柳」，顧用之以駘宕。善學詩者，何必有所規畫以取材？〔註31〕

王夫之認為疊字的運用，乃作為形容，並以為疊字之用於詩中並非「有所規畫以取材」，而是自然而然呈現。換句話說，疊字在詩句中的出現，是情有所至，故有所形容，是真情流露、自然而然呈現，而非矯情、遊戲之作。此正是承繼了明人「平平道出，且無用工字面」〔註32〕之論，然而明人視疊字為小疵，故有「古詩歌不當以小疵棄之」〔註33〕之語，但王夫之卻不以為然，進一步將疊字與情感自然流露做結合，更能道出詩之韻致。

　　而對於重句，費錫璜《漢詩總說》則論：

> 詩文家不可重複說。此最為俗論。如「行行重行行」，下云「與君生別離」，又云「相去萬餘里，各在天一涯」，又云「道路阻且長」，又云「相去日以遠」，在今人必訝其重複。

〔註31〕〔清〕王夫之：《薑齋詩話》卷上，第十五條，收錄於丁福保編：《清詩話》，頁6。

〔註32〕〔明〕謝榛：《四溟詩話》卷三，收錄於周維德集校：《全明詩話》，第二冊，頁1338。

〔註33〕〔明〕許學夷：《詩源辯體》卷三〈漢魏總論　漢〉，收錄於周維德集校：《全明詩話》，第四冊，頁3206。

「昭昭素明月，光輝燭我牀」，曰「昭昭」，又曰「素」，又
曰「明」，又曰「光輝」。〈滿歌行〉亦重疊言之；他詩不可
枚舉。漢人皆不以爲病。自疊牀架屋之說興，詩文二道皆
單薄寡味矣。〔註34〕

此論正可與明人論述相呼應，皆認爲漢魏詩歌不避重句、不以爲病，
乃因其「格古調高，句平意遠，不尙難字，而自然過人」〔註35〕，故
能「不害於大義」〔註36〕、「不害爲古」〔註37〕，而這樣的重句造成
了詩歌迴環往復、情感層層堆疊的效果。但自建安以降，著墨於字句
堆垛，漢魏以前的高古、自然格調盡喪，故乃盼後學當戒重句。

　　至於探討換韻的情況，則可見於王士禎等人在《師友詩傳錄》的
討論：

（郎廷槐）問：「五古亦可換韻否？如可換韻，其法何如？」

阮亭答：「五言古亦可換韻，如古〈西洲曲〉之類。唐李太
白頗有之。」

歷友答：「五古換韻，《十九首》中已有。然四句一換韻者，
當以〈西洲曲〉爲宗。此曲係梁祖蕭衍所作，而《詩歸》
誤入晉無名氏，不知何據也。」

蕭亭答：「《十九首》『行行重行行』、『冉冉生孤竹』（按：
「冉冉生孤竹」應作「冉冉孤生竹」）、『生年不滿百』皆
換韻。魏文帝〈雜詩〉『棄置勿復陳，客子常畏人』、曹子
建『去去勿復道，沈憂令人老』，皆末二句換韻，不勝屈
指。一韻氣雖矯健，換韻意方委曲。有轉句即換者，有承
句方換者，水到渠成，無定法也。要之，用過韻不宜重用，

〔註34〕〔清〕費錫璜：《漢詩總說》，第三十三條，收錄於丁福保編：《清詩
　　　　話》，頁948。

〔註35〕〔明〕謝榛：《四溟詩話》卷四，收錄於周維德集校：《全明詩話》，
　　　　第二冊，頁1359。

〔註36〕同上註。

〔註37〕〔明〕王世貞：《藝苑巵言》卷三，收錄於周維德集校：《全明詩話》，
　　　　第三冊，頁1908。亦見〔明〕茅一相：《欣賞詩法·詩評《藝苑巵言》》，
　　　　收錄於周維德集校：《全明詩話》，第三冊，頁2125。

嫌韻不宜聯用也。」〔註38〕
對五言古詩是否可換韻的情況做了一番論述，王士禎（阮亭）肯定五
言古詩可換韻，以古〈西洲曲〉、盛唐李白為例，張篤慶（歷友）更
上推至《古詩十九首》，而張實居（蕭亭）指出《古詩十九首》換韻
篇章，並進一步說明一韻到底的篇章「氣矯健」，但換韻較能顯現其
「意委曲」，故只須把握「用過韻不宜重用，嫌韻不宜聯用」，其餘則
隨「意」而轉韻，故曰「水到渠成，無定法也」。

由此可見，清人對詩歌換韻的討論是肯定五言古詩可換韻，而所
舉例者皆以唐代以前為主，並著重換韻的作法和效果，較諸明代略有
不同：明代胡震亨肯定七言古詩以換韻為佳，但認為五言古詩反以不
換韻為正；明人馮復京亦道「古詩大抵一韻成篇」〔註39〕，而《古詩
十九首》中〈行行重行行〉和〈生年不滿百〉雖換韻，但皆「神氣渾
融，不見轉換痕迹」〔註40〕，可見馮氏雖肯定了五古換韻，但所舉之
例僅《古詩十九首》和漢樂府，而肯定的前提乃是詩歌之「神氣渾融」，
至於對唐人作詩換韻則認為「遞送艱而音節舛」〔註41〕，故不提倡。

（三）綜論風格「元氣結成」、「簡質渾厚」

對《古詩十九首》的情辭所呈現之風格上，明人予以極高的評價，
在其詩話中屢見不鮮，並反覆探究，如：對於其情評以「意復寬大」
〔註42〕、「雅淡溫厚」〔註43〕、「委婉悠圓」〔註44〕之語，對於其辭評

〔註38〕〔清〕王士禎等：《師友詩傳錄》，第十四條，收錄於丁福保編：《清
　　　　詩話》，頁136～137。
〔註39〕〔明〕馮復京：《說詩補遺》卷一，收錄於周維德集校：《全明詩話》，
　　　　第五冊，頁3846。
〔註40〕同註39。
〔註41〕同註39。
〔註42〕〔明〕陳沂：《拘虛詩談》，收錄於周維德集校：《全明詩話》，第一
　　　　冊，頁674。
〔註43〕同上註。
〔註44〕〔明〕許學夷：《詩源辯體》卷三〈漢魏總論　漢〉，收錄於周維德
　　　　集校：《全明詩話》，第四冊，頁3205、3206、3226。

以「渾融無迹」〔註45〕、「結構天然」〔註46〕、「愈平愈奇」〔註47〕
之論，故認為《古詩十九首》「非才高者不能」等等。〔註48〕

　　至清代，對於《古詩十九首》的風格評價承襲了明人的見解，然
而焦點不同於明人的情辭並重，清人對其評價多在於辭的經營，茲探
討如下。

　　首先，可見宋犖在《漫堂說詩》引用並認同王士禛之評語──「如
天衣無縫」：

> 五言古，漢、魏、晉、宋，名篇甚夥。獨蘇、李《十九首》
> 另為一派。阮亭云：「如天衣無縫；後之作者，求之鍼縷
> 襞積之間，非愚則妄。」誠哉知言。阮嗣宗〈咏懷〉，陳
> 子昂〈感遇〉，李太白〈古風〉，韋蘇州〈擬古〉，皆得《十
> 九首》遺意。于鱗云：「唐無古詩而有其古詩。」彼厪以
> 蘇、李《十九首》為古詩耳，然則子昂、太白諸公，非古
> 詩乎？余意歷代五古，各有擅場，不第唐之王、孟、韋、
> 柳，即宋之蘇軾、黃庭堅、梅堯臣、陸游（小字為編者加註），
> 要是斐然；而必以少陵為歸墟。昔人詩評：杜工部如周公
> 制作，後世莫能擬議。蓋篤論也。至杜之〈北征〉、〈詠懷〉，
> 韓之〈南山〉諸大篇，尤宜熟誦，以開拓其心胸。〔註49〕

認為五言古詩名篇甚多，而《古詩十九首》不同於其他，乃在於情辭
之經營「天衣無縫」，並肯定阮嗣宗〈咏懷〉、陳子昂〈感遇〉、李太
白〈古風〉、韋蘇州〈擬古〉等「皆得《十九首》遺意」，故認為「歷

〔註45〕〔明〕胡應麟：《詩藪》內編卷一〈古體上　雜言〉，收錄於周維德
　　　　集校：《全明詩話》，第三冊，頁2497。
〔註46〕〔明〕胡應麟：《詩藪》內編卷二〈古體中　五言〉，收錄於周維德
　　　　集校：《全明詩話》，第三冊，頁2504。
〔註47〕〔明〕馮復京：《說詩補遺》卷二，收錄於周維德集校：《全明詩話》，
　　　　第五冊，頁3859。
〔註48〕相關論述詳見本論文第二章第二節之「三、『蓄神奇於溫厚，寓感愴
　　　　於和平』之風格」。
〔註49〕〔清〕宋犖：《漫堂說詩》，第五條，收錄於丁福保編：《清詩話》，
　　　　頁417。

代五古，各有擅場」，此正間接推許了《古詩十九首》。

其次，黃子雲於《野鴻詩的》評《古詩十九首》風格爲「平淡」：

> 理明句順，氣斂神藏，是謂平淡。如《十九首》豈非平淡乎？苟非絢爛之極，未易到此。竊見詩家誤以淺近爲平淡，畢世作不經意、不費力，皮殼數語，便栩栩自以爲歷陶、韋之奧，可慨也已。〔註50〕

所謂「平淡」乃是「理明句順，氣斂神藏」——情理明白、字句曉暢，而非「淺近」；氣神有所節度，而非「不經意」、「不費力」。正呼應了明代謝榛「《古詩十九首》，平平道出，且無用工字面，若秀才對朋友說家常語，略不作意」〔註51〕之語。

而對於「氣」的觀點，費錫璜在《漢詩總說》則進一步提出「元氣結成」：

> 有謂：「東風搖百草」、「秋草淒以綠」已逗六朝門徑；又有崇取「古歡」、「新心」等字以爲生別。不知古詩渾渾浩浩，純是元氣結成，若以字句求之，眞是囈語。〔註52〕

擷取《古詩十九首》詩句以提出古詩「元氣結成」的看法，但對於「元氣」一詞未有定義，僅以此來說明古詩不得以分析字句來探究其意。

清人對於《古詩十九首》之風格評價，到了施補華《峴傭說詩》則論道：

> 五言古詩，厥體甚尊，《三百篇》後，此其繼起，以簡質渾厚爲正宗。蘇、李贈答、《古詩十九首》後，爲陳思諸作及

〔註50〕〔清〕黃子雲：《野鴻詩的》，第十六條，收錄於丁福保編：《清詩話》，頁850。

〔註51〕〔明〕謝榛：《四溟詩話》卷三，收錄於周維德集校：《全明詩話》，第二冊，頁1338。

〔註52〕〔清〕費錫璜：《漢詩總說》，第三十四條，收錄於丁福保編：《清詩話》，頁948。

　　阮公〈詠懷〉、子昂〈感遇〉等篇，不踰分寸。餘皆或出或

　　入，不能一致也。〔註53〕

間接地予以《古詩十九首》「簡質渾厚」的評價，正綜合了前三者「如
天衣無縫」、「平淡」、「元氣結成」等論述。

　　然而，清人無論是「簡質渾厚」，或是「如天衣無縫」、「平淡」、
「元氣結成」等評論，皆偏向對《古詩十九首》字辭方面的討論。較
諸明人之評述，清人雖提出了「氣」的論點，但仍不脫明人之見——
「隨語成韻，隨韻成趣，辭藻氣骨，略無可尋，而興象玲瓏，意致深
婉，眞可以泣鬼神，動天地……蓄神奇於溫厚，寓感愴於和平。意愈
淺愈深，詞愈近愈遠。篇不可句摘，句不可字求。」〔註54〕而在闡述
上亦不若明人列舉句法、音韻等具體地評論，反以間接評述、概論爲
主。

　　但這種予以《古詩十九首》之「自然」評價，在清代出現了反對
聲浪，如：陳祚明在《采菽堂古詩選》曾批評道：

　　後人不知，但謂《十九首》以自然爲貴，乃其經營慘淡，

　　則莫能尋之矣。〔註55〕

正是對明、清以來評論《十九首》「自然」者不以爲然，其旨在「提
醒人們，不可藉古詩之『自然』，而忽視對其『經營慘淡』處的追尋，
否則就是放棄了詩歌批評的職責」〔註56〕。然而，反觀明、清二代並
不因評價《十九首》「無階級可尋」〔註57〕、「神氣渾融」〔註58〕、「天

〔註53〕　〔清〕施補華：《峴傭說詩》，第二十四條，收錄於丁福保編：《清詩
　　　　　話》，頁 976。
〔註54〕　〔明〕胡應麟：《詩藪》內編卷二〈古體中　五言〉，收錄於周維德
　　　　　集校：《全明詩話》，第三冊，頁 2502～2503。
〔註55〕　〔清〕陳祚明：《采菽堂古詩選》，卷之三〈漢三〉，收錄於《續修四
　　　　　庫全書》編纂委員會編：《續修四庫全書・集部・總集類》，第 1590
　　　　　冊，頁 642。
〔註56〕　陳斌：〈論清初陳祚明對《古詩十九首》抒情藝術的發微〉，(《中國
　　　　　韻文學刊》，第 20 卷第 4 期，2006 年 12 月)，頁 16。
〔註57〕　〔明〕王世貞：《藝苑巵言》卷一，收錄於周維德集校：《全明詩話》，
　　　　　第三冊，頁 1889。亦見〔明〕周子文：《藝藪談宗》卷之四〈藝苑巵

衣無縫」、「元氣結成」、「簡質渾厚」等等，就不再考究《十九首》之情辭，是故清代此反對之語，可視爲對當代、後世之警惕，亦可說明明、清二代多以「自然」等論來評述《十九首》。

三、論承上啓下：總體評述，觀點稍異

　　明人重視《古詩十九首》承上啓下的作用，認爲其內容能「意復寬大」、「溫厚雅淡」，是「有騷之遺音」〔註59〕，亦「極得《三百篇》遺意」〔註60〕、「清婉之微旨」〔註61〕，而其情感表現具「風人之體」〔註62〕更是承續了《左傳》的「風人意旨」〔註63〕而成。而《古詩十九首》對後世的影響甚鉅，襲擬之作汗牛充棟，然而卻因剽竊失去了古詩格調，唯有李陵、蘇武、曹植、陶潛、杜甫能得其精神。此外，重視分辨體式，推崇漢代五古，並鑑於宋人作詩之弊，明人詳論《十九首》之內容與作法，並以之爲學詩、作詩之圭臬。

　　經明人詳細地分析後，清人對於《古詩十九首》承上啓下的作用，大抵而言，承襲了前朝的見解，以簡要的論述呈現，並試著進一步從不同的觀點去討論。是故，在《古詩十九首》承襲和影響之闡述上，另從詩歌傳承變化、道統來論之，對時人學詩、作詩的觀點亦產生了分歧的情況。茲就清代詩話所論及《古詩十九首》之承襲與影響、習

　　　　言〉，收錄於周維德集校：《全明詩話》，第四冊，頁3068。
〔註58〕〔明〕馮復京：《說詩補遺》卷一，收錄於周維德集校：《全明詩話》，第五冊，頁3846。
〔註59〕〔明〕陳沂：《拘虛詩談》，收錄於周維德集校：《全明詩話》，第一冊，頁674。
〔註60〕〔明〕王世貞：《藝苑卮言》卷二，收錄於周維德集校：《全明詩話》，第三冊，頁1896。
〔註61〕〔明〕王世貞：《藝苑卮言》卷二，收錄於周維德集校：《全明詩話》，第三冊，頁1897。
〔註62〕〔明〕陳沂：《拘虛詩談》，收錄於周維德集校：《全明詩話》，第一冊，頁674。
〔註63〕〔明〕冒愈昌：《詩學雜言》卷上，收錄於周維德集校：《全明詩話》，第四冊，頁2803。

詩之圭臬，分爲兩面向陳述於下。

（一）承中有異，究其道統

在探討《古詩十九首》的承襲和影響上，明人就《十九首》情辭風格做了溯源，並關注其對後世的影響，同時亦分辨「剽竊模擬」〔註64〕與「偶合古語」〔註65〕之別，論述精闢。

而清人在探究《古詩十九首》的承襲和影響上，大抵與明人無異，例如：談及《十九首》之源流，亦追溯至《詩經》，如王夫之《薑齋詩話》論道：

> 「采采芣苢」，意在言先，亦在言後，從容涵泳，自然生其氣象。即五言中，《十九首》猶有得此意者。陶令差能彷彿，下此絕矣。「采菊東籬下，悠然見南山」，「眾鳥心有託，吾亦愛吾廬」，非韋應物「兵衛森畫戟，燕寢凝清香」所得而問津也。〔註66〕

指出《古詩十九首》承襲《詩經》「意在言先，亦在言後，從容涵泳，自然生其氣象」之風格，正與明人所言《十九首》承襲了《詩經》的「清婉微旨」、「意復寬大」相似。對此，王夫之更進一步以「興、觀、群、怨」來論之：

> 興、觀、羣、怨，詩盡於是矣。經生家析〈鹿鳴〉、〈嘉魚〉爲羣，〈柏舟〉、〈小弁〉爲怨，小人一往之喜怒耳，何足以言詩？「可以」云者，隨所以而皆可也。《詩三百篇》而下，唯《十九首》能然。李杜亦髣髴遇之，然其能俾人隨觸而皆可，亦不數數也。又下或一可焉，或無一可者。故許渾

〔註64〕〔明〕王世貞：《藝苑巵言》卷四，收錄於周維德集校：《全明詩話》，第三冊，頁1929。亦見〔明〕周子文：《藝藪談宗》卷之四〈藝苑巵言〉，收錄於周維德集校：《全明詩話》，第四冊，頁3087。以及〔明〕胡震亨：《唐音癸籤》卷四〈法微三〉，收錄於周維德集校：《全明詩話》，第五冊，頁3613。

〔註65〕同前註。

〔註66〕〔清〕王夫之：《薑齋詩話》卷上，第三條，收錄於丁福保編：《清詩話》，頁4。

　　　　允爲惡詩，王僧孺、庾肩吾及宋人皆爾。〔註67〕

王夫之此論正爲明人所言「清婉微旨」、「意復寬大」等作了分析：以「興、觀、群、怨」四者論述《詩經》，並認爲重點在於「可以」二字，因爲「隨所以而皆可」。此亦呼應了明人王世懋所論《詩經》之「觸物比類，宣其性情，恍惚游衍，往往無定」、「人自爲說」〔註68〕的特色。是故，明、清二代在溯源的同時，亦肯定了《古詩十九首》情辭風格承襲自《詩經》。

　　而清人與明人論述不同之處，在於較爲重視復古、體式、道統、擬古（按其論述提出先後排序）等的辨析，首見於宋大樽《茗香詩論》：

　　　　太白有云：「將復古道，非我而誰！」古道必何如而復也？
　　　　《三百》後有《補亡》，《離騷》後有《廣騷》、《反騷》、蘇
　　　　李贈答、《古詩十九首》，樂府後有雜擬，非復古也，勦說
　　　　雷同也。《三百》後有《離騷》，《離騷》後有蘇李贈答、《古
　　　　詩十九首》，蘇李贈答、《古詩十九首》外有樂府，後有「建
　　　　安體」，有嗣宗〈詠懷詩〉，有陶詩，陶詩後有李、杜，乃
　　　　復古也，擬議以成其變化也。或且患其流而塞其源；病其
　　　　末而刈其本，蒙竊惑焉。夫古道何爲其不可復也？〔註69〕

是爲「雜擬」與「復古」的分辨：「雜擬」爲「勦說雷同」〔註70〕；「復古」乃風格相承，有其變化。在「復古」之論中，間接指出《古詩十

〔註67〕〔清〕王夫之：《薑齋詩話》卷下，第一條，收錄於丁福保編：《清詩話》，頁8。

〔註68〕〔明〕王世懋：《藝圃擷餘》，收錄於周維德集校：《全明詩話》，第三冊，頁2151。亦見〔明〕周子文：《藝藪談宗》卷之六〈藝圃擷餘〉，收錄於周維德集校：《全明詩話》，第四冊，頁3123。

〔註69〕〔清〕宋大樽：《茗香詩論》，第六條，收錄於丁福保編：《清詩話》，頁103～104。

〔註70〕在此論中，宋大樽主要爲說明「復古」，「雜擬」非其主要論點，故對其未有進一步的說明。而對於「雜擬」，則於其後汪師韓在《詩學纂聞》中有所論析，因考量本節撰述脈絡，其論述置於本節後文做說明。

九首》上承《詩經》、《楚辭》，下啓「建安體」、陶、李、杜詩。而其
後文再對《古詩十九首》有如下的讚許：

> 前人謂孔氏之門如有詩，則公幹升堂，思王入室，景陽、
> 潘、陸，自可坐於廊廡之間。噫！是何言也？以漢之樂府
> 古歌辭升堂，《十九首》入室，廊廡之間坐陶、杜，庶幾得
> 之。〔註71〕

可知其認爲《古詩十九首》雖影響陶、杜詩，但陶、杜詩仍有所不及，
其推許《古詩十九首》可見一斑。

其次，沈德潛《說詩晬語》論體式傳承、變化，間接道出《古詩
十九首》的承上啓下，其論道：

> 《風》、《騷》既息，漢人代興，五言爲標準矣。就五言中
> 較然兩體；蘇、李贈答，無名氏《十九首》是古詩體。〈廬
> 江小吏妻〉、〈羽林郎〉、〈陌上桑〉之類，是樂府體。〔註72〕
> 蘇、李《十九首》後，五言最勝。大率優柔善入，婉而多
> 風。少陵才力標舉，縱橫揮霍，詩品又一變矣。要其感時
> 傷亂，憂黎元，希稷、卨，生平抱負，悉流露於楮墨間，
> 詩之變，情之正也。宜新寗高氏，別爲大家。〔註73〕

沈德潛就五言體式變化，間接帶出《古詩十九首》的承襲與影響，和
其他清人同樣指出了上承《詩經》、《楚辭》，下啓杜詩。

由此可發現，《古詩十九首》的流變，明、清兩代說法無別，而
清代葉燮在《原詩》進一步指出這些相承的差異處：

> ……漢蘇、李始創爲五言，其時又有亡名氏之《十九首》，
> 皆因乎《三百篇》者也；然不可謂即無異於《三百篇》，而
> 實蘇、李創之也。建安、黃初之詩，因於蘇、李與《十九

〔註71〕　〔清〕宋大樽：《茗香詩論》，第十七條，收錄於丁福保編：《清詩話》，
　　　　頁106。
〔註72〕　〔清〕沈德潛：《說詩晬語》卷上，第四十七條，收錄於丁福保編：
　　　　《清詩話》，頁530。
〔註73〕　〔清〕沈德潛：《說詩晬語》卷上，第七十五條，收錄於丁福保編：
　　　　《清詩話》，頁534。

> 首》者也；然《十九首》止自言其情，建安、黃初之詩，
> 乃有獻酬、紀行、頌德諸體，遂開後世種種應酬等類，則
> 因而實爲創，此變之始也……。〔註74〕

指出相承中仍有變化，《古詩十九首》「不可謂即無異於《三百篇》」，
而《十九首》與建安、黃初詩相較，則可發現內容多爲「止自言其情」，
不同於建安、黃初詩之類別多樣。

　　無獨有偶，黃子雲以「道統」觀點論詩，間接呼應了葉燮的論點，
其在《野鴻詩的》論道：

> 詩有道統，不可不究其所自。姑綜其要而言：《風》《騷》
> 之外，於漢曰《十九首》，曰蘇、李，於魏曰曹、劉，於晉
> 曰左、阮、淵明，於宋曰鮑、謝，於齊曰玄暉，於梁曰仲
> 言，於陳曰子堅、孝穆，於周曰子山，之數公者，雖各自
> 爲一家言，而正始之緒，截然不紊。〔註75〕

指出不同朝代之詩，各有不同的風格，然而雖各有差異，但究其源，
皆歸於一，於是提出「詩有道統」的觀點。同時，由此舉例中，亦可
知悉黃子雲對《古詩十九首》承上啓下的看法。

　　經由上述，可知清人對於《古詩十九首》傳承之見解，多半主張
承自《詩經》、《楚辭》，並影響陶潛、杜甫等等，並有論者進一步提
出相承中有異同的觀點。而詩歌的傳承，除風格相承（即：前文宋大
樽所論之「復古」）外，尚有仿效模擬（即：前文宋大樽所論之「雜
擬」）。對於後世仿擬的論述，汪師韓在論及雜擬與雜詩之別時，有進
一步的說明，見於《詩學纂聞》：

> 《選詩》以〈雜詩〉、〈雜擬〉分爲二類。雜詩者，《十九首》、
> 蘇、李詩及諸家雜詩是也。雜擬者，凡〈擬古〉、〈傚古〉
> 諸詩是也。擬古類取往古名篇，規摹其意調，其止一二首
> 者，既直題曰擬某篇，而其擬作多者則雖概題曰擬古，仍

〔註74〕〔清〕葉燮：《原詩》卷一〈內篇上〉，收錄於丁福保編：《清詩話》，
　　　　頁566。

〔註75〕〔清〕黃子雲：《野鴻詩的》，第七條，收錄於丁福保編：《清詩話》，
　　　　頁848。

於每篇之前，一一標題所擬者爲何篇……。《文選》所載陸
士衡〈擬古詩〉十二首，……劉休元〈擬古詩〉二首，……
無不顯然示人，是以謂之擬，此意後人不識也。……有唐
一代，惟韋蘇州〈擬古〉八首，古意獨存，如「辭君遠行
邁」、「黃鳥何關關」、「綺樓何氛氳」、「嘉樹靄初綠」、「月
滿秋夜長」、「春至林木變」、「有客天一方」、「白日淇上沒」，
後人刻韋詩者，但存〈擬古〉之題，而於每首所擬篇名概
從刪削，後人遂不知其旨趣所在。……〈雜詩〉從其異，
故六子皆有雜詩，而義各不同；〈雜擬〉從其同，故謝、陸
諸人皆依古以爲式也。宋洪文惠适〈擬古詩〉，每篇首句直
用古詩，如「明月皎夜光」、「冉冉孤生竹」、「迢迢牽牛星」、
「青青河畔草」等作，詞未爲工，而古意不失。……明薛
蕙亦有〈擬古詩〉，王弇州《四部稿》又倣江、薛作擬古七
十首，自李都尉至休上人凡二十九，廣自蘇屬國至韋左司
凡四十一，而闕〈古別離〉一章，後另爲《後十九首》，故
不更擬……。〔註76〕

指出各自創作爲雜詩，而凡模擬或仿效前人意調者則爲雜擬，此類往
往逕以「擬古詩」、「擬某篇」爲題，宋代洪文惠〈擬古詩〉更每篇首
句直接引自《古詩十九首》篇章，雖使「詞未爲工」，但卻能存其古
意。

　　由此發現，汪師韓不但爲擬古詩做了說明，同時也分析了後世模
擬《古詩十九首》的情況，而這種仿擬《十九首》之論亦見於明代，
只不過明人多著重於「剽竊模擬」與「偶合古語」的評判，對模倣《十
九首》之詩是否存古意未有討論。

（二）習詩圭臬，各有見地

　　對於學詩、作詩的看法，明代因重視分辨體式，推崇漢代五古，
並檢討宋人作詩之弊，故雖認爲《古詩十九首》「非才高者不能」，但

〔註76〕〔清〕汪師韓：《詩學纂聞・雜擬雜詩之別》，收錄於丁福保編：《清
　　　詩話》，頁443～444。

仍主張應將之奉爲圭臬，並詳論讀、寫、作之要點──皆圍繞著「眞」發端。

到了清代，在學詩、作詩方面的主張，或認爲《古詩十九首》「如天衣無縫」不可學、不易學，或承繼明代「取式乎上」〔註77〕的觀點，贊同熟讀《古詩十九首》，並以之爲宗。有此分歧的現象，或許可從徐增《而菴詩話》所指出的清人論詩之弊，略知一二，其評述如下：

> 而菴曰：詩人自宋、元來，而論詩者備矣。其去唐已遠，要皆得之揣摩，無有師承，規矩放失，至於今日，頹波莫挽，有志之士，爲之慨然。夫《三百篇》、《十九首》之旨，固無有能晰之者；其論唐詩，輒曰雄、曰渾、曰奇、曰奧、曰新、曰秀、曰高、曰亮，總不出於才氣、聲調之間，又極論對仗、照應、重犯等，詩之道如是而已乎？議論愈繁，成就愈少，亦可以知其故矣。今之詩人，務求捷得，不從性情、法律處下手。其所謂性情，非眞性情；其所謂法律，非眞法律。譬彼畫家，多蓄粉本，依樣葫蘆。以爲古人不是過，薄於自待而并薄待古人耶？古人所作，皆由眞才實學，其詩具在，斑斑可得而考也。識得古人，便可造得古人。余所說唐詩諸體，雖不能從萬花樓上出身，亦庶乎不淪殺於虀菜盆中矣。〔註78〕

指出清人論詩「無有師承，規矩放失」、「務求捷得」、「不從性情、法律處下手」等等，是故，對於「《三百篇》、《十九首》之旨，固無有能晰之者」，不能道出詩中之「眞性情」、「眞法律」。於是，在此背景下，考量時人詩學基礎，對於是否將《古詩十九首》奉爲學詩、作詩之規準，因而產生了不同的見解。

主張《古詩十九首》不可學、不易學的人有：王士禎（阮亭）、張實居（蕭亭），其討論如下：

〔註77〕〔明〕譚浚：《說詩》卷之上〈得式・體格〉，收錄於周維德集校：《全明詩話》，第三冊，頁 1811。

〔註78〕〔清〕徐增：《而菴詩話》，收錄於丁福保編：《清詩話》，頁 426。

（郎廷槐）問：「五古句法宜宗何人？從何人入手簡易？」

阮亭答：「《古詩十九首》如天衣無縫，不可學已。陶淵明
純任眞率，自寫胸臆，亦不易學。六朝則二謝、鮑照、何
遜，唐人則張曲江、韋蘇州數家，庶可宗法。」

歷友答：「五言之至者，其惟《十九首》乎！其次則兩漢諸
家及鮑明遠、陶彭澤駸駸乎古人矣。子建健哉，而傷於麗，
然抑五言聖境矣。韋蘇州其後勁也。陳子昂遁入道書矣。」

蕭亭答：「漢、魏古詩，如無縫天衣，未易摹擬。六朝綺靡，
實鮮佳篇。故昔人謂當取材於《選》，取法於唐。宋文公謂
學詩當從韋、柳入門。愚謂不盡然。盛唐詩或高，或古，
或深，或厚，或長，或雄渾，或飄逸，或悲壯，或凄婉，
皆可師法，當就筆性所近學之，方易於見長。嚴滄浪云：
入門須正，立志須高，行有未至，可加工力，路頭一差，
愈騖愈遠。由入門之不正也。」〔註79〕

王士禛（阮亭）、張實居（蕭亭）二人皆推許《古詩十九首》、漢魏古
詩：王士禛（阮亭）對《十九首》予以「如天衣無縫」，故認爲「不
可學已」，於是主張學詩當從六朝、唐人入手；張實居（蕭亭）亦認
同《十九首》「如天衣無縫」，故認爲「未易摹擬」，並進一步提出盛
唐各種風格之詩「皆可師法」，不過「當就筆性所近學之」，須考量適
於自身筆性。〔註80〕

　　從此討論中，可以發現參與其中的張篤慶（歷友）略有不同的見
解，其對《古詩十九首》予以「五言之至」之評價，但未言明《十九
首》可不可學、易不易入手，反倒對漢、魏、六朝、唐代各家的五言

〔註79〕　〔清〕王士禛等：《師友詩傳錄》，第九條，收錄於丁福保編：《清詩
　　　　話》，頁133～134。
〔註80〕　清代習詩主張《古詩十九首》不可學、不易學，這種現象亦可從清人
　　　　方東樹在《昭昧詹言》中談及自身習詩經驗來作爲佐證，其言：「先人
　　　　嘗教不肖，毋輕學漢、魏，蓋誠知其難到，恐未喻其深妙，而出骨蒙
　　　　皮，如明何、李輩所爲耳。今不肖年長，用力稍深，漸有所悟，然後
　　　　知先人之言，有至慈存焉。」見〔清〕方東樹：《昭昧詹言》，（臺北：
　　　　漢京文化事業有限公司，2004年），卷二〈漢魏〉，第九條，頁53。

古詩做了優劣之評論，其持平之論正可補充王士禛、張實居之見。

而持贊同學詩、作詩當以《古詩十九首》爲宗者，有葉燮、費錫璜等人。葉燮在《原詩》中論道：

> ……且蘇、李五言與亡名氏之《十九首》，至建安、黃初，作者既已增華矣；如必取法乎初，當以蘇、李與《十九首》爲宗，則亦吐棄建安、黃初之詩可也。詩盛於鄴下，然蘇、李《十九首》之意，則寖衰矣……。〔註81〕

認爲學詩、作詩「必取法乎初」，因此學習五言詩「當以蘇、李與《十九首》爲宗」。並認爲自蘇、李、《十九首》以降，詩歌因有所增華而意蘊寖衰，於是指出學詩、作詩若宗蘇、李、《十九首》，則棄建安、黃初之詩，亦無所不妥。

接著，費錫璜亦於《漢詩總說》中，呼應「必取法乎初」的觀點，其論道：

> 學詩須從第一義著腳，如立泰華之巓，一切培塿，皆在目中。何謂第一義？自具手眼，熟讀楚騷漢詩；透過此關，然後浸淫於六朝、三唐，旁及宋、元近代。此據上流法，單從唐人入手，猶屬第二義，況入手於蘇、陸乎？齊梁間人喜言音調，平仄互用，不可紊亂，詎前賢未觀此理；然以沈約、謝朓詩與《十九首》並讀，勿問其他，尚言音調，相去已遠。蓋元氣全則元音足，古詩惟《十九首》音調最圓，子建、嗣宗猶近之，宋、齊則遠矣；律詩惟沈、宋音調最圓，錢、劉猶近之，中唐則遠矣；詞家秦、柳最圓，南宋則遠矣。且《國風》惟《二南》最圓，十三國似微有不同，味之自見。〔註82〕

將學詩之法分爲不同層次，明確指出「學詩須從第一義著腳」，即「熟讀楚騷漢詩」，並指出「古詩惟《十九首》音調最圓」，因其「元氣全

〔註81〕〔清〕葉燮：《原詩》卷一〈內篇上〉，收錄於丁福保編：《清詩話》，頁568。

〔註82〕〔清〕費錫璜：《漢詩總說》，第五條，收錄於丁福保編：《清詩話》，頁944。

則元音足」，是故主張學詩首先須把握「第一義」，熟讀後則能「如立泰華之巔，一切培塿，皆在目中」，如此再旁及其他則可。並舉曹植、謝朓、李白爲例，證道：

> 前輩稱曹子建、謝朓、李白工於發端，然皆出於漢人。試舉數句，請學者觀之。「良時不再至，離別在須臾」、「攜手上河梁，遊子暮何之」、「黃鵠一遠別，千里顧徘徊」、「北方有佳人，遺世而獨立」、「雞鳴高樹巔，狗吠深宮中」、「天上何所有？歷歷種白榆」、「西北有高樓，上與浮雲齊」、「去者日以疏，來者日以親」、「紅塵蔽天地，白日何冥冥」、「上山採蘼蕪，下山逢故夫」、「來日大難，口燥脣乾」、「日出入安窮」、「大風起兮雲飛揚」，是豈六朝、唐人所及？太白輩將此等詩千迴百折讀之，然後工於發端耳。〔註83〕

指出曹植、謝朓、李白等人詩之所以卓著，究其因，乃是將非六朝、唐人可及的漢詩、《十九首》詩句「千迴百折讀之」，以致其能「工於發端」。是故，舉李白等人之例以證「學詩須從第一義著腳」的重要。

　　經以上論述，可以發現清人對於明人論學詩、作詩的觀點有所承繼與變化：清人未若明人詳細探究《古詩十九首》熟讀要領、習作方式等等，而且明人探究時多不脫「眞」之論點。反觀清人對學詩、作詩的討論，則以習詩當取法何朝代爲主，同時亦結合時人詩學基礎，因而對時人學詩、作詩的見解有所歧異，而對於「眞」這個論點，清人未有明確指出，只有統而論述《古詩十九首》「如天衣無縫」、「五言之至」，或「音調最圓」等。

第二節　晚清王國維對「眞」之接受與拓展

　　明人對《古詩十九首》的論述，多圍繞著其情辭之「眞」而發，是故有「情眞、景眞、事眞、意眞。澄至清，發至情」、「本乎情之眞」

〔註83〕〔清〕費錫璜：《漢詩總說》，第三十八條，收錄於丁福保編：《清詩話》，頁949。

等等闡述。到了清代時，對《古詩十九首》的評述，大抵接受了明代的觀點，以統整方式做概要地論述，並試著提出進一步的探討。然而，清人對於「眞」之論點，亦往往以統述方式論之，並未直接、詳細做說明，只是間接地呼應了明代詩話中「眞」之觀點。

直至晚清，王國維評論《古詩十九首》時，在《人間詞話‧六二》讚許〈青青河畔草〉、〈今日良宴會〉爲「眞」之作，再度明確提出了「眞」之論點，正爲清人的論述做了聚焦，更是與明人重視的情辭之「眞」遙相呼應。此外，亦在《人間詞話‧四一》讚賞〈生年不滿百〉、〈驅車上東門〉爲「不隔」之品，可見王國維在明、清的論述基礎上，進一步提出了嶄新的術語。

是故，本節就《人間詞話》中所評論的《古詩十九首》——〈青青河畔草〉、〈今日良宴會〉、〈生年不滿百〉、〈驅車上東門〉來做探討。首先，討論王國維《人間詞話》中「眞」與「不隔」的內涵；其次，探究《人間詞話》中《古詩十九首》的情眞、景眞，分別從這四首詩的字詞、聲情、意象的經營來析論；最後，由這些探究的結果，進一步探討王國維稱許其爲「眞」和「不隔」的原因，以期了解王國維對明、清以來論《十九首》「眞」之觀點的接受與拓展。

一、「眞」與「不隔」之內涵

王國維《人間詞話》以「境界」評論詩詞，於《人間詞話‧一》即說道：

> 詞以境界爲最上。有境界則自成高格，自有名句。五代北
> 宋之詞所以獨絕者在此。〔註84〕

而其「境界說」往往以「眞」、「不隔」爲審美標準。如王國維於《人間詞話‧六》提出：

> 境非獨謂景物也。喜怒哀樂，亦人心中之一境界。故能寫

〔註84〕〔清〕王國維著、徐調孚校注：《校注人間詞話》，（臺北：頂淵文化事業有限公司，2007 年），頁 1。

　　　　眞景物、眞感情者，謂之有境界。否則謂之無境界。〔註85〕

「境界」包含「景物」與「喜怒哀樂」之感情，然而衡量二者是否為
「有境界」，則須以「眞」為標準。易言之，自然景物必須透過作者
眞實觀察、心有所感後，以眞誠的態度來創作，才能為「眞景物」；
而「喜怒哀樂」亦須經由作者眞誠地體悟、感受後，秉持眞誠不僞的
創作態度來抒發，才能為「眞感情」。是故，「一切景語，皆情語也」
〔註86〕，「眞景物」、「眞感情」皆源自作者的眞切感受〔註87〕，具有
個性化。

　　　　而作者如何「能寫」其「眞」？王國維認為首先必須具備「赤子
之心」〔註88〕，並且「以自然之眼觀物，以自然之舌言情」〔註89〕，

〔註85〕〔清〕王國維著、徐調孚校注：《校注人間詞話》，頁 3。

〔註86〕《人間詞話・刪稿一〇》，〔清〕王國維著、徐調孚校注：《校注人間
　　　　詞話》，頁 42。

〔註87〕洪慧敏論《人間詞話・六》時，解釋「眞感情」：「因為人的喜怒哀樂
　　　　本身並不等同於眞感情，要使其成為眞感情，必須透過詩人的審美感
　　　　受而產生審美直觀過程，這樣才可以使人的喜怒哀樂成為『心中境界』
　　　　──也就是說『境界』的形成，有賴詩人將心中的情感透過特殊的審
　　　　美觀照，將心中所感的『境』表達出來，而『眞』正是不可缺少的質
　　　　素。」而「眞景物」是：「在王國維的境界說中，並不是一種單純地指
　　　　涉，它有別於在現實中可感知的普通景物或外在景物，它存在於『審
　　　　美的直觀世界』中，超越意欲關係，處於現實之外。故王國維所指的
　　　　『眞』，指的並非科學上眞假與否的眞，而是『審美直觀意義上的眞』，
　　　　處於審美世界的眞，乃是作者發自於內在的眞切感受。」認為：「不論
　　　　是『眞景物』或『眞感情』，兩者之中的深層內涵就是『作者的眞切情
　　　　意』。『景物』因為作者的『情』，有了生命，產生了美；而『作品』也
　　　　因為作者『情』之『眞切深邃』，遂使作品產生『感動的力量』。」詳
　　　　見洪慧敏：〈《人間詞話》境界說之理論核心──主眞〉，（《東吳中文研
　　　　究集刊》，第 11 期，2004 年 7 月），頁 180～181。

〔註88〕《人間詞話・一六》：「詞人者，不失其赤子之心者也。故生於深宮
　　　　之中，長於婦人之手，是後主為人君所短處，亦即為詞人所長處。」
　　　　見〔清〕王國維著、徐調孚校注：《校注人間詞話》，頁 8～9。

〔註89〕王國維論納蘭容若，推崇其寫作眞切，在《人間詞話・五二》：「納
　　　　蘭容若以自然之眼觀物，以自然之舌言情。此由初入中原，未染漢
　　　　人風氣，故能眞切如此。北宋以來，一人而已。」見〔清〕王國維
　　　　著、徐調孚校注：《校注人間詞話》，頁 31。

如此才能呈現：

> 大家之作，其言情也必沁人心脾，其寫景也必豁人耳目。其
> 辭脫口而出，無矯揉妝束之態。以其所見者真，所知者深也。
> 詩詞皆然。持此以衡古今之作者，可無大誤矣。〔註90〕

而既然以「自然之舌言情」、「其辭脫口而出，無矯揉妝束之態」，故
作品的字辭無論是「言近而指（按：另有版本作『旨』）遠，意決而
辭婉」〔註91〕，或是「快而沈，直而能曲」〔註92〕，只要其創作態度
真誠，皆可為「有境界」之作〔註93〕，而能「淡語皆有味，淺語皆有
致」〔註94〕，具「言外之味，弦外之響」〔註95〕。是故，王國維提出
「豔詞可作，唯萬不可作儇薄語」〔註96〕、「游詞」〔註97〕。

〔註90〕 《人間詞話‧五六》，〔清〕王國維著、徐調孚校注：《校注人間詞話》，
頁34。

〔註91〕 《人間詞話‧附錄二一》，〔清〕王國維著、徐調孚校注：《校注人間詞
話》，頁76。

〔註92〕 同上註。

〔註93〕 蘇珊玉老師論及《人間詞話‧附錄二一》時，說道：「『言近而旨遠』
固然是『觀物之微』與『託興之深』的統一，但『快而沉，直而能
曲』又何嘗不是？換言之，激越之情感，毅然之口吻，雖『直而快』，
由於『意決而辭婉』，依然是『喜怒哀樂，亦人心中之一境界』的表
現。」見蘇珊玉老師：《人間詞話之審美觀》，（臺北：里仁書局，2009
年），頁71。

〔註94〕 《人間詞話‧二八》，〔清〕王國維著、徐調孚校注：《校注人間詞話》，
頁16。

〔註95〕 《人間詞話‧四二》，〔清〕王國維著、徐調孚校注：《校注人間詞話》，
頁27。

〔註96〕 《人間詞話‧刪稿四三》，〔清〕王國維著、徐調孚校注：《校注人間詞
話》，頁61。

〔註97〕 王國維對「游詞」之定義，可見《人間詞話‧刪稿四四》：「詞人之
忠實，不獨對人事宜然。即對一草一木，亦須有忠實之意，否則所
謂游詞也。」見〔清〕王國維著、徐調孚校注：《校注人間詞話》，
頁62。而對「游詞」的相關敘述，則見於《人間詞話‧六二》論〈青
青河畔草〉、〈今日良宴會〉：「可謂淫鄙之尤。然無視為淫詞、鄙詞
者，以其真也。……可知淫詞與鄙詞之病，非淫與鄙之病，而游詞
之病也。」見〔清〕王國維著、徐調孚校注：《校注人間詞話》，頁
36。關於《人間詞話‧六二》論〈青青河畔草〉、〈今日良宴會〉非

　　正因爲作者「見眞」，故能「通古今而觀之」〔註98〕，而不「域於
一人一事」〔註99〕，亦是作者「知深」，故眞所謂「血書」〔註100〕，「儼
有釋迦基督擔荷人類罪惡之意」〔註101〕。作者以悲天憫人的胸懷觀照
人事萬物，透過眞誠的創作態度，寫下眞實的感受，不僅表達了作者
內心深切的「眞景物」、「眞感情」，亦道出了全人類的「眞景物」、「眞
感情」，故而能感人。誠如王國維於《人間詞話・附錄一六》說道：

> 山谷云：「天下清景，不擇賢愚而與之，然吾特疑端爲我輩
> 設。」誠哉是言！抑豈獨清景而已，一切境界，無不爲詩人
> 設。世無詩人，即無此種境界。夫境界之呈於吾心而見於外
> 物者，皆須臾之物。惟詩人能以此須臾之物，鐫諸不朽之文
> 字，使讀者自得之。遂覺詩人之言，字字爲我心中所欲言，
> 而又非我之所能自言，此大詩人之秘妙也。境界有二：有詩
> 人之境界，有常人之境界，詩人之境界，惟詩人能感之而能
> 寫之，故讀其詩者，亦高攀遠慕，有遺世之意。而亦有得有
> 不得，且得之者亦各有深淺焉。若夫悲歡離合、羈旅行役之
> 感，常人皆能感之，而惟詩人能寫之。故其入於人者至深，
> 而行於世也尤廣。〔註102〕

「游詞」，筆者將於本節之「三、王國維讚其『眞』、『不隔』之因」
　　做進一步探討，這裡便不再贅述。
〔註98〕　《人間詞話・刪稿三七》：「『君王枉把平陳業，換得雷塘數畝田。』
　　　　　政治家之言也。『長陵亦是閒邱隴，異日誰知與仲多？』詩人之言也。
　　　　　政治家之眼，域於一人一事。詩人之眼，則通古今而觀之。詞人觀
　　　　　物，須用詩人之眼，不可用政治家之眼。故感事、懷古等作，當與
　　　　　壽詞同爲詞家所禁也。」見〔清〕王國維著、徐調孚校注：《校注人
　　　　　間詞話》，頁58。
〔註99〕　同上註。
〔註100〕《人間詞話・一八》：「尼采謂：『一切文學，余愛以血書者』。後主
　　　　　之詞，眞所謂以血書者也。宋道君皇帝燕山亭詞亦略似之。然道君
　　　　　不過自道身世之感，後主則儼有釋迦基督擔荷人類罪惡之意，其大
　　　　　小固不同矣。」見〔清〕王國維著、徐調孚校注：《校注人間詞話》，
　　　　　頁9。
〔註101〕同上註。
〔註102〕〔清〕王國維著、徐調孚校注：《校注人間詞話》，頁72。

王國維將「境界」分為「詩人之境」和「常人之境」，詩人、常人皆能感物，但差別在於「惟詩人能寫之」，「惟詩人能以此須臾之物，鑴諸不朽之文字，使讀者自得之」，因此作品「入於人者至深，而行於世也尤廣」。

由此可知，作者「見眞」、「知深」，秉持眞誠態度創作，不僅道出自己的眞切感受（使「眞景物」、「眞感情」具作者之個性），亦道出人類之共感，使讀者感到「字字爲我心中所欲言」，而「自得之」（使「眞景物」、「眞感情」具讀者之個性），因而能「入於人者至深，而行於世也尤廣」。

而對於這種因作者、作品之「眞」，而使讀者感到「字字爲我心中所欲言」、「自得之」等現象，王國維提出了「不隔」來詮釋之。

所謂的「不隔」，王國維定義：「語語都在目前，便是不隔。」〔註103〕此正說明了作者秉持著眞誠的態度去觀察、感受、創作，能使作品中的「眞景物」、「眞感情」生動、鮮明、自然，如呈現在眼前，因而能「不隔」而感動讀者。

換言之，作者如欲使讀者感到「不隔」，必須以「眞」之審美態度爲前提，如：「以自然之眼觀物，以自然之舌言情」，「其辭脫口而出，無矯揉妝束之態」等等。對此，王國維亦從作品修辭論之，主張寫作忌用「代字」〔註104〕、「隸事」〔註105〕（引用典故），因爲使用

〔註103〕 《人間詞話・四○》，〔清〕王國維著、徐調孚校注：《校注人間詞話》，頁 24。蘇珊玉老師對《人間詞話・四○》論道：「……《人間詞話・四○》之『謝家池上，江淹浦畔』的分析，可知王氏『隔』與『不隔』的著眼點，在具體形象（包括人、物、景）是否鮮明、自然。所謂鮮明、自然，是指形象輪廓清晰、特點突出、姿態明朗，能使人產生『語語都在目前』的『眞切』感受，也就是『不隔』。反之，形象模糊，似是而非，『如霧裏看花』，妨礙觀感，就是『隔』。」見蘇珊玉老師：《人間詞話之審美觀》，頁 219。

〔註104〕 《人間詞話・三四》：「詞忌用替代字。美成解語花之『桂華流瓦』，境界極妙。惜以『桂華』二字代『月』耳。夢窗以下，則用代字更多。其所以然者，非意不足，則語不妙也。蓋意足則不暇代，語妙則不必代。此少游之『小樓連苑』，『繡轂雕鞍』，所以爲東坡所譏

「代字」、「隸事」，違背了「以自然之舌言情」、「其辭脫口而出，無
矯揉妝束之態」等眞切自然的審美態度，故作品「雖格韻高絕，然如
霧裏看花，終隔一層」〔註106〕。

　　然而，王國維《人間詞話・刪稿一四》論道：

　　　「西（當作『秋』）風吹渭水，落日（當作『葉』）滿長安。」
　　　美成以之入詞，白仁甫以之入曲，此借古人之境界爲我之
　　　境界者也。然非自有境界，古人亦不爲我用。〔註107〕

可見王國維之所以反對「代字」、「隸事」，是就過度使用而言。因過
度使用「代字」或「隸事」，會使「古人之境」奪去「我之境界」，如
此一來，作品失「眞」，無法表現「眞景物」、「眞感情」，便無「境界」
可言；而讀者讀之亦會受到「代字」、「隸事」之干擾、阻隔，無法有
眞切的體悟，故謂之「隔」。反之，王國維認爲若作品已「自有境界」，
則可適度地使用「代字」、「隸事」，將「古人之境」化用，融入「我
之境界」，亦即能保存作者、作品之「眞」，如此則能達「不隔」，否

也。」見〔清〕王國維著、徐調孚校注：《校注人間詞話》，頁 19。
而《人間詞話・三五》亦有相關討論：「沈伯時樂府指迷云：『說桃
不可直說破（校注者下註：原無「破」字，據花草粹編附刊本樂府
指迷加。）桃，須用「紅雨」「劉郎」等字。詠（校注者下註：原
作「說」）柳不可直說破柳，須用「章臺」「灞岸」等字。』若惟恐
人不用代字者。果以是爲工，則古今類書具在，又安用詞爲耶？宜
其爲提要所譏也。」見〔清〕王國維著、徐調孚校注：《校注人間詞
話》，頁 20。

〔註105〕《人間詞話・五七》：「人能於詩詞中不爲美刺投贈之篇，不使隸事
之句，不用粉飾之字，則於此道已過半矣。」見〔清〕王國維著、
徐調孚校注：《校注人間詞話》，頁 34。並於《人間詞話・五八》舉
例道：「以長恨歌之壯采，而所隸之事，只『小玉雙成』四字，才
有餘也。梅村歌行，則非隸事不辨。白吳優劣，即於此見。不獨作
詩爲然，塡詞家亦不可不知也。」見〔清〕王國維著、徐調孚校注：
《校注人間詞話》，頁 34。

〔註106〕《人間詞話・三九》，〔清〕王國維著、徐調孚校注：《校注人間詞
話》，頁 23。

〔註107〕〔清〕王國維著、徐調孚校注：《校注人間詞話》，頁 44。括弧小字
爲校注者加註。

則，「非自有境界，古人亦不爲我用」。﹝註108﹞

　　綜上所述，王國維所提出的「眞」之內涵，除接受明、清以來的見解外，更以「眞」作爲「境界說」的審美標準，對作者、作品做出規範；並進一步從讀者的角度，提出了「不隔」。而「眞」與「不隔」之內涵亦互相涵攝：作者必須秉持著「情感眞誠、態度誠摯、觀察感受眞實」﹝註109﹞，亦即以「赤子之心」來「見眞」、「知深」，「以自然之眼觀物，以自然之舌言情」，道出自身的眞切感受，而此眞切感受「儼有釋迦基督擔荷人類罪惡之意」，道出人類之共感，因此作品如「語語都在目前」般生動、鮮明、自然，如「字字爲我心中所欲言」般撼動人心，如此方能稱得上是「有境界」之作。

二、從「眞」與「不隔」析論《古詩十九首》

　　王國維以「眞」來評論《古詩十九首》，見於《人間詞話・六二》：
　　「昔爲倡家女，今爲蕩子婦。蕩子行不歸，空牀難獨守。」
　　「何不策高足，先據要路津？無爲久貧（當作『守窮』）賤，

﹝註108﹞ 蘇珊玉老師論「不隔」之字句、篇章修辭時，對王國維《人間詞話・刪稿一四》的看法闡釋道：「適度地引用、渾化語典，而自成境界，也可以成爲『不隔』之作品。」見蘇珊玉老師：《人間詞話之審美觀》，頁245。最後總結：「王國維雖視代字、隸事、用典與美刺、投贈、粉飾等，做爲『不隔』境界創造之大忌。然而畢竟大師總是充滿彈性視野，以別具慧眼指出，前人之作品，寫作技巧可以學習借鑒，故同意『借古人之境界爲我之境界』，若『非自有境界，古人亦不爲我所用』（《人間詞話・刪稿一四》）對於那些一味模仿、文繡的文學，或砌字，或累句，王氏以爲『一雕琢，一敷衍，其病不同，而同歸於淺薄』（《人間詞乙稿敘》）皆不足爲眞文學。由此看來，『不隔』的修辭美感，強調對語言文字的本能反映，超越了中間的分析、推斷與驗證的環節，能如『直悟月輪繞地之理，與科學家密合』，可以『神悟』，可以『想像』（《人間詞話・四七》），也能營造『讀者自得之』的審美境界。」見蘇珊玉老師：《人間詞話之審美觀》，頁247～248。

﹝註109﹞ 蘇珊玉老師論及「不隔」的審美特徵有三：一爲性情眞，二爲態度眞，三爲觀察感受眞。詳見蘇珊玉老師：《人間詞話之審美觀》，頁241。

轗軻長苦辛。」可謂淫鄙之尤。然無視為淫詞、鄙詞者，
以其真也。五代北宋之大詞人亦然。非無淫詞，讀之者但
覺其親切動人。非無鄙詞，但覺其精力彌滿。可知淫詞與
鄙詞之病，非淫與鄙之病，而游詞之病也。「豈不爾思，室
是遠而。」而子曰：「未之思也，夫何遠之有？」惡其游也。
〔註110〕

舉《古詩十九首》之第二首〈青青河畔草〉和第四首〈今日良宴會〉
為例，說明其內容雖然是「淫鄙之尤」，但有此語、此情乃是因著作
者的由衷抒發切身感受，而非矯情、憑空捏造的語句，所以王國維讚
賞其「真」。

而王國維在「真」之內涵中，亦進一步提出「不隔」，並以之來
評述《古詩十九首》，在《人間詞話・四一》言及：
> 「生年不滿百，常懷千歲憂。晝短苦夜長，何不秉燭遊？」
> 「服食求神仙，多為藥所誤。不如飲美酒，被服紈與素。」
> 寫情如此，方為不隔。「采菊東籬下，悠然見南山。山氣日
> 夕佳，飛鳥相與還。」「天似穹廬，籠蓋四野。天蒼蒼。野
> 茫茫。風吹草低見牛羊。」寫景如此，方為不隔。〔註111〕

分別舉《古詩十九首》中的第十五首〈生年不滿百〉和第十三首〈驅
車上東門〉來說明詩文寫情，能達如此境界，才可稱得上「不隔」。

是故，以下就此四首分述，從其字詞、聲情、意象的經營來探析
其詩意，藉以了解其「真」與「不隔」之處。

（一）「空牀難獨守」的〈青青河畔草〉

> 青青河畔草，鬱鬱園中柳。盈盈樓上女，皎皎當牕牖。娥
> 娥紅粉粧，纖纖出素手。昔為倡家女，今為蕩子婦。蕩子
> 行不歸，空牀難獨守。〔註112〕

〔註110〕　〔清〕王國維著、徐調孚校注：《校注人間詞話》，頁 36。括弧小字
　　　　　為校注者加註。
〔註111〕　〔清〕王國維著、徐調孚校注：《校注人間詞話》，頁 26。
〔註112〕　〔南朝梁〕蕭統編、〔唐〕李善注：《文選》，（臺北：華正書局有限
　　　　　公司，新校胡刻宋本，2000 年），卷第二十九〈雜詩上〉，頁 409。

1、疊字、動詞鮮活運用

〈青青河畔草〉此詩因蓊鬱春草、綠柳生機盎然，興發蕩子婦之思愁、情愁。其情愁感慨肇端於「守」，此詩以「空牀難獨守」作爲分離的回應，「所謂『難獨守』，說明這個女子現在還是在『守』，只不過她內心之中正進行著『守』與『不守』的矛盾掙扎」〔註113〕。思婦因曾爲「倡家女」，故能夠託身者，惟有蕩子；又因曾爲「倡家女」，過慣熱鬧繁華的生活，而今成爲「蕩子婦」，勢必生活孤寂，因而產生「守」與「不守」的掙扎，但目前仍是「守」的狀態。而思婦的掙扎，是怨蕩子不歸，亦是對自己曾爲「倡家女」的無奈，是故「以『空床難獨守』的『守』字爲詩眼，以第三人稱、以思婦的語氣，敘寫守在家鄉、守在閨中、守在孤獨的情形」〔註114〕。

本詩大量運用疊字描摹風景和人物的柔美姿態，如「青青」描寫春草，呈現草之鮮明色彩、生機，同時也呈現了草的綿延不盡，思婦因此興發思念，思愁如春草綿綿不盡。又如「鬱鬱」描寫園中柳，柳樹春意濃，疊字呈現其綠意鮮明的色彩和茂盛的情狀，蓊鬱的楊柳強烈地刺激了思婦的感官，其濃烈的思愁亦正如楊柳的蓊鬱，也備感憂鬱。此外，描摹人物時，亦用疊字，如用「盈盈」呈現思婦儀態柔美，「皎皎」寫出思婦膚質白皙透亮，「娥娥」表現思婦的妝容美麗，「纖纖」具寫思婦的素手纖柔細美。此六句無論寫景或敘人，巧妙地運用了疊字來描寫不同的對象，而每組疊字的詞性可作爲形容詞，亦可看作是動詞，如此使用疊字令人不覺得重複可厭，反而更能使詩的意象鮮明。〔註115〕

〔註113〕 葉嘉瑩：《葉嘉瑩說漢魏六朝詩》，（北京：中華書局，2010年），頁89。

〔註114〕 楊鴻銘：〈古詩十九首（二）——青青河畔草析評〉，（《孔孟月刊》，第40卷第1期，2001年9月），頁47。

〔註115〕 朱自清在說明〈青青河畔草〉亦指出：「評論這首詩的都稱讚前六句連用疊字。顧炎武《日知錄》說：『詩用疊字最難。《衛風》（〈碩人〉）「河水洋洋，北流活活。施罛濊濊，鱣鮪發發，葭菼揭揭。庶

　　除疊字之外，此詩亦善用動詞，如「皎皎當窗牖」的「當」字，「纖纖出素手」的「出」字，暗示了思婦爲蕩子婦的身分。因爲身爲蕩子婦，才對窗口梳妝；描寫思婦手部動作時，運用「出」字，使其蕩子婦形象鮮活起來，也暗示了其內心的難守之情。〔註116〕

　　接著，後四句以思婦的角度去書寫，以今、昔對比，「倡家女」其實早就註定了她的命運，她無法嫁到一個正常的人家，只能嫁給一個蕩子。而也因過去是「倡家女」，習慣了五光十色、熱鬧的生活，今日嫁作蕩子婦，當然不習慣，於是埋下了「空牀難獨守」的伏筆。相對於王昌齡〈閨怨〉〔註117〕的閨中少婦，因「忽見」楊柳色而興發思念，頓覺寂寞、悔恨，但清楚丈夫在外是爲了求取功名，且丈夫此次之行也是少婦主動的勉勵。不像此詩的蕩子長年不歸，思婦對蕩子在外的作爲皆一無所知，也不清楚蕩子何時會歸來，是故，興發「蕩子行不歸」而「空牀難獨守」的因果句，凸顯思婦內心的寂寞，在春

姜孽孽。」連用六疊字，可謂複而不厭，賾而不亂矣。古詩「青青河畔草──纖纖出素手」，連用六疊字，亦極自然。下此即無人可繼。』連用疊字容易顯得單調，單調就重複可厭了。而連用的疊字也不容易處處確切，往往顯得沒有必要似的，這就亂了。因此說是最難。但是〈碩人〉篇跟本詩六句連用疊字，卻有變化。……就本詩而論，青青是顏色兼生態，鬱鬱是生態。這兩組形容的疊字，跟下文的盈盈和娥娥，都帶有動詞性。……各組疊字詞性不一樣，形容的對象不一樣，對象的複雜度也不一樣，就都顯得確切不移；這就重複而不可厭，繁賾而不覺亂了。」見朱自清：《古詩十九首釋》，（臺北：五南圖書出版股份有限公司，2011年），頁37～39。

〔註116〕黃瑞枝論及《古詩十九首》的「結構立體鮮活」之意象特質時，以〈青青河畔草〉爲例，言其：「用六句狀詞，鋪排出棄婦的哀怨意象，尤其用一個動詞『出』字，使整個娼家女的畫面鮮活，呼之欲出，更爲『難獨守』找到了答案，妙在側筆反語，棄婦已是可憐，蕩婦更難爲，尤其曾是娼婦，層層轉深，耐人咀嚼。」見黃瑞枝：〈析探古詩十九首意象特質〉，（《屏東師院學報》，第7期，1994年6月），頁201。

〔註117〕王昌齡〈閨怨〉：「閨中少婦不知愁，春日凝妝上翠樓。忽見陌頭楊柳色，悔教夫婿覓封侯。」見喻守眞：《唐詩三百首詳析》，（高雄：復文圖書出版社，1972年），頁292～293。

意盎然下，面對守和不守的抉擇，以「難」字點出了思婦的無奈。

由是可知，「本詩連用六個疊字，因此色彩頗爲鮮明；連以坦率的字眼敘寫，因此情感頗爲自然，只就此時、此境、此景、此物、此人著墨，因此全詩寫來頗爲眞摯」〔註118〕。此詩雖不如王昌齡〈閨怨〉中的少婦，對丈夫的情感深厚、有著思念的哀愁，但此詩以思婦的角度，敘寫出思婦的內心感受，仍貼切思婦爲蕩子婦的身分，情感表現亦自然眞摯。

2、柔婉曲折的聲情

〈青青河畔草〉所押的韻爲「柳、牖、手、婦、守」，漢代音韻爲幽部，上聲。〔註119〕上聲，表現婉轉柔美之情態〔註120〕，營造出春意柔美、思婦婉轉姿態，也道出思婦內心曲折的情感，在今昔對比、守與不守間的矛盾；幽部〔註121〕，其韻表現幽微的聲情，後高元音

〔註118〕 楊鴻銘：〈古詩十九首（二）──青青河畔草析評〉，頁48。

〔註119〕 參閱羅常培、周祖謨合著：《漢魏晉南北朝韻部演變研究》，（北京：中華書局，2007年），頁19～20。以及董同龢：《漢語音韻學》，（臺北：文史哲出版社，2005年），頁247～248。

〔註120〕 朱光潛在其著《詩論》提及明朝釋眞空《玉鑰匙歌訣》：「平聲平道莫低昂，上聲高呼猛烈強，去聲分明哀遠道，入聲短促急收藏。」見朱光潛：《詩論》，（臺北：正中書局，1962年），頁151。王易亦說：「韻與文、情關係至切：平韻和暢，上去韻纏綿，入韻迫切，此四聲之別也。」見王易：《詞曲史》，（臺北：廣文書局，1971年），頁283。此二者之論，釋眞空《玉鑰匙歌訣》較偏重四聲的發聲方式，王易之論則較偏重韻的聲情表現。關於上聲之表現，釋眞空和王易的意見，乍看之下似乎南轅北轍，但筆者以爲實互爲補充，正如王易所言「韻與文、情關係至切」，同時韻的聲情表現亦賴文辭意義而有不同的呈現，如上聲配合文意而有「高呼猛烈強」或「纏綿」的表現，而且若進一步分析，則可發現「纏綿」之詩文，其情思多爲濃烈，是故其上聲所呈現者，除了婉轉、纏綿之情態外，亦能透露其纏綿情意背後所隱藏的濃厚、強烈之心緒。如此，「上聲高呼猛烈強」和「上去韻纏綿」實爲互爲表裡。

〔註121〕 幽部大部分爲《廣韻》中的尤韻這組韻字，其平聲者多爲《佩文韻府》歸納至尤韻，王易歸納尤韻和有韻具有盤旋的聲情。詳見羅常培、周祖謨合著：《漢魏晉南北朝韻部演變研究》，頁19；董同龢：《漢語音韻學》，頁247～248；喻守眞：《唐詩三百首詳析》，頁351、

響度小，呈現出思婦內心的惆悵和無奈，面對獨守的空閨，只能暗自
啜泣，而曾爲「倡家女」的過去造成今日「蕩子婦」的悲哀，其心情
只有自個兒能懂，無法向他人訴說。由此聲情，可見思婦內心的無奈
和愁緒，娓娓道出「空牀難獨守」的掙扎心理，得知聲情亦是配合著
思婦的情愁，眞摯而不矯作。〔註 122〕

3、情景交融的意象

　　〈青青河畔草〉在意象經營上，以「草」、「柳」意象，表現抽象
的思念，將思念形象化，如草般綿延不盡，如柳般蓊鬱強烈。在色彩
的運用上，以簡單素樸爲主，如以「青」形容草，以「紅」形容思婦
妝容，以「素」形容思婦纖細之手〔註 123〕，此外，形容柳的「鬱」、
形容思婦膚色的「皎」，也是單一的色彩，由這些色彩意象，加上疊
字的運用，交織出一幅鮮明的景象，而且，從這些素樸色彩的表現，
可感受到思婦內心的寂寞，以及面對眼前春景的無奈。

　　再者，此詩意象運用層層推進，詩一開頭敘景，由遠景「青青河
畔草」至近景「鬱鬱園中柳」，鏡頭最後聚焦到「樓上女」，再進而描
摹「樓上女」的情態。整體意象經營由廣闊草原之面，拉近到柳樹的
線，再由柳樹的線條，拉近聚焦到「樓上女」這個點，使整個結構立

358～359：王易：《詞曲史》，頁 283。

〔註 122〕　胡淑貞、簡宗梧論〈青青河畔草〉聲情，亦分析道：「此詩所用的
　　　　　韻腳爲『柳、牖、手、婦、守』，漢代音韻屬幽韻，爲上聲韻，屬
　　　　　最高後元音。一連六句，皆用疊字，生動明亮，形象描寫恰當，容
　　　　　貌美好，娥娥紅粉，纖纖素手，不難想像此女昔爲倡家女的身分，
　　　　　故後四句一反前面敍述，道出今爲蕩子婦的無限感慨，放浪不羈的
　　　　　蕩子不知飛揚到何處，留下獨守空閨的婦人寂寞難耐、惆悵不已。
　　　　　陰聲韻爲元音收尾，此詩爲最高後元音，響度最低，像是低鳴，暗
　　　　　自啜泣，有深重憂愁與無奈的情緒暗示，有著款款纏綿情思無人訴
　　　　　的處境。」見胡淑貞、簡宗梧：〈試析古詩十九首之聲情〉，《中臺
　　　　　學報》，第 17 卷第 1 期，2005 年 9 月），頁 177。
〔註 123〕　〈青青河畔草〉中所使用的簡單素樸的色彩──「青」、「紅」、「素」
　　　　　三者，黃瑞枝亦於分析《古詩十九首》「色彩自然樸素」時提及。
　　　　　詳見黃瑞枝：〈析探古詩十九首意象特質〉，頁 199。

體鮮活。〔註124〕

　　這些意象的堆疊、層層遞進，最後旨在凸顯思婦之情愁，故末四句以思婦口吻道出內心的無奈、難守空閨之情，並以昔日倡家女對比今作蕩子婦、以外面景色春意盎然對比內心寂寞，凸顯思婦獨守之「難」，言辭雖直接，但不失其身分。

（二）「先據要路津」的〈今日良宴會〉

> 今日良宴會，歡樂難具陳。彈箏奮逸響，新聲妙入神。令德唱高言，識曲聽其眞。齊心同所願，含意俱未申。人生寄一世，奄忽若飆塵。何不策高足，先據要路津？無爲守窮賤，轗軻長苦辛。〔註125〕

1、人情和樂曲雙寫

　　〈今日良宴會〉此詩旨在勸人求取功名，先據要位，莫無所爲、空守窮賤。「本詩以『人生寄一世』的『寄』字爲詩眼」〔註126〕，整首詩皆在營造「寄」之短暫的氛圍，從「良宴會」雖熱鬧、歡樂，卻難成永恆；「彈箏」之聲響也無法獲得保存；「新聲」雖妙，隨著時間仍會成舊曲；以至興發生命感慨，感嘆人生短暫如過客，渺小如飆塵。全詩無一不抒發「寄」之悲懷，以「寄」字貫串詩意。

　　詩一開始，用「良」字概括宴會之樂，和下句「歡樂難具陳」之「難」字形成對比，同時，「難」字也表達出作者在這宴會上得到了許多歡樂，這些歡樂是難以說盡的。作者僅就音樂作代表，形容

〔註124〕黃瑞枝說明〈青青河畔草〉「結構立體鮮活」，認爲：「十九首此詩，以柳爲界，則河邊草爲一疊，園中柳爲一疊，樓上女又一疊，即河畔草爲遠景，樓上女爲近景。而草是面，可以無盡的延深拓展；柳是線，又可以無限的縱深，造成高低起伏美感。樓上女是點，即爲物象的焦點，亦爲視覺的黃金點，立體的建築形構感，幾可亂眞。」見黃瑞枝：〈析探古詩十九首意象特質〉，頁201。

〔註125〕〔南朝梁〕蕭統編、〔唐〕李善注：《文選》，卷第二十九〈雜詩上〉，頁410。

〔註126〕楊鴻銘：〈古詩十九首（四）——今日良宴會析評〉，（《孔孟月刊》，第40卷第3期，2001年11月），頁47。

彈箏時，以「奮」字表其努力、以「逸響」表其「不同凡俗的音響」
〔註127〕；以及，形容新聲，用「妙入神」，來「稱贊樂調旋律達到
高度的完滿調和」〔註128〕。由全篇詩意觀照之，不難發現作者在此，
一方面寫音樂之動人，一方面實爲對自己的鼓勵和企盼：音樂之所
以動人，是因彈箏之努力和不同凡俗之響，且所彈奏之曲是新聲，
其樂調、旋律是高度完美。而人生在世，亦如同音樂，作者鼓勵自
己要奮發圖強、要有不同凡俗的作爲和成就，企盼自己能「據要路
津」，成爲政壇上之「新聲」，而且是完美的、成功的。

　　再者，描寫一人唱高言，用「令德」〔註129〕形容其人，似在暗
示作者認同、讚賞其人，讚賞之因作者不明說，由是推知，一者爲其
人之歌喉、風範，一者更是此人能夠唱出作者欲出仕的心理，應同是
政壇失意者，以「令德」形容此人，同時也暗指自己。「令德」既爲
淪落人，故描寫其唱曲爲「唱高言」，唱的是勸人出仕，且爲淪落之
人，當然就和同座者一樣都含蓄不敢直露心意，故「含意俱未申」。
於是，作者言明只有識曲者，才能「聽其眞」，才能「齊心」、「同願」。

〔註127〕　馬茂元：《古詩十九首探索》，（高雄：復文圖書出版社，1991年），
　　　　　頁75。
〔註128〕　同上註。
〔註129〕　「令德」一詞，歷來說法不一。馬茂元釋：「『令』，善也。『令德』，
　　　　　有令德的人。在顧曲聽歌的場合，所謂令德之人，就是指知音者。」
　　　　　見馬茂元：《古詩十九首探索》，頁75。方祖燊說法近於馬茂元之說，
　　　　　認爲：「令德是借代辭，代稱歌者是一位有才德的朋友。」見方祖
　　　　　燊：〈古詩十九首的分析與欣賞〉，（《幼獅月刊》，第44卷第3期，
　　　　　1976年9月），頁44。而楊鴻銘則認爲：「有權有勢的『富貴者』，
　　　　　就可以『稱賢』，並非眞賢，與『令德唱高言』的『令德』二字，
　　　　　同具反諷之意。『令德』並非眞有美德，因此詩以『高言』稱之，
　　　　　乍看是褒，其實是貶。又，『令德唱高言』的『高』字，與『識曲
　　　　　聽其眞』的『眞』字兩相對比之後，何者是虛，何者是實，已經不
　　　　　言而喻了。」見楊鴻銘：〈古詩十九首（四）——今日良宴會析評〉，
　　　　　頁48。筆者綜合全詩之意旨，認爲「令德」在此詩中，釋爲同作者
　　　　　是政壇失意者、知其亟於出仕的心理之知音者較爲合適，故採用馬
　　　　　茂元和方祖燊之說。

以這些字詞描寫出政壇失意是時代的共感，以「高言」、「眞」表現出仕這一事是高遠的想望，是欲追求的眞理，並以「齊心」、「同願」描摹出宴會上淪落者心照不宣的情狀。

末六句爲作者將此曲「含意俱未申」的部分表明，同時也是作者和宴會上淪落者的心願。以「寄」喻人生短促，天地對於人而言彷彿逆旅之於過客，以「颷塵」比喻人生瞬間即逝，且渺小若塵。換言之，「『寄』與『颷』字，均從時間敘其短暫，『颷塵』的『塵』字，則從形體敘其渺小」〔註130〕，強化了人生短促、渺小之焦慮感。於是以反詰語氣「何不」強化主題，用來規勸、勉勵自己和世人，既然人生短暫，何不把握時間求取功名，以「路津」婉轉表示出仕願望，再配合「策」、「高足」〔註131〕、「先據」等字，可見作者亟欲出仕的心態。最後，以「無爲」、「守」消極作爲，連結「窮賤」、「轗軻」、「苦辛」等負面情狀，並且以「長」字點出這些負面情狀是永久的，加深了不出仕的可怕程度。同時，這二句亦和積極出仕能得到榮華富貴之事形成了強烈的對比，其勸人出仕的主題又更爲強化。

由此可見，作者對人生如寄感到深沉的悲哀，欲在短促的年歲中一展抱負，但身在此紛亂的時代政局，卻難以實現。是故，全詩雖勸人出仕，但充滿無奈。

2、凝重縈繞的聲情

〈今日良宴會〉押的韻爲「陳、神、眞、申、塵、津、辛」，漢代音韻爲眞部，屬於陽聲韻。〔註132〕全詩以眞部表現，營造出凝重氛圍〔註133〕，無論是歡樂的宴會、動人的箏樂、完美的新聲，皆是

〔註130〕楊鴻銘：〈古詩十九首（四）——今日良宴會析評〉，頁48。

〔註131〕馬茂元釋「高足」意爲「良馬的代稱」，故認爲「策高足」就是「捷足先得」的意思。見馬茂元：《古詩十九首探索》，頁76。

〔註132〕參閱羅常培、周祖謨合著：《漢魏晉南北朝韻部演變研究》，頁35～37。以及董同龢：《漢語音韻學》，頁255。

〔註133〕眞部散見《廣韻》先、眞、臻、諄等四組韻中，平聲者多爲《佩文韻府》歸納至先、眞韻，若單就此詩，則爲眞韻。王易歸納眞韻、

暫時的過眼雲煙，無法永恆。正如人生在世如過客投宿天地之逆旅一般，表達人生短促、渺小的悲慨。因對人生如寄感到焦慮，欲積極施展抱負、求取功名，但時不我與，人生無奈感又加重一層。由其聲韻可見，全詩表面雖歡樂、激昂，一方面寫宴會之熱鬧，一方面積極地規勸、激勵世人，但仍透露出作者抑鬱無奈之情。面對人生短促，亟於實現願望的渴求強烈，卻受到環境的限制，難以施展抱負，這不僅是作者的無奈，亦是世人的共感，只能於此「唱高言」，但此舉亦加深了無奈，場面亦凝重。故全詩聲情以眞部，營造情、景之凝重，陽聲韻的運用也讓其凝重之情縈繞不已。〔註134〕

3、時不我與的多層次流露

〈今日良宴會〉在意象的經營上，多以對比來呈現，以表面之歡樂映襯內心之悲慟，以歡樂的宴會難以永恆映襯人生須臾如寄，以慷

　　　軫韻聲情凝重。詳見羅常培、周祖謨合著：《漢魏晉南北朝韻部演變研究》，頁 35；董同龢：《漢語音韻學》，頁 255；喻守眞：《唐詩三百首詳析》，頁 344～345；王易：《詞曲史》，頁 283。

〔註134〕胡淑貞、簡宗梧論〈今日良宴會〉，亦分析道：「此詩所用韻腳爲『陳、神、眞、申、塵、津、辛』，漢代音韻爲眞韻，陽聲韻。謝雲飛（1978年）在《文學與音韻》提出：『我們可以完全從字音中去揣摩全詩用韻的情感和情緒，如「佳、咍」韻的韻語都有悲哀的情感；「微、灰」韻的韻語都含有氣餒抑鬱的情思；「蕭、肴、豪」韻的韻語都有含有輕佻、妖嬈之意；「尤、侯」韻的韻語，都似乎含有著千般愁怨，無法申訴的意味似的；「寒、桓」韻的韻語，都含有黯然神傷，偷彈雙淚的情愫；「眞、文、魂」韻的韻語含有苦悶、深沈、怨恨的情調；「庚、青、蒸」韻的韻語，都含有一種「淡淡的哀愁，似乎又有相當理智」的情愫；「魚、虞、模」韻的韻語都含有日暮途窮，極端失意的情感。』（頁 61～64）此首詩是聞豪華之曲而自嘲貧賤之詩，全首用眞韻，眞韻含有苦悶、深沈、怨恨的情調，從詩中也可看出作者爲求仕途的心聲，含有凝重的暗示。縱然一開始似乎慷慨激昂，正是欲而不得之啊！心中是很悶的，只好自我解嘲一番。呈現的場面似乎像一群懷才不遇的士子，在酒酣耳熱之際，引吭高歌感慨時不我與之言，高唱入雲傾吐時不可失之願，認爲人生苦短、飄忽若塵，有好的機會，何不捷足先登、據得要津？不要無爲守貧賤，坎坷辛苦過一生。」見胡淑貞、簡宗梧：〈試析古詩十九首之聲情〉，頁 178。

慨激昂的規勸世人對比心中的無奈、難以出仕的現況，在這些對比映襯之下，時不我與的心境形象較為鮮明，同時亟欲出仕的心理也被凸顯。

其次，多以言「不盡」營造〔註135〕，如以「良」、「難」概括情狀；形容箏樂、新聲，用「奮」、「逸響」、「妙入神」，不僅指音樂，也暗示自己的企盼和期許；以「令德」一詞，不僅稱許唱曲者，亦肯定自己；以「高言」、「真」暗示欲出仕的心理，同時也暗示出仕這件事是高貴、是真理，但也高不可攀；以「含意俱未申」描寫失意者的含蓄、不敢直言胸中之想望，同時暗示了難以出仕的境況，甚至可推知當局難以採納文士建言的情形。又以「齊心」、「同願」暗示這種難以出仕是世人的共感；再以「寄」、「飆」、「塵」喻人生短暫、渺小，壓縮了人生時間，使得出仕之渴望更為強化、凸顯；以「路津」婉轉表達出仕願望，以「策」、「高足」、「先據」強調亟欲出仕的心態；最後以「窮賤」、「軻軻」、「苦辛」作為消極不出仕的後果，同時亦暗示其現況。全詩運用字詞或以概括、或以婉轉，故意象豐富，留給讀者空間想像和詮釋。

雖然，其意象豐富，有表面意義，也有深層意涵，但所營造的氛圍仍是悲涼淒苦〔註136〕，多運用負面、消極的意象，如「寄」、「奄忽」、「飆塵」、「窮賤」、「軻軻」、「苦辛」，營造出生命短暫、坎坷的

〔註135〕楊鴻銘論不盡：「有所隱忍而不能明說，是不盡；情事繁雜而無法一一列舉，是不盡；『言在耳目之內，情在八荒之表』，也是不盡。所謂不盡，並非文意戛然而止，或文句突然中斷，而是文中預先布有可供思索的字眼，所以作品雖已結束，但其意涵卻能藉著讀者的感受或聯想，而體會作者言而未盡的『未盡』之意。」並論〈今日良宴會〉有五種不盡的寫法：一為明言不盡，二為總言不盡，三為寓言不盡，四為譬言不盡，五為婉言不盡。詳見楊鴻銘：〈古詩十九首（四）——今日良宴會析評〉，頁48～49。

〔註136〕黃瑞枝在說明《古詩十九首》「氛圍悲涼淒苦」時，亦提及「苦」、「窮賤」、「忽」、「飆塵」等字詞所營造的意象悲苦。詳見黃瑞枝：〈析探古詩十九首意象特質〉，頁203～204。

氛圍。即使是歡樂的意象，也富有負面的意涵。

（三）秉燭夜遊的〈生年不滿百〉

生年不滿百，常懷千歲憂。晝短苦夜長，何不秉燭遊？爲
樂當及時，何能待來茲。愚者愛惜費，但爲後世嗤。仙人
王子喬，難可與等期。〔註137〕

1、權衡「時」和「樂」的字詞

〈生年不滿百〉勸人人生短促、無常，爲樂應當及時。是故，「『爲
樂當及時』的『時』字，正是本詩的詩眼」〔註138〕。因「時」遞移，
感到人的壽命短促，進而以「常懷」相對於「不滿」，感嘆在這麼短
暫的人生中，卻時常牽掛著「千歲憂」，爲自己或爲子孫的煩惱已超
過「生年不滿百」可承載，作者認爲這樣實在是不值得。於是，提出
「晝短苦夜長，何不秉燭遊」的具體方法，說明人生苦短，又加上白
晝短暫，是故，應把握時間，秉燭夜遊，作者以「何不」字眼，作建
議口吻，點出「爲樂當及時」的主題，再以「何能待來茲」反詰，加
深及時行樂的重要性，以「何能」一詞，強調人生短促、無常，對於
生存的不安定感、不知道能否有明日，道出當下時人對生命安置的焦
慮。再者，以反例「愚者愛惜費」，呼應首句「生年不滿百，常懷千
歲憂」，這種「愛惜費」、「常懷千歲憂」正是當下時人的人生觀，也
是今日到處可見，爲自己、後輩作打算的常態，作者卻道出「後世嗤」
之嘆，對這種人生觀作一當頭棒喝。此外，也對另一種追求成仙的人
生觀，以「難可」字眼作一反駁，也說明了人生短促的無奈。

人生本不滿百，難可與仙人同期，已有著許多無奈，又因常懷著
千歲之憂、惜費，使人生憂愁抑鬱。作者有感於人生短促，卻也多愁，
在時間推移的無奈和人生無常之下，主張「爲樂當及時」，提出秉燭

〔註137〕〔南朝梁〕蕭統編、〔唐〕李善注：《文選》，卷第二十九〈雜詩上〉，
　　　　頁412。
〔註138〕楊鴻銘：〈古詩十九首（十五）──生年不滿百析評〉，《孔孟月刊》，
　　　　第41卷第2期，2002年10月），頁47。

夜遊的具體作法，以安置人類個體存在、解脫生命焦慮。〔註139〕

2、抑揚轉韻的聲情

〈生年不滿百〉在押韻上，有轉韻的現象，一組爲「憂、遊」，漢代音韻爲幽部，平聲；一組爲「茲、嗤、期」，漢代音韻爲之部，平聲。〔註140〕平聲具悠長的特性〔註141〕，徐徐道出內心的無奈和憂愁。詩一開始押幽部〔註142〕，幽微地表達心中無奈，在百般憂愁中做出不得已的選擇——「何不秉燭遊」，人生期在追求功名利祿，但社會環境動盪，期望難以實現，無論是對自己或對後輩都懷著「千歲憂」的無奈。底下轉之部〔註143〕，韻一轉，爲所選擇的秉燭夜遊之

〔註139〕解德楓認爲《古詩十九首》作者在詩中所提出的安置個體存在、解脫生命焦慮之方法，皆是取直接而簡捷的反應和選擇——及時行樂。及時行樂在詩中有六類：一爲拋開虛枉的虛名浮利、苦修成仙，放任情志；二爲不應守貧賤、受苦辛，應積極尋求生活樂趣；三爲生命短促，神仙皆妄，不如把握當下飲酒被服；四爲對功名富貴的追逐和渴求；五爲不願將短暫的人生拋擲於遠離故土親人的異處他鄉；六爲遊子思婦對異性愛情幸福的想往和渴求。此首〈生年不滿百〉的及時行樂被歸爲第一類。詳見解德楓：〈個體生命的自覺——《古詩十九首》主題意義闡釋〉，《《南都學壇（哲學社會科學版）》，第 16 卷第 2 期，1996 年），頁 20。

〔註140〕參閱羅常培、周祖謨合著：《漢魏晉南北朝韻部演變研究》，頁 16～20。以及董同龢：《漢語音韻學》，頁 246～248。

〔註141〕朱光潛在其著《詩論》提及明朝釋眞空《玉鑰匙歌訣》：「平聲平道莫低昂，上聲高呼猛烈強，去聲分明哀遠道，入聲短促急收藏。」見朱光潛：《詩論》，頁 151。王易亦說：「韻與文、情關係至切：平韻和暢，上去韻纏綿，入韻迫切，此四聲之別也。」見王易：《詞曲史》，頁 283。此二者之論，釋眞空《玉鑰匙歌訣》較偏重四聲的發聲方式，王易之論則較偏重韻的聲情表現。

〔註142〕幽部大部分爲《廣韻》中的尤韻這組韻字，其平聲者多爲《佩文韻府》歸納至尤韻，王易歸納尤韻和有韻具有盤旋的聲情。詳見羅常培、周祖謨合著：《漢魏晉南北朝韻部演變研究》，頁 19；董同龢：《漢語音韻學》，頁 247～248；喻守眞：《唐詩三百首詳析》，頁 351、358～359；王易：《詞曲史》，頁 283。

〔註143〕之部散見《廣韻》的之、咍、灰、皆、尤、侯、脂、眞等八組韻中，這些韻字平聲者在《佩文韻府》多歸納至支韻，王易歸納支韻、紙韻具有縝密的聲情。詳見羅常培、周祖謨合著：《漢魏晉南北朝韻

及時行樂方法，再次強調，明白點出「爲樂當及時」的主題，呼告自己和世人，不應懷千歲憂、惜費、求仙等想法，應及時行樂、把握當下，相對於前四句的愁苦，此六句旨在鼓勵人們拋開虛妄的名利和成仙之志，呼告及時行樂，是故，此六句押中高央元音，無論聲韻或情調皆較開朗。可見此詩的聲情在平聲徐緩哀愁之中，因內心有所轉折起伏，而有轉韻現象。〔註144〕

3、運用時間對比的意象

〈生年不滿百〉的意象經營，表現氛圍悲涼淒苦〔註145〕，其詩多以「不」、「何不」、「何能」等反面或反詰字詞，營造出內心的消極、無奈，和矛盾。其次，多運用時間的對比，以人的有限壽命對上自然的無窮歲月；又將自然的時間自成對，以晝短對上夜長，營造出時間短促的氛圍；又以凡人之有限壽命和不逍遙對上仙人的無窮壽命和自由等等，營造出人生短促的無奈，以及人的憂愁無限，使「及時行樂」的主題被強化。由此可見，此詩交織了生命永恆、生命短暫、生命死亡的意象〔註146〕，道出人無法成爲仙人，卻在短暫的人生中懷著千

部演變研究》，頁 16；董同龢：《漢語音韻學》，頁 246；喻守眞：《唐詩三百首詳析》，頁 341；王易：《詞曲史》，頁 283。

〔註144〕　胡淑貞、簡宗梧論〈生年不滿百〉的聲情，亦分析道：「此詩所用韻腳一爲『憂、遊』，漢代音韻屬幽韻，屬最高後元音；一爲『茲、嗤、期』，漢代音韻屬之韻，屬中高央元音。平聲者哀而安，起始用幽韻，對於『生年不滿百，常懷千歲憂』懷著無奈的情緒，認爲人的生命短暫卻要常常懷著憂患之心，這是非常不智的。韻一轉，我們何不秉燭而遊？把握這短暫的人生，及時行樂、充實人生。末句輕鬆的語調一轉，說明仙人也是不可學之事，只是個傳說，也並非一般人所能企及的。此詩顯示出作者對於人有很深的體驗與感觸，心情是有所沉澱與轉折的。」見胡淑貞、簡宗梧：〈試析古詩十九首之聲情〉，頁 184。

〔註145〕　黃瑞枝說明《古詩十九首》「氛圍悲涼淒苦」時，提及「何」字在《十九首》中出現多達二十次，亦是造成其氛圍悲苦的原因之一。詳見黃瑞枝：〈析探古詩十九首意象特質〉，頁 204。

〔註146〕　許曉晴論《古詩十九首》的生命意象，將其分爲生命永恆的意象、生命短暫的意象、生命死亡的意象等三者去探討。詳見許曉晴：〈論

歲憂、惜費，實在是愚者，頗有自嘲嘲人的無奈，而由此詩意象所表
現的氛圍，可知及時行樂只是在這種無奈下的一種選擇。

（四）飲酒被服的〈驅車上東門〉

驅車上東門，遙望郭北墓。白楊何蕭蕭，松柏夾廣路。下
有陳死人，杳杳即長暮。潛寐黃泉下，千載永不寤。浩浩
陰陽移，年命如朝露。人生忽如寄，壽無金石固。萬歲更
相送，聖賢莫能度。服食求神仙，多爲藥所誤。不如飲美
酒，被服紈與素。〔註147〕

1、人生倏忽的感發

〈驅車上東門〉上東門遙望墳墓，興起人生短暫「如朝露」、「如
寄」的感慨，因而產生及時行樂的念頭。「全詩係以『人生忽如寄』
的『忽』字爲詩眼」〔註148〕，而「忽」字在此詩中有二義，一爲意
料之外之意，二爲倏忽、瞬間即逝之意，並以後者貫串全詩。「驅車
上東門」是既定的行程，「遙望郭北墓」是作者無意的行爲，而此本
在意外的行爲，即含有「忽」——意料之外的意味，並非原本上東門
的目的，同時也由此出乎意料的「遙望郭北墓」行爲，「忽」感到人

《古詩十九首》的生命意象與主題〉，（《山西大學學報（哲學社會
科學版）》，第 1 期，1999 年），頁 54～57。

〔註147〕〔南朝梁〕蕭統編、〔唐〕李善注：《文選》，卷第二十九〈雜詩上〉，
頁 411。

〔註148〕 楊鴻銘：「全詩係以『人生忽如寄』的『忽』字爲詩眼，在忽然『遙
寄郭北墓』、忽然感到『年命如朝露』時，作者以人生如寄爲其主
題，而完成了這篇一氣呵成的作品。」又對此詩「驅車上東門，遙
望郭北墓」句分析道：「驅車前去東門，是詩人有意的行動，是詩
人既定的計畫；至於遙望洛陽城北邙山的墓群，則是偶然的眺望，
是無意的行爲，但下文卻因此一『遙望』而引起感傷，而開啓所有
的詩句。就作者的本意來說，『驅車上東門』才是正事；但從詩文
的寫作來講，『遙望郭北墓』才是主題。因爲此一『遙望』，而使作
者產生無窮的感慨，而將『上東門』的正事，整個移到因見『郭北
墓』而抒其情懷之上。」見楊鴻銘：〈古詩十九首（十三）──驅
車上東門析評〉，（《孔孟月刊》，第 40 卷第 12 期，2002 年 8 月），
頁 46。

生短暫，這一連續的行為、心理，都非原本預料，故隱含了「忽」──意料之外之意。接著，作者對所興發的人生短暫之感，作一詮釋，以「朝露」、「寄」為喻，以人生壽命對比自然歲月，頓時，人生短促、瞬間即逝之感躍然於紙上，這些人生短促之感的興發，皆隱含了「忽」──瞬間即逝之意。是故，全詩以「忽」為詩眼，表達突有所感，此感是對人生的瞬間即逝之感慨，由此產生了及時行樂的想法。

作者在敘述見到郭北墓的情形，寫景用墓樹「白楊」、「松柏」的茂盛、生長在大道旁，表現人煙罕至、淒清之景。寫人以「杳杳」、「長暮」、「潛寐」、「千載」、「永」、「不寤」來敘寫。「杳杳」和「長暮」營造出黃泉之下的幽冥、漫長，「潛寐」、「不寤」指在黃泉下死者不能復生，加上「千載」、「永」字，其悲慟、感慨又更深。於是，因眼前之景興起人生短促之感歎，以一連串對比呈現人生瞬間即逝的焦慮，如「浩浩陰陽移」天地永恆的規律，對上人的壽命「如朝露」、「如寄」；人的壽命短暫「如寄」，對上無生命且堅「固」的「金石」；凡人對上聖賢，顯示連聖賢都敵不過生死，更何況是凡人。由此人生短促之感，體悟到人生在世都難過生死之關，是故，作者轉而產生及時行樂、把握當下的念頭，提出反例「服食求神仙」者，非但無法長生，反被藥所誤，作者認為人生已是極為短促了，何必為成仙這種不知道是否能成就的事所耽誤，以「不如」道出把握眼前時光，好好享樂為是。從「不如」一詞，可知作者是經過比較才做出選擇，這種及時行樂是對人生無常、無奈的一種選擇。

2、幽咽無奈的聲情

〈驅車上東門〉所押的韻為「墓、路、暮、寤、露、固、度、誤、素」，漢代音韻為魚部，去聲。〔註149〕其聲韻讀之如嗚嗚然、幽咽〔註150〕，去聲哀重〔註151〕，顯示其對人生短促的無奈，連聖

〔註149〕 參閱羅常培、周祖謨合著：《漢魏晉南北朝韻部演變研究》，頁20
～24。以及董同龢：《漢語音韻學》，頁249～250。

〔註150〕 魚部散見《廣韻》模、魚、虞、麻這四組韻，去聲者多為《佩文韻

賢都無法擺脫生死，又何況是凡人。從面對郭北墓，感到自然的陰陽不捨晝夜地更相送，興發人生瞬間即逝的感慨，面對眼前死者已是「千載永不寤」，故生者在世應及時行樂。作者以魚部、去聲營造出對死者的哀悽，對「人生如寄」的哀愁，以及表達及時行樂這種不得已的選擇之無奈，在「飲美酒」、「被服紈與素」的享樂背後，是充滿了在當時政治社會環境無法一展抱負的沉痛感，以及在這種享樂後的空虛感。作者雖以及時行樂作結，但猶可見其無奈，在人生短暫又無法施展抱負的情況下，提出「不如」及時為樂的選擇，以期慰藉、激勵自己和世人，但由其聲情，仍可見其無奈。〔註152〕

3、悲苦的死生意象

〈驅車上東門〉在意象經營上，表現出氛圍悲涼悽苦〔註153〕，

> 府》歸納至御、遇、禡韻，若單就此詩，則為遇韻。王易歸納魚韻和語韻聲情幽咽。詳見羅常培、周祖謨合著：《漢魏晉南北朝韻部演變研究》，頁20～21；董同龢：《漢語音韻學》，頁249～250；喻守真：《唐詩三百首詳析》，頁361；王易：《詞曲史》，頁283。
>
> 〔註151〕 朱光潛在其著《詩論》提及明朝釋真空《玉鑰匙歌訣》：「平聲平道莫低昂，上聲高呼猛烈強，去聲分明哀遠道，入聲短促急收藏。」見朱光潛：《詩論》，頁151。王易亦說：「韻與文、情關係至切：平韻和暢，上去韻纏綿，入韻迫切，此四聲之別也。」見王易：《詞曲史》，頁283。此二者之論，釋真空《玉鑰匙歌訣》較偏重四聲的發聲方式，王易之論則較偏重韻的聲情表現。
>
> 〔註152〕 胡淑貞、簡宗梧論〈驅車上東門〉的聲情，亦分析道：「此詩所用韻腳為『墓、路、暮、寤、露、固、度、誤、素』，漢代音韻為魚韻，去聲韻。用韻和『迢迢牽牛星』一樣，都是漢代魚韻。王易提到魚、語韻幽咽，朱光潛（1988）在《詩論》中提到，去聲者清而遠以及去聲分明哀遠道的歌訣，由此詩可知，前八句，出門所見皆墓田景象一片蕭涼，中六句承上遞落，指明人生如風燈，壽無金石固，朝生暮死，人命的短促是聖賢也無法擺脫的鐵律，服食求仙，又能如何？只會被藥所誤，不如華衣美食消耗這短暫的生命。有著深深的人生無奈，錦衣玉食的背後更見空虛。」見胡淑貞、簡宗梧：〈試析古詩十九首之聲情〉，頁183。
>
> 〔註153〕 黃瑞枝說明《古詩十九首》「氛圍悲涼悽苦」時，亦提及其喜用「死」、「暮」、「黃泉」、「墓」、「忽」等字眼，及寒色系列的色彩，如：青、黃、白、綠、黑等顏色，促成詩歌氛圍悲苦。詳見黃瑞枝：〈析探古詩十九首意象特質〉，頁203～204。

全詩旨在營造淒清荒涼的景色，其運用樸素的色彩來描摹，如「白楊
何蕭蕭」的「白」楊，「潛寐黃泉下」的「黃」泉等單一的色彩，營
造其簡樸肅穆的哀悽。其次，多運用悲涼的字眼，如「遙望郭北墓」
的「墓」字，「下有陳死人」的「死」字，「杳杳即長暮」的「長暮」，
「潛寐黃泉下」的「黃泉」等，由這些意象交織悲涼的氛圍。再者，
運用「忽」、「朝露」、「寄」等短暫即逝的意象，對比「浩浩」、「金石」、
「固」等代表永恆的意象，營造出人生短促的無奈和憂慮，再以豪邁
之語「不如飲美酒，被服紈與素」暗示作者深沉的無奈。

　　全詩從「驅車上東門」至「千載永不寤」句，描寫眼前所見郭北
墓之景，極力堆疊生命死亡的意象，表現悲涼的氛圍，再由此興發年
命如「朝露」的生命短暫的意象，將生命短暫的意象對比生命永恆的
意象，如「金石」等，使人生短促之感受更為鮮明。全詩運用生命永
恆、生命短暫、生命死亡的意象，層層遞進，使及時行樂的主題強化，
顯示在人生短促、生死焦慮之情況，應把握當下，喚醒虛妄求仙的世
人夢。

三、王國維讚其「真」、「不隔」之因

　　王國維在《人間詞話‧六二》讚許〈青青河畔草〉、〈今日良宴會〉
為「真」：

> 「昔為倡家女，今為蕩子婦。蕩子行不歸，空牀難獨守。」
> 「何不策高足，先據要路津？無為久貧（當作『守窮』）賤，
> 轗軻長苦辛。」可謂淫鄙之尤。然無視為淫詞、鄙詞者，
> 以其真也。……非無淫詞，讀之者但覺其親切動人。非無
> 鄙詞，但覺其精力彌滿。可知淫詞與鄙詞之病，非淫與鄙
> 之病，而游詞之病也……。〔註154〕

在《人間詞話‧四一》則讚賞〈生年不滿百〉、〈驅車上東門〉為「不
隔」：

〔註154〕〔清〕王國維著、徐調孚校注：《校注人間詞話》，頁36。括弧小字
　　　　為校注者加註。

「生年不滿百，常懷千歲憂。晝短苦夜長，何不秉燭遊？」

「服食求神仙，多為藥所誤。不如飲美酒，被服紈與素。」

寫情如此，方為不隔。〔註155〕

經由前述分別對〈青青河畔草〉、〈今日良宴會〉、〈生年不滿百〉、〈驅車上東門〉的詩意營造做探究後，可以了解王國維稱許之因，以下分述之。

（一）「真」：作者之真誠情感

對於《古詩十九首》「真」之評述，明、清二代皆從分析情辭，進而肯定其「情真」，明代許學夷更指出：「漢、魏五言，雖本乎情之真，未必本乎情之正。」而早在王國維之前，王夫之亦已提及〈青青河畔草〉為「豔詩」，並視此詩非淫鄙之詩，但王夫之是將原因歸於其情「有所止」之故，並未明確指出此詩與「情真」的關係。可見明、清二代（在王國維之前）並未對「未必本乎情之正」之詩如何達到「精誠動人」〔註156〕做出進一步的解釋。

至於晚清，王國維以作者創作角度觀之，舉〈青青河畔草〉、〈今日良宴會〉為例，說明其為「淫鄙之尤」。然而，不被認為是淫詞、鄙詞，是因其「真」之故。〔註157〕

〔註155〕〔清〕王國維著、徐調孚校注：《校注人間詞話》，頁26。

〔註156〕清代方東樹強調作詩：「若夫有物有序矣，而德非其人，又不免鸚鵡、猩猩之誚。莊子曰：『真者精誠之至也。』不精不誠，不能動人。」見〔清〕方東樹：《昭昧詹言》，卷一〈通論五古〉，第六條，頁3。

〔註157〕近人馬茂元基本上同意王國維的看法，並從作者主觀思想和作品的客觀意義來理解「真」之意涵：「所謂『真』的問題，我們應該怎樣去理解呢？就詩人的主觀思想來說，它不僅是大膽暴露，而是這種暴露的本身包孕著極其深廣的社會內容，詩人對不合理的黑暗現實所表示的激切的不平與強烈的諷刺；就作品的客觀意義來說，它是處在長期封建社會裏任何一個時代的失意人們在經濟生活和政治生活中所能感受到的最切身的苦痛；同時，也是他們所想說的而又不敢把它正面表現出來的心情。而這首詩（按：指〈今日良宴會〉）卻把它暴露得如此的痛快淋漓，毫無掩飾，這就使得人們感到詩的抒情；因而它所產生的巨大的震動性和深刻的感染力是有著普遍性

　　王國維稱此二詩爲「淫鄙之尤」，是就題材和字面等外在形式而言。〈青青河畔草〉以蕩子婦角度寫其「難獨守」之情，〈今日良宴會〉以失意文士角度寫不願「守窮賤」之心理，二詩在用字遣詞上皆直接坦率，一點也不含蓄。〔註158〕王國維稱許二詩爲「眞」，是就其情感和創作態度言之，〈青青河畔草〉、〈今日良宴會〉雖有淫、鄙之字詞，然其目的並非著意於淫、鄙字詞的經營，而是以此寄寓內心的眞誠情

的。」見馬茂元：《古詩十九首探索》，頁80。此外，朱自清評〈今日良宴會〉時，亦道：「『何不』四語便是那悵惘不甘之情的表現。……明代鍾惺說，『歡宴未畢，忽作熱中語，不平之甚。』陸時雍說，『慷慨激昂。「何不──苦辛」，正是欲而不得。』清代張玉穀說，『感憤自嘲，不嫌過直。』都能搔著癢處。詩中人卻並非孔子的信徒，沒有安貧樂道，『君子固窮』等信念。他們的不平不在守道而不得時，只在守窮賤而不得富貴。這也不失其爲眞。有人說是『反辭』、『詭辭』，是『諷』是『譖』，那是蔽於儒家的成見。」見朱自清：《古詩十九首釋》，頁58。

〔註158〕就字面而言，〈青青河畔草〉、〈今日良宴會〉皆直接坦率，但這種看似強烈而直接的回應，實際上卻「幽深委婉」──清代姜任脩評〈青青河畔草〉：「傷委身失其所也。妙在全不露怨語，只備寫此間、此物、此景、此情、此時、此人，色色俱佳，所不滿者，獨不歸之蕩子耳。結只五字，抵後人數百首閨怨詩。」見〔清〕姜任脩：《古詩十九首繹》，收錄於隋樹森編著：《古詩十九首集釋》，（香港：中華書局，據單行本，1989年），卷三〈彙解〉，頁38～39。而〈今日良宴會〉由「何不」、「無爲」可體會作者內心的掙扎，認爲應當要及早出仕爲是，而現實上卻仍是處於貧賤坎坷的生活。這種現象並非作者一人，是當下文士的普遍遭遇，作者表面呼告及時出仕，實則現況是不允許，正是委婉道出對政壇、社會的怨，誠如葉嘉瑩認爲〈今日良宴會〉雖寫宴會、彈箏、唱歌等事，但它不只寫及時行樂，亦寫社會、寫人生，詳見葉嘉瑩：《葉嘉瑩說漢魏六朝詩》，頁91。而葉嘉瑩更進一步說明〈今日良宴會〉和〈青青河畔草〉的結尾相同：「都不是表現眞正的墮落而是表現一種在人生歧路上的徘徊。這兩首詩好就好在它們提出了人生中十分重要的一個問題：在失意的情況下，面對短暫的人生還要不要堅持你的理想？……然而作者又沒有直截了當地把這個問題說出來，它所含蓄的這種幽深委婉的情意，讀者必須很仔細地去體會才可以得到。」見葉嘉瑩：《葉嘉瑩說漢魏六朝詩》，頁92～93。由此可見，這兩首詩用字遣詞上雖直接坦率，但對於其作者的眞實情感則須仔細前後推敲，方可明瞭詩中意蘊。

感，而且這種情感是有其個性，是其人之「眞感情」。〔註159〕正如《人間詞話‧六》所言：

　　境非獨謂景物也。喜怒哀樂，亦人心中之一境界。故能寫
　　眞景物、眞感情者，謂之有境界。否則謂之無境界。〔註160〕

此爲王國維就「境界」標準觀之，發諸胸中之喜怒哀樂，則爲「眞感情」。〈青青河畔草〉因其主角身分爲蕩子婦，其豔語是發諸其心，不矯作矜持，呈現出和王昌齡〈閨怨〉之少婦不同的情調；〈今日良宴會〉以失意文士爲主角，故抒發的情感是亟欲出仕的心情，坦率而不做作。由此可見，不同的身分，因有著不同的背景，於是所感懷者亦有所不同，凡是能不矯揉而直抒其情者，所呈現出來的即是「眞感情」。是故，只要情感眞誠、創作態度誠摯，雖字詞淫鄙，亦不爲害。唯有情眞，才能「精力彌滿」、「親切動人」。

　　由上所述，可知王國維所謂的「淫詞、鄙詞」，非就字面定論，是就態度而言。若矯揉造作，情就不眞，不眞則言不由衷，即爲「游詞」，是造成「淫詞、鄙詞」的原因，如同《人間詞話‧三二》：

　　詞之雅鄭，在神不在貌。永叔少游雖作豔語，終有品格。
　　方之美成，便有淑女與倡伎之別。〔註161〕

其精神、態度、情感爲眞，則「雖作豔語，終有品格」，爲「淑女」之列；反之，精神、態度、情感爲不眞，只著重豔詞麗句的鋪飾，則爲「倡伎」之列。由是觀之，〈青青河畔草〉、〈今日良宴會〉所經營的字詞、聲情、意象雖直言不諱，但情感眞摯，發諸胸臆，故「無視

〔註159〕蘇珊玉老師論及王國維《人間詞話‧六二》時，認爲：「詩歌之淫、鄙，關鍵不在題材內容、情感意蘊與用字遣詞，而是寫作態度之爲『淫、鄙』，之爲『游』。三者皆提醒讀者，閱讀審美過程中，應掌握、著意於作品情感之眞誠無矯，作者所體現之人格角色、創作動機與文辭自然，而非以內容情感之貞淫，判別高下。……就（作者）能感進一步說，人物語言之個性化，由於出自天然本色，故情感『精力彌滿』，動人不隔。」見蘇珊玉老師：《人間詞話之審美觀》，頁228。
〔註160〕〔清〕王國維著、徐調孚校注：《校注人間詞話》，頁3。
〔註161〕〔清〕王國維著、徐調孚校注：《校注人間詞話》，頁18。

爲淫詞、鄙詞」，而稱許其「眞」。

（二）「不隔」：讀者能感受真切

王國維不僅對明、清二代「眞」之論點做了聚焦、重新詮釋，更在「眞」的論點上，進一步提出了「不隔」之見。

對於「不隔」的意義，近人馬茂元以爲：

> 所謂「隔」與「不隔」，是就作者和讀者而言的。詩人眞正
> 能夠寫出自己從經驗感覺中所產生出來的東西，它必然是
> 一針見血。富有典型意義；因而它就深深地吸引住讀者，
> 引起心底的共鳴；而這類的詩句，經常是眼前的極爲平常
> 的而又是高度概括的語言，是人人所能理解的。〔註162〕

蘇珊玉老師進一步指出：

> 王氏認爲不論寫情還是寫景，凡是直接能給人一種鮮明、
> 生動、眞切感受，即爲「不隔」。〔註163〕

換言之，王國維的「不隔」是就讀者角度而言，凡是作品與讀者之間毫無距離，讀者和作者有共感，能爲作品所感動、感同身受，便可稱之「不隔」。

王國維舉〈生年不滿百〉、〈驅車上東門〉爲例。就《古詩十九首》時代背景觀之，正值東漢末年，外戚專政、宦官弄權、戰事不斷之際，知識分子備受打壓，有黨錮之禍，使得抱負無處施展，建言不被上位者採納。面對政治社會的不安定，進而省思人生的意義：文士有感於在短暫的人生中，抱負已難以實踐，於是提出「何不」、「不如」及時行樂的觀點，可見內心的無奈，及時行樂是不得已的選擇。是故，〈生年不滿百〉和〈驅車上東門〉寫的不僅是作者之切身感受，亦道出了當代失意文人的心理，這種失意的心情，正也是人類感情的「基型」和「共相」。〔註164〕此外，〈生年不滿百〉和〈驅

〔註162〕馬茂元：《古詩十九首探索》，頁115。

〔註163〕蘇珊玉老師：《人間詞話之審美觀》，頁233。

〔註164〕葉嘉瑩細分《古詩十九首》的感情，認爲：「古詩十九首所寫的感情，基本上有三類：離別的感情、失意的感情、憂慮人生無常的感

車上東門〉皆是「感到人生只是向終極的不幸即死亡推移的一段時間而引起的悲哀」〔註165〕，這種悲哀不論古今中外，是人類的共感。

在作者以生動、鮮明的字詞、聲情、意象之經營下，營造出悲苦無奈的氛圍，凸顯了內心感受，讀者經由這些字詞、聲情、意象，理解作者的悲慨，並連結自身感受，心有戚戚焉。

是故，王國維稱許〈生年不滿百〉和〈驅車上東門〉是寫情「不隔」之作。

（三）「真」與「不隔」互為表裡

王國維讚賞〈青青河畔草〉、〈今日良宴會〉之「真」，稱許〈生年不滿百〉、〈驅車上東門〉之「不隔」。然而，「真」與「不隔」之內涵實互相涵攝，以下分述之。

以〈青青河畔草〉、〈今日良宴會〉所直陳者，前者由昔日的倡家女到今日作蕩子婦之今昔對比，營造的是「在時間的推移中由幸福轉到不幸的悲哀」〔註166〕；後者是因人生如寄激起欲出仕、不願守窮賤的心理，也以對比的字詞、意象來凸顯主題，故是對「感到人生只

情。我以為，這三類感情都是人生最基本的感情，或者也可以叫作人類感情的『基型』或『共相』。……而古詩十九首就正是圍繞著這三種基本的感情轉圈子，有的時候單寫一種，有的時候把兩種結合起來寫。」見葉嘉瑩：《葉嘉瑩說漢魏六朝詩》，頁73～74。

〔註165〕 吉川幸次郎在〈推移的悲哀——古詩十九首的主題〉中所論及：由於意識到時間的推移而產生的悲哀。將其分為三類：一、對不幸時間的持續而起的悲哀，二、在時間的推移中由幸福轉到不幸的悲哀，三、感到人生只是向終極的不幸即死亡推移的一段時間而引起的悲哀。然雖可分為以上三類，但「其實這三類悲哀本來都各有關聯、互相連續，或在一首裏同時錯雜出現。不過無論屬於那一類，有一點是相同的。那就是這些悲哀都是由於意識到時間的推移而產生的悲哀」。詳見吉川幸次郎著、鄭清茂譯：〈推移的悲哀（上）——古詩十九首的主題〉，（《中外文學月刊》，第6卷第4期，1977年9月），頁24～54。〈推移的悲哀（下）——古詩十九首的主題〉，（《中外文學月刊》，第6卷第5期，1977年10月），頁113～131。

〔註166〕 同註165。

是向終極的不幸即死亡推移的一段時間而引起的悲哀」〔註167〕有所
興發。由此觀之，這二首詩的悲哀亦是人的共感，作者以生動、鮮明
的字詞、聲情、意象直陳不諱，情感眞誠，使全詩「精力彌滿」，能
感動讀者。

　　以〈生年不滿百〉、〈驅車上東門〉之情感、寫作態度而言，同樣
是因心中有所感而抒發，合乎「眞感情」，其字詞、聲情、意象的選
擇，亦是配合情感來經營，故全詩「精力彌滿」、「親切動人」，因其
具有眞誠，才能「不隔」。

　　由此可知，凡是作者創作時「情感眞誠、態度誠摯、觀察感受眞
實」，所營造的字詞、聲情、意象就呈現自然、不矯作，可以給讀者
生動、鮮明、眞切的感受。換言之，凡是情爲「眞」，就能營造出「精
力彌滿」、「親切動人」的詩意，自有品格，非「游詞」之列，能有「不
隔」之效。

　　統合上述，王國維分別在《人間詞話‧四一》和《人間詞話‧六
二》讚賞《古詩十九首》中的〈生年不滿百〉、〈驅車上東門〉、〈青青
河畔草〉、〈今日良宴會〉。從這四首的字詞、聲情、意象所營造的詩
意觀之，可以發現作者所抒發之情是出於胸臆，對人生、身世、時代
背景有所感慨而發，配合其情去經營字詞、聲情、意象，如多以單一
樸素的色彩描摹，以反詰語氣「何不」、「不如」強化主題、凸顯情感，
以消極、負面的字詞營造悲涼的氛圍，或以嗚咽、凝重的聲情表現，
或交織生命永恆、生命短暫、生命死亡的意象……等，使「眞感情」
彌滿全詩，即使有淫鄙之字詞，亦不害其「眞」，仍親切感人。是故，
情感、態度、感受之「眞」，方能「不隔」。

　　王國維雖分別從作者、讀者角度論之，稱許〈青青河畔草〉、〈今
日良宴會〉爲「眞」，〈生年不滿百〉、〈驅車上東門〉爲「不隔」，但
由以上論述可以發現，此四詩皆因其眞誠感人，而成爲「不隔」之作，

〔註167〕同註165。

亦即：此四詩作者創作時，情感、態度、感受皆具「眞」，故而能使讀者讀其作品有「不隔」之感。有鑑於此，綜觀《古詩十九首》，亦可發現其情感和體驗皆有「眞」和「不隔」的特點，莫怪乎鍾嶸《詩品》列爲上品之首，稱許：「文溫以麗，意悲而遠，驚心動魄，可謂幾乎一字千金。」〔註168〕

〔註168〕　〔南朝梁〕鍾嶸著、〔民國〕汪中選注：《詩品注》，（臺北：正中書局，1969年），卷上〈古詩〉，頁51。